子香

# 자향 4

펴낸날 | 2003년 12월 10일 초판 1쇄

지은이 | 백우영
펴낸이 | 이태권
펴낸곳 | 소담출판사
　　　　서울시 성북구 성북동 178-2 (우)136-020
　　　　전화 | 745-8566~7  팩스 | 747-3238
　　　　e-mail | sodam@dreamsodam.co.kr
　　　　홈페이지 | www.dreamsodam.co.kr
　　　　등록번호 | 제2-42호(1979년 11월 14일)

ISBN 89-7381-785-X 04810
ISBN 89-7381-787-6 04810 (전5권)
● 책 가격은 뒤표지에 있습니다.

<이 소설은 삼성언론재단의 저술지원을 받은 책입니다.>

백우영 장편역사소설

제4권 환관과 주초위왕의 여인

소담출판사

# 자향 4
## 환관과
## 주초위왕의 여인

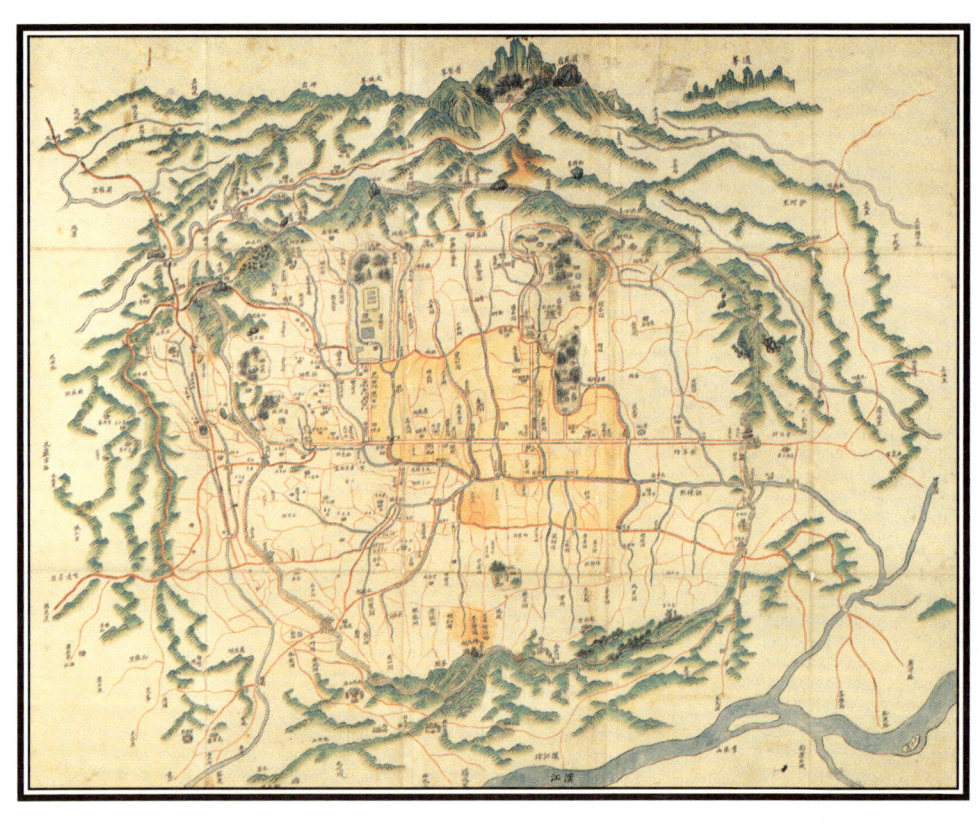

**都城圖.** 서울대학교 규장각 소장

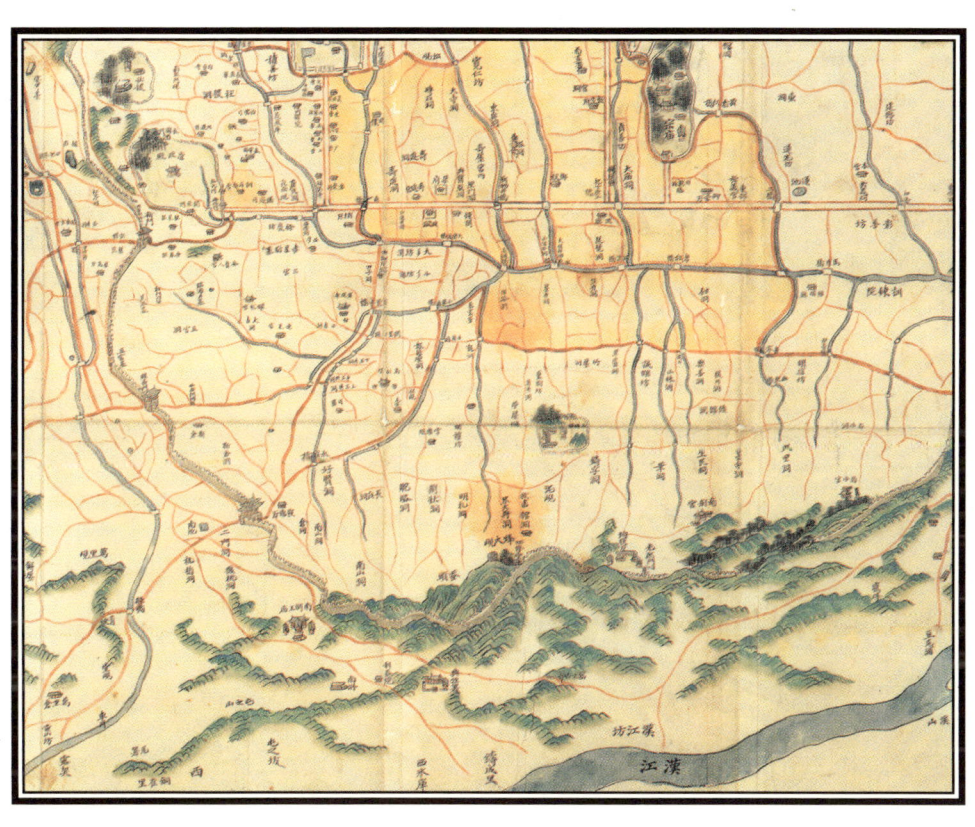

**都城圖 部分**
소설의 주요 무대인 호현동~전생서 일대

# ⚛ 별첨_황 병사

오월의 햇빛이 가장 찬란한 곳은 꽃밭. 조선 천지 어느 곳 어느 순간이
건 햇빛은 생명의 근원이요 삶의 정화이다. 그러나 따사로운 오월, 하오의
햇볕은 사람보다도, 동물보다도, 꽃들에게 더욱 값질 것이다.

며칠 전, 자향이 안골 송 진사의 집을 떠난 그 다음날 미시.

송 진사는 사랑 앞, 어제 자향과 함께 앉아 있던 평상 위에 앉아 있었다.

하오의 연정 같은 화사한 햇빛은 화원의 아름다운 꽃들을 비추고, 꽃은
그들의 가슴을 햇빛에 아무 치장 없이 드러내고, 벌과 나비는 그 사이를
비상하고 있었다.

화초쟁이 송 진사는 그러한 그들, 햇빛, 꽃, 벌, 나비들을 바라보며 흐뭇
해한다. 그 흐뭇함 속에서 송 진사는 사념을 끌어올리고 있었다. 지난 이
틀 동안 화원을 빛내준 여자, 박 참의의 딸 자향이 남기고 간 향그러운 추
억, 그리고 그러한 추억을 잊을 수 없는 자신의 애틋한 마음을.

그녀를 처음 부탁받았을 때, 송 진사는 보이지 않는 부담을 느꼈다. 평
소 존경하는 서 진사의 부탁을 박정하게 거절할 수 없어 꽃에 미친 사람처
럼 향란을 위해 그녀를 받는 척하였으나 벼슬 없이 사는 시골 양반의 힘없
는 불안을 떨칠 수는 없었다.

그러나 그의 앞에 나타난 처자 자향은 보기만 하여도 꽃샌님의 마음을 편안하게 해주는 아름다운 규중처자였다. 몇 마디 이야기를 나누는 사이 그 평안한 마음은 즐거움과 보람으로 이어졌다. 더구나 어제 나눈 꽃 이야기, 그 대화는 지난 몇 년, 아니 평생 느껴보지 못했던 기쁨을 안겨 주었다.

정말로 꽃을 아는 처자였다. 꽃같이 아름다운 처자였다. 당분간 그런 처자는 만나기 힘들 것이었다.

처자의 어머니도 꽃을 좋아한다고 하였지. 주돈이의 애련설을 열심히 읽는다고? 좋은 글이지. 아름다움이 포도송이처럼 주렁주렁한 글이니까.

그렇게 꽃을 사랑하는 사람의 마음에는 사악함이 깃들지 못하지. 꽃이 있는 인생, 꽃이 주는 이 엄정한 아름다움의 미학. 그것을, 사람들은 거의가 모르고 있지. 좀 더 시간이 있었으면 그 애에게 그 꽃의 미학을 제대로 일깨워주는 건데.

그 애는 지금 어디서 어떻게 헤매고 있을까. 가련한 아이로다. 가슴 아픈 일이다. 사화만 아니라면 평온한 생활 속에서 꽃을 아는 아름다운 인생을 즐길 수 있을 것을.

한데 그 애는 저 김 생원을 능가하는 시성(詩性)을 지니고 있었어. 김 생원이란 녀석은 세상을 다시 보았겠지. 사십 년을 갈고 닦은 시론이 하루아침에 열여섯 꽃다운 아이한테 무너져내릴 때는 마음이 어땠을까. 눈사태가 와르르 무너져 내리는 기분이었을 게야. 그 생각을 하면 지금도 통쾌하다.

흠, 덕분에 시골 무지렁이 시인이 그 애하고 시회(詩會) 한번은 멋지게 하였지. 저가 무슨 왕유이고 황수아라고 풍운을 운운하고 천하를 어쩌고 하며 읊어재켜! 꿈을 먹고 사는 시인 나부랭이는 조금은 불쌍해. 시가 인생의 전부가 아닌 것을!

허나 김 생원이 시를 잘 외는 것은 확실한 일이야. 무지렁이 시인, 불쌍한 시인치고는 격조도 있고. 동동강지미어우제가회진문원한산, 맨날 왼

보람이 그 정도는 있어야겠지.

불쌍한 시인 김 생원은, 송 진사가 이렇게 중얼중얼하고 있을 때, 역시 마루에 나와 앉아 있었다. 이마에는 어제 입은 생채기가 아직도 여실해서 나이든 사람이 뭔가를 위해 투쟁한 흔적이 훈장처럼 드러나 있었다. 그도 어제 떠나간 자향을 생각하고 있었다.

그렇게 멋지게 시를 읊는 처자가 있으리라고는 상상도 못할 일이었다. 가도의 퇴고로 자기를 농락할 때 제대로 답변하지 못한 것은 지금 생각해도 부끄러운 일이다. 문안 학식 있는 학자한테 글을 배운 똘똘이답게 나를 잘도 놀려먹었어. 그때 내 당황한 표정을 그 애가 면전에서 봤더라면 얼마나 웃었을까.

그러나 그 애하고 시회한 것은 영원한 추억으로 남을 게야. 좀 더 좋은 시를 나눴어야 하는 건데. 유희이 이태백 왕유의 시는 좋았는데 맹교의 시는 실수였지. 그 애가 무언가 잘못되어 어머니와 헤어지고 도타하는 신센걸 모른 탓이라.

김 생원이 이렇게 자향과 나눈 시회의 즐거움과 아쉬움을 되씹고 있을 때 머슴이 연통한다.

"생원 나리, 손님이 오셨습니다."

"누구신데?"

그의 물음이 끝나기도 전에 귀에 익은 반가운 목소리가 먼저 온다.

"그 사이 별래무양하시었는가?"

"황 병살세. 어서 오시게. 잘 지내구말구. 여기 와 앉게나."

말은 친근하였지만 후딱 일어나 반기는 품이 친구로서도 대접을 해야 하는 사람인 듯하였다.

"잘 지냈다는 사람이 얼굴에 무슨 훈장을 달고 있는가. 문인도 우리 같은 무인처럼 훈장을 다는 수가 있구만."

사십을 한참 넘어 보이는 내객은 흰두루마기에 단장을 짚고 있었다. 훤

칠하게 키가 크고 얼굴은 길쭉한데 양볼이 약간 야위었고 퀭한 듯한 눈은 형형하게 반짝이었다. 허리가 꼿꼿하고 어깨는 좌우로 넓직하다. 누가 보아도 건장한 장수감이었다.

마루에 와서 걸터앉는 황 병사는 시원하면서도 약간은 무게가 있는 웃음을 지으며 김 생원를 위아래로 훑어본다.

"그래, 그 생채기는 웬 일인가?"

그 말에 김 생원는 상처난 곳을 슬쩍 만져보면서 계면쩍은 웃음을 보낸다.

"사연이 좀 있네."

"사연이 있어?"

"그러하네."

김 생원는 으흠, 기침을 한 번하고 어제 일어난 일을 간략하게 황 병사에게 이야기해 주었다. 자향과 시회를 하기 전 처자의 꾀에 속은 것까지 숨기지 않고 이야기하였다.

"흐음, 자네가 늙으막에 이쁜 처자에게 반했네그려."

"에이 이 양반아, 그게 무슨 말인가. 애들이 듣고 웃겠네."

"헛헛허, 웃으라지. 나이 들어서도 무엇에 반하는 것이 있는 법일시. 그게 얼마나 행복한 일인가. 더구나 그건 사람의 마음이 아직도 젊다는 뜻이니 더욱 좋은 걸세. 내가 하루만 일찍 왔으면 재미있는 구경을 할 걸 놓쳤구만."

"자네의 기상이 더욱 높아진 것 같으네. 근력은 역시 좋지? 무슨 바람이 불었는가?"

"그렇지 않네. 세월이 같이 가자고 잡아당기고 흔들고 난릴세. 자네만 해도 열여섯 풋처자한테 혼이 나구 말이야. 서울은 제자 보러 나들이왔네."

"제자들도 잘 있고, 어느 제자 땜에 왔는가?"

"잘 있는 아이도 있고 잘 못 있는 아이도 있고. 이놈의 세상이 실력 있고 뜻 있는 사람을 알아봐야 말이지."

"그 호랑이보다도 더 힘차고 빠르다는 제자는 이번 과거에 응시했으렷다."

"급제하였네. 그나마 고맙지."

"응시만 하면 급제하게 돼 있는 아이 아니던가."

"그야 물론이지만 환로가 시작부터 좋아야 하지 않는가. 그럴려면 장원을 하여야 하는데 이 애가 활을 좋아하지 않아서 세 번째로 붙었다는 게야."

"장원을 하였으면 당장 제주쯤의 현감은 따놓은 당상인데."

"그러게 말이네."

황 병사는 이름이 외자인 병이요, 김 생원의 외가가 있는 여주 사람으로 그곳서 사귄 죽마고우이다. 김 생원가 어려서 병치레가 심해 외조모 밑에서 오래 지냈는데 그때 사귄 동무가 황 병사인 것이다. 동무의 집안은 창원 황씨이나 족보가 없는 말로만 양반인 양민 자제였다.

양반의 병약한 아들과 양민의 튼튼한 아들이 좋은 동무가 되었는데, 김 생원은 환로에 나가고 싶으나 재주가 없고 황병은 무인으로서는 천하 재목감이나 길이 없었다.

황병은 언젠가 나라에 큰 전역이 있을 때 출신할 수 있다는 마음에 무술을 연마하였다. 천부적인 몸과 뼈를 가는 노력으로 높은 무술을 터득하였다. 시골서 배운 솜씨로는 안 된다 하여 이천의 은퇴한 무인도 사사하고 금강산에 들어가 무술을 도통하였다는 노승의 제자가 된 적도 있었다. 그렇게 열심히 연마하였건만 이십 년 전란이 없어서 기회를 얻지 못했다. 삼십을 홀렁 넘자 출신의 마음을 썼고 농사만 짓고 살았다. 근력이 워낙 좋고 근면한 덕에 지금은 넉넉한 부농이 되었는데 그의 무술이 은연중 소문이 나서 제자가 끊이지 않고 있었다.

김 생원가 황병을 병사라 부르는 것은 그의 실력을 높이 평가하여 발탁되는 동시 병사수사는 하고도 남는다는 뜻으로 저희들만이 쓰는 칭호였다.

김 생원는 지금 그의 제자 가운데 가장 빼어난 자에 대해 이야기하고 있는 것이다.

"그래서 어느 마을에 발령을 받았는가?"

"그 애의 재주가 소문이 났던 모양이야. 여러 곳에서 끌은 모양인데 호분위에 들어갔네. 그 애가 문안서 한번 모시겠다고 해서 서울 나들이 하러 나온 걸세."

"그래서 행차하였구만. 좋은 곳에 들어간 셈일세."

"그렇지. 그나저나 요즘 조정 돌아가는 이야길 들으니 세상은 또 잘못돼 가는 모양이더구만."

"그래서 그 처자도 송 진사 댁에를 오게 된 모양이야. 불시에 포교의 추적을 피해 도망가는 모습을 보니 가슴이 아프데."

"하지만 그 애를 돕는 애들도 있다니 그것도 대단할세. 서 진사 같은 초연한 양반도 도와주고. 자네도 돕구."

"우리야 그렇고. 그 애를 찾아온 사내가 말이야, 삼개의 왈짜인가 본데 생김새가 늠름해. 언사도 확실하고 행동거지가 깨끔하더라니까. 중노미답지 않아."

"여보게 자네들, 양반만 잘난 줄 아는가. 양민들, 아니 상놈들 중에도 빼어난 애들이 많애. 그들이 뜻을 못 펴고, 뜻은커녕 제대로 써먹지 못하고 있는 건 안타까운 일이네."

"자네 또 양반 쌍놈 병났네."

"그 병 이야긴 아니구. 그렇지 않은가. 나이가 드니까 상놈들 중에도 괜찮아 보이는 녀석들이 자꾸 눈에 들어와. 젊어서는 제대로 된 양반들만 눈에 뜨이더니."

"그게 자네, 인격이 오른 탓일세. 이제 나라에서 발탁해 쓰면 훌륭한 장수가 되겠네. 유능한 인재를 잘 골라 쓸 테니까."

"에이, 그런 미련 인젠 없네. 제자들이나 잘 풀리면 그것으로 족하지."

동자아치가 차를 내와 두 사람은 잠시 말을 거두었다. 차 향기가 따사한 봄날의 햇볕만큼이나 훈훈하다.

"이게 무슨 찬가?"

"자네도 차 이름을 묻는가. 역시 나이가 든 게 확실하구먼. 우롱차라고, 명나라서 들여온 걸세."

"비싼 차를 잘도 구했네그려."

"내가 어떻게 이런 차를 사겠는가. 얼마 전 이치 현령께 인사를 갔더니 이 차를 나눠주시데. 당신도 선물을 받았노라하면서. 자네도 잘 알지 않는가. 진필중 만호 영감 말일세. 그분의 인척이 중국을 드나드는 역관인가 본데 그렇게 열심히 차를 대준다는 거지."

"좋은 일이네. 역관은 예나 지금이나 그렇게 세월이 좋다면서. 돈만 버는 게 아니라 양반 농네로 풀리는 수도 있고. 그 어른들은 잘 계신가?"

"잘 계신다네. 진 만호 어른이 자네 이야길 하대."

"문안을 해야 하는데. 맨날 생각만 하고 사람 구실을 못해."

"이번에 한번 찾아뵙게. 이치 현령도 자넬 보고 싶어하더구만."

"만호 영감은 생의를 어떻게 꾸리시나."

"말은 안 하시지만 어려울 게지."

그 말에 황 병사는 고개를 끄덕이며,

"그렇다고 함부로 도와줄 수도 없고."

"그럼. 고맙네 하고 받을 양반이 아니지. 하지만 방법이 있네. 자네가 도울 생각만 있다면."

"어떻게?"

"내가 한 다리 건너서 보내드리면 되지 않겠나. 우롱차를 잘 마셨습니다. 친구인 황 병사한테 맛을 보였더니 너무 좋아하며 이 어려운 봄철 더운 여름 보내라고 쌀 섬을 보내왔습디다, 하고 쌀 섬이나 보내면 되지 않겠는가?"

"그것 괜찮은 방법이네. 허면 자네 것까지 서너 섬을 보내주지."

"아니야, 내 것은 아니 보내도 되네."

"흠, 안 보냈다간 나중 또 무슨 소리 듣게."

그 말과 동시 둘은 함께 웃었다.

"그건 그렇구. 노량나루를 지나올 때 들었네만 이번 귀양 가는 분네들이 내일쯤엔 거길 지나갈 거라대. 구경꾼들이 벌써 모여들고 있더라구."

"그래? 한데 그게 무슨 구경거리라고 그렇게 모인다는가?"

"왜, 구경거리가 되지. 천하를 우지좌지하던 양반 고관이 죄인되어 귀양 가는 게 백성들에게는 희한한 일이니까."

"그럼 자네도 그 구경을 하고 싶다는 이야긴가?"

"무슨. 나같이 땅이나 일구어 먹고사는 사람은 세상과는 담쌓았지. 최흔이가 사주는 술이나 한잔 대접받고 집으로 돌아갈 생각이네. 한데 그 처자가 그렇게 잘생겼던가?"

"잘생긴 정도가 아니네."

김 생원은 눈을 갸슴츠레히 뜨고 어제 송설네 뒷문 꽃길에서 훔쳐본 자향의 얼굴을 그렸다. 멀리서 조심스레 보았지만 절색인 것만은 확인할 수 있었다.

"그 애가 삼개 왈짜들의 비호하에 송 진사 집을 떠나는 걸 살짝 보았는데 시를 잘 읊는 것보다도 인물이 더 잘생겼는데. 꽃이 부끄러워하고 달이 숨을 정도였네."

"그런가. 아깝고 안타까운 일일세."

"정말 아까운 아이야. 학문이 도저하고 심성도 좋은 아인 것 같으이. 힘이 있으면 도와주고 싶은 생각이 들데."

"허허허, 그래서 그 앨 도와주다가 그 훈장을 달았으니 의리가 있을세."

"그래. 오늘은 우리 집서 자구 문안은 내일 갈 생각이지?"

"그러하네. 하룻밤 신세를 지세."

## 47. 재결합

보욱과 석수는 밤나무 아래에 앉아 있었다. 십 년생이 넘는 밤나무 두 그루가 개울을 사이하여 마주보고 서 있었다.

보욱이 석수한테 말하였다.

"석수야, 너 욱자 이야기 들었지. 그 맘씨 좋은 달리기 잘하는 포졸 이야기 말야."

"응, 들었는데, 그렇게 맘 좋은 포졸이 있다는 건 생각도 못할 일이데."

"그러게 말이야. 짜식이 나 같으면 당장 포졸시켜 달라고 부탁했을 텐데 가만 있었다나. 깝깝하기는 너하고 똑같은 녀석이야."

"나중에 찾아와도 좋다고 했다며."

"그래도 그렇지. 당장 시켜주셔요 하고 부탁을 해야지."

"아니에요. 보욱이 형은 하나만 알고 둘은 모르는 소리여요. 욱자의 그렇게 착한 모습이 아마도 그 포졸을 더욱 감동시켜서 나중 찾아가면 정말로 잘해줄 거 아니에요. 난 거기까지 생각했는데."

"으윽! 석수가 돌대가리가 아니고 잘 돌아가는 머릴세. 하긴 네 말도 맞다. 여하간에 우리 욱이, 포졸은 될 수 있겠지?"

"그러엄. 헌데 형. 그럴라면 욱이를 우리 여기서 빨리 빼줘야 하는 것 아냐?"

"포청에 책 안 잡히게?"

"그래."

"호오! 석수가 갈수록 심기가 깊네."

보욱은 시커먼 석수의 얼굴을 들여다보며 기특하다는 듯이 웃었다. 등짝을 탁탁 쳐주며 재미있어 하였다. 그러자 석수는 씨익 웃으며,

"넘 그러지 마요. 우리가 보욱이 형같이 머리가 좋지는 않지만 그렇게

택없이 나쁜 머리는 아닙네다. 그리고 말이요."

"뭔데."

"자향이란 아씨 말이요. 그 아씨는 정말 맘씨 곱데. 얼굴만 이쁜 게 아니고 마음도 그렇게 고울 수가 없어요."

"그렇지?"

보욱은 고개를 크게 끄덕이며 말을 이었다.

"네가 정신을 잃고 소 대부 집에 업혀갈 때 그 아씨가 얼마나 눈물을 흘렸는지 아니. 나를 보고 너를 꼭 살려내라고 그렇게 신신당부를 하더라, 발을 동동 구르며. 내 콧등이 시큰해질 정도였어. 너의 창상(創傷)으로 보아 죽을 것 같진 않았는데 그렇게 애를 쓰더라고."

"그랬어요? 흐음, 보욱이 형."

"왜?"

"항슬이 형이 그 아씨를 좋아하는 것 같지?"

"글쎄. 나도 그 생각은 좀 해 봤는데 그 아씨도 항슬이를 좋아하는 하지만 사랑까지는 할까? 그게 문제야."

"항슬이 형이 어때서요? 똑똑하고 잘생겼잖수."

"그건 그렇지만 양반이 아니잖아."

"양반이 아니면 어떠우?"

"누가 어떻댔어. 양반이 아니다 이거지."

"흥, 보욱이 형은 양반을 되게 따져. 양반도 아니면서."

"내가 언제 그랬니?"

"형은 돈 벌어 갖고 양반같이 행세하며 살려는 거 아니오?"

"그래, 그게 어때서. 내가 그런 심보 갖는 게 뭐가 나뻐? 양반들 꼴보기 싫어서 유일한 방법으로 돈 많이 벌어 갖고 행세하면서 좀 살고 싶다, 이거야. 그게 나쁘니? 너, 뭐가 기분 나쁘다는 거야?"

"누가 기분 나쁘다고 했소? 그렇다 이거지."

"너도 무술을 배운 게 양반 못지않게 뭔가 해 볼려고 그런 거 아니냐?"

"형, 그런 말 하지마. 난 말이야, 양반놈들은 싫어. 밉구! 그 생각을 하면 이 세상도 싫어! 미워! 살기 싫단 말이야!"

"참내, 너야말로 문제다. 넌 너무 많이 비뚤어져 있어. 석수야, 현실을 봐야 한다. 현실을 너무 무시하면 안 되는 게다. 현실이 싫어도 그 속에서 싸워 이겨 멋지게 살아야 하는 거야. 그런 길은 우리가 봐도 있어 봄직하지 않냐. 안 그러냐?"

"형이야 머리가 좋으니까 그런 길이 보이는지 모르지만 난 안 보여!"

"허, 참내. 야 석수야. 네가 검술을 배운 것은 무언가를 해 볼려고 한 거 아니냐? 검술을 배워 무언가 기회가 생기면 입신도 할 수 있다는 생각을 했을 거구 말이야. 그렇지? 그러니까 석수야, 무작정 현실을 싫어하고 미워해서만은 안 돼. 참을 건 참으면서 우리 열심히 노력하면 그 길을 찾을 수 있을 거야. 안 그러냐?"

"모르겠수. 난 양반놈들은 싫구, 미워."

석수는 그렇게 말하며 울상을 지었다. 자칫 더 격동시키다가는 금방 울어버릴 것만 같다. 보욱은 그렇게 마음 여린 석수가 알쓸하였다. 그의 등을 툭툭 쳐주며 말하였다.

"네 심정을 알아. 하지만 네가 스스로 노력하고 있는 것을 부정해서는 안 된다. 넌 노력하고 있잖아. 우리가 너의 무술에 대해 얼마나 감탄하는지 아니? 이번에 네가 펼친 검술은 정말 대단하더라. 항슬이 뭐란 줄 알어. 석수는 장수가 되고도 남겠다. 그것도 높은 무인의 솜씨다, 놀랍지? 하며 감탄했어. 석수야, 자부심을 가져야 해. 알았지?"

"알았어. 고마워. 건 그렇구, 여하간 자향 아씨는 항슬이 형을 사랑할 것 같으다, 이거야."

"알았다 알았어. 헌데 석수야. 너 저 자향 아씨는 양반인데 왜 좋아하니?"

"그건 틀리잖소. 아씨 아버님은 양반이지만 나라를 잘 다스리려고 노력한 훌륭한 선비시고 아씨는 그분 따님이고 지금은 불쌍하게도 도망하는 신세구, 항슬이 형이 도와줘야 하는 처자구, 말이요."

"그러냐?"

"허, 참! 보욱이 형은 뭐가 못마땅해서 그렇게 묘하게 이야기하쇼? 항슬이 형하고 아씨가 사랑하는 게 싫소? 샘나요?"

"흐흐흐, 건 아니다. 오해는 마라!"

"그럼 뭐요? 이렇게 아씨 때문에 고생하는 게 싫은 거요?"

"것도 아니다."

"흥, 뭔가 싫은 모양이구만. 그렇게 싫으면 보욱이 형은 마포로 돌아가면 될 거 아니요. 우리만으로도 항슬이 형과 아씨를 얼마든지 도울 수 있어요!"

그 말에 보욱이는 눈꼬리를 세웠다. 얼굴빛도 약간 어두워진다.

"왜요. 내가 마포로 돌아가라니까, 화났수?"

"화났다. 너 날 뭘로 보니?"

"뭘로 보긴. 보욱이 형으로 보지. 형이 뭔가 싫어하는 것 같아 한번 말해본 거요. 내가 잘못했어요? 흥, 너무 화내지는 마요."

"야, 석수. 넌, 항슬이 형은 무지 존경하면서 나는 별로 좋아하지 않지?"

뭔가 비틀어진 보욱이의 말에 석수는 그답지 않게 슬쩍 보욱의 눈치를 본다. 내가 말을 과하게 했나. 하지만 그런 의심도 가잖아.

만사 우직한 석수도 생각은 여직 그렇게 퉁겨서 나왔지만 말은 다르게 하고 있었다.

"보욱이 형은 무슨 말을 그렇게 해요. 내가 항슬이 형을 존경하는 게 싫수? 그리고 나는 항슬이 형만 존경하는 게 아니라 보욱이 형도 좋아해요. 그러면 됐잖수?"

"항슬이는 존경하고 나는 좋아한다?"

"그래요."

"흐음. 그래, 그 말이 맞지. 네가 나까지 존경할 리는 없지."

그렇게 말하면서 둘은 서로를 바라보았다. 잠시 둘은 서로의 눈동자를 빤히 들여다본다. 그러더니 보욱이 먼저 씨익 웃고 석수는 민망한 듯 미소 지었다.

"그래에. 석수야, 네가 항슬이를 존경하는 것은 그래야만 하지. 좋은 일이구. 항슬이는 네 검만 사준 게 아니라 매달 강미도 대주었고 맨날 누룽지랑 먹을거리도 건사해 주니까. 존경 안 할 수가 있나."

그렇게 말하는 보욱의 목소리가 하도 처량하게 들려 석수는 갑자기 마음이 약해졌다. 괜히 가슴이 애려온다.

"보욱이 형, 항슬이 형같이 존경한다고 안 해서 미안허우. 앞으론 형도 존경할게. 그리고 형이 없으면 어떻게 자향 아씨를 제대로 도와줄 수 있겠어. 마포로 가지 말고 우리랑 같이 항슬이 형을 도웁시다."

그 말에 보욱은 시추룸히 앉아 있다. 석수가 다시 말하였다.

"보욱이 형, 내 괜한 말을 했나보우. 정말로 마포 갈 생각은 말고 우리 같이 아씨를 도웁시다. 착하고 훌륭한 아씨잖아요! 그리고 형도 존경할 거라니까."

"그래, 그것은 알았지만 네가 날 존경할 건 없다. 더구나 거짓말을 모르는 착한 네가 억지로 존경한다고 말할 것도 없고. 좋아만 해줘도 만족한다."

둘은 그렇게 말하면서 왠지 서로 눈물을 글썽이었다. 석수는 항슬이 고마운 게 새롭게 가슴에 와 닿았고 보욱은 집안이 여유가 없어 항슬이같이 동무들한테 잘해주지 못해 존경을 받지 못하는 자신이 가여웠던가 보았다.

갑자기 석수가 호젓한 목소리로 말하였다.

"보욱이 형, 미안하우. 앞으로는 보욱이 형도 항슬이 형같이 좋아할게.

괜히 상심하지 마요. 우리들 중에 형같이 머리가 빼어난 사람이 어디 있어요. 사실 형 없으면 우리는 오합지졸 아니요? 난 그저 항슬이 형이 저 아름다운 아씨와 사랑을 했으면 해서 그런 이야기를 한 것뿐이여요."

"그래 그래, 알았다. 네 말 다 알았고, 너 희망대로 되면 나도 좋아해줄게. 나도 싫다는 이야긴 아냐. 항슬이가 아름다운 아씨와 사랑하는 게 왜 싫겠어!"

보욱은 순박한 석수의 순진한 태도에 새삼 감동하였다. 석수는 확실히 착한 아이야. 과할 정도로 순진한 게 문제이지만. 내가 너무 과민하게 반응한 거지.

그때 멀리서 까마귀 우는 소리가 들렸다.

"어, 욱자의 긴급신호다!"

보욱이 놀라 외치자 석수는 벌떡 일어났다.

"보욱이 형, 여기서 기다려. 내 갔다 올게!"

석수는 소리나는 쪽으로 메뚜기처럼 뛰어 달려갔다. 실개천이 산골로 뛰는 곳에서 석수는 욱자를 만났다.

"욱이야, 여기다."

갈대 숲에서 석수가 속삭이자 욱자는 사슴처럼 뜀뛰며 달려와 갈대숲으로 들어왔다.

"보욱이 형은?"

"저기 밤나무 있는데. 항슬이 형 신호는 찾았어? 헌데 무슨 일이 있는 거야?"

"포교놈들, 코도 좋고 귀도 밝아. 나를 보았다고. 빌어먹을."

"어디서 만났는데?"

"저 아래 마을과 작은 길이 있었잖아. 그 정자나무에 뭔가 씌어 있길래 살살 가보았지. 우리 표시가 있더라고. 너무 좋아서 표식의 방향을 보고 있는데 털벙거지가 쓰윽 나타나잖아."

"그래서."

"마구 뛰었지."

"이런 바보. 그럴 때는 멍청한 머슴 노릇하면서 엉기적거려야지. 도망갈 때는 도망가더라도."

"내가 그러면 욱자가 아니게. 그러구 이런 산골에 무슨 머슴이 얼쩡거리고 있냐."

"허긴 그래. 그래도 넌 정말 깝깝하다. 그래서 어떻게 도망했니?"

"내 신출귀몰 욱자보법 있잖아. 일루 갔다 절루 갔다, 사람 정신을 쏙 빼놓는 수법 말야. 저 고개 넘어서 따돌렸으니까, 여기까진 못 쫓아올 거야."

"그래도 그들이 우리가 이 부근에 있는 걸 알게 됐잖아. 문제가 생기겠다. 여하간 보욱이 형한테 가자."

둘은 갈대밭과 숲 사이로 해서 밤나무가 있는 곳으로 갔다. 밤나무에 올라가 있던 보욱이 나무에서 내려오며 물었다.

"왜 무슨 일이 있었어?"

욱자는 뜸마을 초입에서 포졸을 만나 냅다 뛰어서 도망해 온 이야기를 또 한 차례 신나게 풀었다. 그러나 보욱은,

"어이구 깝깝하기는."

"으메, 석수와 똑같이 깝깝하다네."

"그럼 깝깝하지. 옆 동네서 심부름 온 머슴 행세하면 안 되냐? 그럴 때 뛰는 것은 난 범죄자요, 하고 훤사하는 셈이야. 그걸 모르니, 이것아!"

그 말에 욱자는 뒤통수를 벅벅 긁으며 계면쩍어 했으나 말은 이상하게 나왔다.

"그래, 그 말 듣고 보니 그렇네. 하지만 나는 포졸을 보기만 하면 뛰고 싶어. 다리도 근질근질하고. 놈들이 날 쫓아와도 날 못 잡는 거, 얼마나 좋아. 얼마나 신나냐구. 빌어먹을 세상, 살고 싶지도 않은 세상, 그런 세상에서 내 마음이 깝깝할 때는 나는 어딘가로 한없이 달려가고 싶거든. 아무도

없는 세상, 우리들만 있는 세상, 아니 나만이 있는 세상, 그런 데로 마구 뛰어서 가고 싶단 말이야. 석수야, 내 말 이해가 가니?"

"이해가 가냐구?"

"응."

"욱이야, 너 무슨 말 하는 거냐?"

"석수야 무슨 말인지 모르겠어? 쉽게 말하면 포졸놈들이 아무리 쫓아와도 날 못 잡잖아. 그런 게 난 좋다 이거야. 이 세상에 희망이 하나 없을 때 나는 어딘가로 마구 달려가고 싶은데, 저 포교들이 쫓아오면 마구 달리는 게 더 신난다 이거지. 정신 없이 생각 없이 마구 달리는 거 신나게 달리는 거 얼마나 좋니. 그것같이 좋은 게 어딨어. 그 순간은 얼마나 행복한지 몰라. 그런 내 심정, 내 마음 모르겠어?"

욱자가 왠지 눈물끼를 띄우며 동무들을 돌아보면서 하소연하듯 읊어대는 모습은 보욱과 석수의 가슴을 애리게 했다. 애린 정도가 아니라 마음속으로 감탄까지 한 보욱이 달음박질 도사를 토닥여주었다.

"그래, 욱이야. 네 말 무슨 말인지 알겠다. 네 심정 이해해. 허지만 지금 우리는 포교들과 장난하고 있는 게 아니잖아. 우리는 항슬이를 도와서 자향 아씨를 어디 안전한 데로 데려다 줘야 잖니. 어느 면 목숨까지 건 거라구. 그러니까 조금은 영리하게 행동해야 한다 이거지."

"그 말도 무슨 말인지 알어. 하지만 나는 노상 달리고 싶은 충동 속에 산다 이거야. 그걸 주체하지 못하겠다구. 보욱이 형, 알았지?"

"그래, 알았다."

"그리구 보욱이 형, 저 자향 아씨는 정말 훌륭한 여자지. 훌륭한 처자같애. 난 저 자향 아씨를 위해 달음박질을 한다고 생각하면 더욱 신이 나. 어젯밤 어둠 속을 달리면서 난 말이여요, 생각했어. 자향 아씨를 위해서 멋지게 달리자. 포졸놈들을 놀리면서 근사하게 달리자. 자향 아씨가 보면 좋아하고 즐거워하게 달리자. 내가 얼마나 잘 달리는지 감탄하게스리 달리

자. 그렇게 생각하며 달리니까 밤새도록 달려도 신나더라구. 보욱이 형 그 말도 이해하겠지."

"그럼. 이해하구말구. 욱이야 넌 정말 훌륭하다. 생각 밖으로 특이한 데 가 있구나. 몰랐다."

"내가 이상하게 보여?"

"아이, 아니. 외려 훌륭하단 이야기지. 하여튼 우리가 오긴 제대로 왔구 나. 글자 방향은 어느 쪽이던?"

영리한 보욱은 갑자기 우수 어린 가여운 인간 본연의 모습을 보이는 욱 자를 어깨를 툭툭 뚜드리며 위로하였다. 그러나 우직한 석수는 욱이가 묘 한 말을 하는 게 도대체 이상하여서 입을 하 벌리고 두 사람의 말대거리를 구경만 하고 있었다.

욱자가 대답하였다.

"으응, 그게 둔지산 윗쪽이더라고."

"윗쪽?"

"응."

"그러면 우리가 동쪽으로 갈 때 항슬이는 북으로 갔다는 이야기네. 여기 서 오른쪽 계곡을 타고 꺾어 들어가야겠다. 그리구 너 아까 왜 까마귀 울 음소리를 내었니?"

"포교들이 나타났으니 주의하라고 한번 내봤지. 어때, 내 까마귀 울음소 리가. 진짜 영락없지?"

아직도 환상 속에서 덜 깨어난 욱자는 보욱이 칭찬이라도 해줄 줄 알고 물었다.

"욱자야. 인제부터는 새 소리도 긴급할 때만 써. 저 포교들 중에는 귀신 같은 자들이 있어서 그런 울음소릴 들으면 대번 알아챌 위험이 있단 말이 다. 알았니?"

"알았어. 이젠 별걸 다 걱정해야 하는구나."

"너, 저 포교들 무서운 거 겪고 나서도 아직 정신 못 차렸냐? 달리기만 잘한다구 모든 일이 해결되는 건 아니야."

"그래, 알았다구!"

그렇게 답하는 순간에도 욱이는 아직도 환상 속에서 덜 깨어 있었고 그래선지 그는 마냥 행복한 표정을 짓고 있었다.


독랄한손은 숲을 돌아설 때 또 나무에 씌어 있는 수상한 글자를 보았다. 이번에는 석 삼자였다. 옆으로 그은 세 번째 획이 길게 삐쳐 있었다.

그는 실눈을 뜨고 글자를 유심히 보며 생각에 잠겼다.

왈패놈들이 저 글자로 뭔가 연락을 취하고 있는 게 분명해. 저 획으로 보면 맨 아래 획이 가리키는 방향으로 오라는 뜻이겠지. 녀석들, 잔꾀는 밝아서.

"포교님 뭘 궁리하고 있으십니까?"

한강독사는 한동안 서서 실눈에 빙그레 웃는 독랄한손이 이상하여 물었다.

"저걸 보게 석 삼자 보이지?"

"네. 저게 어째서요?"

"수상하지 않나?"

"수상하다구요? 그렇게 말씀하니까 수상하군요. 애들의 공연한 낙서는 아닌가 부다."

"물론이지. 이 산골에 애들이 무슨 허천 날 일이 있다구 와서 낙서하겠어. 새우젓패 놈들이 저 글자로 저희들끼리 뭔가 연락을 취하고 있는 게야."

"그렇습니까. 듣고 보니 그렇네."

"맨 아래 획이 가리킨 방향, 그쪽으로 가세."

독랄한손은 그렇게 단정적으로 이야기하고는 성큼성큼 앞서 걸어갔다.

한강독사는 그 뒤를 따라갔는데 통통한 독랄한손이 어찌나 발이 잰지 종종걸음을 해야 겨우 따라갈 수 있었다.

"형님은 무슨 발이 그렇게 빠르시우?"

"흥, 이게 빨라? 우리 윤보와 함께 걸어보면 놀랄걸. 이건 걷는 것도 아닐세. 윤보의 걷는 솜씨에 비하면 굼벵이가 기어가는 정도 밖에 안 되지."

"아니, 최윤보라는 포교님이 그렇게 빠릅니까."

"빠르지. 허지만 녀석이 얼마 전 임자를 만났어. 저 새우젓패 중에 윤보보다 더 빠른 놈이 있더라니까."

"참, 그렇다면서요. 왈패놈들 중엔 별놈들이 다 있어요. 그쵸?"

"잠깐!"

독랄한손은 우뚝 멈춰서더니 가만히 귀를 기울였다. 조금 지나자 독랄한손은 한강독사를 돌아보며 물었다.

"자네, 금방 새 소리 아니 까마귀 우는 소리를 들었는가?"

"까마귀 우는 소리요? 못 들었는데요."

"까마귀 울음소리가 났네."

"산속이니까, 까마귀 울음소리가 나겠지요. 그게 뭐 이상합니까?"

"이상하지. 그 울음소리가 진짜 까마귀 울음소리가 아니거든."

그 말에는 한강독사도 눈치가 붙어서,

"사람이 까마귀 울음소리를 냈다 이겁니까."

"그렇지. 이것도 놈들의 소행이야."

"어느 쪽에서 울었습니까? 놈들이 접선하는 모양이지요."

"자네 말이 맞았어. 놈들이 접선을 하고 있는 게야. 저 산등성이 넘어서 났는데 거리가 상당히 머네. 빨리 가보세."

"그렇게 먼 곳서 들리는 소리를 어떻게 용케도 잘 들으십니다."

"허허허. 윤보가 달리기를 조선서 젤 잘한다고 맨날 자랑하는데 나도 뭔가 잘하는 게 있어야 하지 않는가. 난 원래 귀가 밝아서 이것저것 잘 듣지.

그래서 그걸 좀 연찬해본 거야. 한강독사, 귀 밝은 거 어때. 쓸모 있어 보이나?"

"그거 괜찮은데요. 달음박질 잘하는 것보다 외려 더 실용성이 있는 거 아닙니까?"

"그렇지야 않지. 발빠른 게 어딘데. 윤보같이 빠른 건 천생으로 타고나야 해."

그렇게 이야기하며 급히 산등성이를 넘을 때 한강독사가 손가락으로 한 곳을 가리켰다. 독랄한손이 보니 동료 하나가 허둥지둥 산길을 올라가고 있었다.


남곤은 심정과 단둘이 대좌하자 큰기침을 내었다. 왼손은 아까부터 쥘부채를 연신 부쳐대고 있었다.

심정은 한껏 긴장하였다. 남곤 대감이 하는 행동이 수상하였던 것이다. 큰기침과 쥘부채의 움직임은 평소 남곤이 뭔가 기분이 크게 언짢을 때 하는 버릇이었디.

"여보 정지, 나에게 할 말이 없는가?"

심정은 놀란 듯한 눈길을 남곤에게 보냈다.

"무슨 말씀이신지요, 지정 대감."

심정은 대번 공순하게 나간다. 같은 대감이요, 현재 자기의 직위가 칼을 쥔 의금부 지사이고 친군위의 비밀 제조이긴 해도 현재의 정국을 좌지우지하는 사람은 당연히 남곤이었다. 그뿐 아니라 지금까지 걸어온 환로의 길도 남곤이 한 수 위일 뿐더러 학문과 시문에 있어서도 심정은 남곤의 적수가 되지 못한다.

눈치를 보는 심정의 얼굴을 빤히 바라보는 남곤의 눈길이 왠지 곱지가 않다. 아니 곱지 않다기보다는 뭔가 노림이 있는 눈빛이다.

"여보게 정지, 오늘 상감마마의 용안에 구름이 잔뜩 끼어 있습디다."

"아, 그렇습니까. 무슨 연유가 있으신지요. 성명의 밝으신 마음에 어찌 근심이 깃드셨는가요."

"정지 대감은 언제부터 그렇게 말을 두리뭉실로 하시었소?"

드디어 남곤의 말투에 매서운 독침이 깃든다.

그러나 심정은 남곤이 뭣을 말하는지 감이 잡히지 않아 말을 시원히 뗄 수가 없다. 심정이 대꾸를 못하고 있자,

"친군위의 애들이 무슨 분란을 일으키었소?"

남곤의 말에 심정은 얼굴이 굳어졌다. 어느 누구와도 나누어서 안 되는 이야기를 남곤 대감은 거론하고 있는 것이다. 그렇다고 막무가내도 안 될 것 같지 않은가. 이 머리 좋은 대감이 허튼 소리를 할 리가 없는 것. 뭔가 단서 내지 내용을 조금은 알아채고 묻는 게 분명하였다.

"글쎄요. 들리는 말에 의하면 문안에서 칼부림이 두 번이나 있었다고 하더군요. 쉬쉬 해서 그 내막은 알 수가 없고……."

"그 사건이 있다는 공식 보고도 없고오……."

남곤은 '없고오'를 길게 빼며 심정의 눈동자를 들여다보듯 빤히 쳐다본다.

허, 이것 큰일났다. 이 지정 대감이 뭔가 알아도 훤히 아는 모양이구나. 그렇다 해도 친군위 일을 공식적으로 인정해서 말할 수는 없지 않은가. 속이 켕긴 심정이 뭐라 말할 궁리를 하고 있는데,

"지정이, 세상은 무서운 게요. 정말 무서운 세상이지. 내 어느 옛 글을 보니 이런 문구가 있습니다. '거짓말을 하지 않는 사람은 지위가 높아지기 어렵다' 선비로서는 우스운 이야기이지만 어떻소, 세상물정에는 딱 들어맞는 말 같지요?"

이런! 저 말투는 지정 대감이 지금 날보고 거짓말을 하고 있지, 하고 묻는 것 아닌가. 허허, 참!

심정은 갈수록 가슴이 답답하였다. 뭐라고 답변을 하여야겠는데 마땅

히 할 말이 없다. 눈앞에 왕비의 얼굴이 왔다갔다하고 있었다. '누구한테도 친군위 이야기는 절대 해서는 아니 됩니다.' 날카로운 왕비의 목소리는 생각만 해도 신경이 곤두선다.

남곤이 계속 말하였다.

"나는 이런 생각을 하오. 우리가 서로 말 못할 것이나 거짓말할 것이 왜 없겠소. 간혹 있겠지요. 허나 나는 간담을 내보이며 사는 친한 동무한테는 그래서는 안 된다 하는 생각을 합니다."

이 말에 드디어 심정은 작심하고 만다. 조금은 이야기하자. 그저 얼버무리는 수준 정도는 말해주어도 괜찮겠지. 사실 남곤 대감과 나는 간담상조*하는 사이 아닌가.

결심을 하고 나니 마음이 홀가분하다. 심정이 말하였다.

"지정 대감, 제가 어려운 일을 하나 맡고 있는데 그게 자세한 말씀을 드리기가 어려워서 그런 것이지요. 불원간 자세히 말씀드리려 하였습니다."

"아, 아니요. 그런 일이라면 정지 대감, 나한텐 말씀하지 마시오. 세상은 그런 것 아니요? 됐수디. 단 하나, 내가 이야기하고 싶은 게 있소."

심정은 뜻밖의 남곤의 태도에 멀거니 바라만 보았다.

"정지 대감, 우리 위대한 태종대왕을 한번 생각해 보십시다. 그분이 왕자의 난을 일으키긴 했지만 그것은 그분의 잘못만은 아니겠지요. 안 그렇습니까?"

"맞는 말씀이고말고요. 헌데 요즈음 선비들은 왕자의 난이라고 해서 폄해서들 말을 하지요."

"그것은 세상의 기본을 모르는 소치이오. 당 고조 이연이 나라를 세운 뒤 자기 뒤를 이을 세자로 누구를 지목하였습니까. 건국공신으로 으뜸인 이세민을 세우지 않고 장남을 세웠지요. 그 이유는 뭡니까. 장남이 잘생기고 머리 좋고 고분고분하니까, 세자 삼은 것 아닙니까. 그러나 그것은 크

---

**간담상조** 肝膽相照 간과 쓸개를 서로 비추어 보인다. 친구 사이에는 숨길 게 없다는 말.

나큰 실수. 나라를 세웠을 때는 아직도 빼어난 장군들이 수없이 많은 법. 이세민이 공신 일호일 뿐더러 그러한 무신을 억누룰 수 있는 유일한 후계이거늘 연약한 장남을 세우는 우를 당 고조는 저지른 것 아닙니까. 그 결과 어떻게 되었소? 현무의 변이 일어나 북쪽 궁문인 현무문에서 입궁하던 세자와 그 어린아이까지 죄 도륙당하지 않았습니까?"

심정은 고개를 끄덕이며 남곤의 말을 일방적으로 듣고 있었다. 그러나 이제는 그가 무슨 말을 하려는지 조금은 감을 잡고 있었다.

"그 현무문은 왕족의 피로 얼룩졌다 해서 문 이름을 신무문이라 바꾸었습니다. 우리나라의 궁궐 이름을 지은 분이 누굽니까. 정도전이지요. 우리나라 궁궐 북문도 현무문이 아닌 신무문이고.

한데 그 정도전은 현무의 변을 훤히 아는 사람이 세자로 누구를 밀었습니까. 마땅히 개국공신인 방원 왕자를 밀어야 할 것을 방석이를 밀었지요. 왜 방석입니까. 잘생기고 머리 좋고 고분고분하니까, 이유가 똑같았어요. 왕자의 변이 아니 나겠습니까. 그때 왕자의 변이 안 났다면 몇 대 아니 삼대도 못 가서 이씨 왕조는 없어졌을지 모르지요. 그리고 태종대왕께서 펼친 업적 중에 무엇이 으뜸입니까?"

거기까지 말한 남곤은 심정을 무심히 바라본다. 이젠 감정이 없는 얼굴이다. 심정은 남곤의 그 평명한 얼굴을 보자 등골이 서늘해진다. 이 지정 대감은 정말 무서운 데가 있어. 나 같은 사람은 따라갈 수가 없지. 저 무심한 얼굴 속에 무한한 깊이를 간직하고 있겠다. 갑자기 변하는 탄력도 무궁무진하고.

"태종대왕의 업적으로는, 행정개혁도 있고 인사혁신도 있고 시전제도 정비도 있고 농업개정도 있습니다. 허나 정지 대감, 나는 태종 임금의 최고 업적은 사병혁파를 칩니다. 왜냐? 사병혁파를 함으로써 명실상부한 문민정치 왕도정치를 펼칠 수 있었지 않습니까? 아니 그렇습니까, 정지 대감?"

"물론입니다. 저도 그렇게 생각하는 바입니다. 그럼으로 해서 중국도 제대로 한번 펼치지 못한 공자님의 왕도정치를 우리 조선이 펼 수 있게 된 것이지요."

"맞소. 그렇다면 다음은 이야기하지 않아도 아시겠지요?"

둘은 한동안 말없이 조용히 앉아 있었다. 이윽고 남곤이 들고 있는 쥘부채로 자기 무릎을 탁탁 치더니 말을 내었다.

"무인은 눌러 둘수록 좋은 것인데…… 칼은 쓰면 쓸수록 날카로워지는 것이고, 칼부림은 거듭될수록 커지는 것이고, 칼바람이 눈덩이처럼 커지면 임금은커녕 하눌님도 감당하기가 어려워지지요. 저 중국의 피비린내 나는 위진남북조와 오호십육국의 역사를 보시오. 왜 삼십 년이 멀다고 나라가 바뀌고 임금이 살해당했습니까. 무인의 칼이 힘을 얻고 광분하였기 때문 아닙니까. 피맛을 보고 권력맛을 본 칼은 뵈는 게 없는 거요. 우리나라 고려 때도 조정과 백성이 무식한 무인의 난에 얼마나 고생을 하였소?

태종 임금이, 세종 임금이, 다 그런 역사를 아시기에 무인의 힘을 억눌러 문인의 밑에 내려놓은 깃 아닙니까. 그러한 깊은 통찰을 어느 날 쌩개치고 갑자기 혁신세력이 문제다, 우리 같은 노친네가 문제다, 해서 무인을 앞세우려 하다니요. 큰일납니다, 큰일나요!"

심정의 콧등에 땀방울이 돋기 시작하였다. 마음과 가슴이 함께 떨린다. 지정 대감의 질책을 듣고 보니 정말로 큰 위험이 친군위의 활동 속에 내재돼 있다는 생각이 나는 것이다.

심정은 꺼끌꺼끌한 입을 열었다.

"지정 대감, 무슨 말씀인지 잘 알겠습니다. 제가 역시 대감 같은 지혜가 부족하와 이렇게 되었는가 봅니다. 좋은 가르침을 받았습니다."

"여보게 정지, 우리끼리 무슨 가르침이고 잣이고가 있나. 서로 아끼고 사세. 내 허튼 소리 하나 할까요?"

"말씀하시지요."

"우리 집 사랑에 드나드는 사람이 많고도 많지만 그 중에 진사 아무개가 있네. 조광조 때 과거에 우수한 성적으로 급제한 자인데 출사를 못하고 다 떨어진 두루마기를 입고 다니는 사람이지. 그 진사가 나를 찾아올 때마다 쓴 소리를 한다네. 정말로 듣기 싫은 소리를 해. 어떤 때는 박살을 내고 싶지만은 잘 생각하면 그의 말이 죄 맞는 거라. 화날 때도 많지만 요즘엔 참고 듣기만 하지. 그가 왜 나한테 그런 이야기를 하는가? 우선은 나한테 부닐기 위한 목적이 있을 터이나 가만히 살펴보면 그것만은 아니야. 아무개는 나를 통해 나라를 잘 되게 하고 싶은 게야."

그 말에 심정은 호오, 놀라는 마음이 일었다. 그렇게 심기 깊은 자가 있단 말인가. 요즈음 같은 천박하고 험악한 세상에, 그렇다면 그자야말로 동량지재 아닌가. 대쪽같은 선비란 고관의 사랑방에 드나드는 자체를 멸시한다고 하지만 만일 그런 노림이 제대로 이뤄진다면 고관 댁 사랑을 드나드는 보람도 있을 것이었다.

"내가 천하지 않아도 그는 곧 벼슬을 나갈 게야. 조광조가 자기 패거리가 아니라고 천하지 않았지만 출중한 사람이니까. 그가 벼슬을 나가서 시골로 간다 하면 나를 찾아오는 게 적어질 테니 내 귀는 편안해지겠지. 허나, 대감이 오시기 전에 홀로 앉아 가만히 생각해보았네. 나라는 사람은 뭣인가. 지금 잘 하고 있는 건가…… 그렇지 않은 것 같애. 그 아무개가 수시로 날 격앙시키고 있다 해도 오만 사람의 아부에만 길들여가고 있는 건 아닐까. 내 심성은 버려질 대로 버려져서 권세에 눈이 어두워지고 자만에 빠져서 끝내는 권간이 되는 게 아닌가, 그런 생각을 하였네."

그렇게 말한 남곤은 입맛을 쩝쩝 다시며 심정을 은근한 눈초리로 건너다본다. 심정은 남곤의 말꼬리가 무얼 노리는 건지 또 아리송하여 그저 조심스럽게 바라만 보았다. 남곤은 심정의 그런 헤맴을 아는지 빙긋이 웃으며,

"심 대감!"

"무슨 말씀이신지요?"

"사람이 말은 안 하고 눈으로만 말할 때도, 아니 몸으로 말할 때도 있다는 걸 느끼신 적 있소?"

"글쎄요. 그렇게 말씀하시니 그럴 수도 있다는 생각이 듭니다."

"그렇지요. 그 아무개가 어떤 때, 나를 보는 눈초리로 뭐라고 이야기하는 줄 아십니까?"

"……."

"그 아무개 눈이 나를 보고 소인, 간신, 하고 이야기하는 걸 가끔 느끼었소."

"에이, 대감도, 그럴 리가 있습니까. 대감께 부닐어서 나라가 잘 되었으면 하고 생각한다는 사람이 대감께서 잘 대해 주는데 그런 배은망덕한 생각을 하겠습니까."

"아니지요. 나도 아까 말하지 않았소. 그자를 박살내고 싶은 생각이 날 때가 있다고. 그렇다면 아무개도 그 반대로 나를 보고 흥, 소인인 주제에, 아니면 간신은 어쩔 수 없어, 하고 생가하지 않겠소?"

그 말에는 심정도 더는 이쁜 말을 하기가 곤란하여 입맛만 쩝쩝 다시는데 남곤이 허리를 굽혀 심정의 얼굴 가까이 자기 얼굴을 들이밀며 다정하게 말하였다.

"그런 소인도, 그런 간신인 나도, 최소한 나라를 위한 가장 중요한 일은 막아야겠다, 하는 생각을 하는 거지요."

"물론이십니다."

그 말을 무심결에 한 심정은 아차, 하였다. 그러나 남곤은 그런 투의 응답과 망설임은 아랑곳하지 않고 말을 계속한다.

"그러면 한마디 물어보십시다. 친군위라는 조직은 태조대왕 때는 막강하였다가 이즈음에는 흐지부지되었지요?"

"그렇습니다."

"흠, 그렇다면 역사는 돌고 도는 거니까 또 그럴 수도 있겠구려."

"물론이지요."

심정은 엉겁결에 그렇게 답변하여 놓고 또 아차, 하였다. 그 답변은 친군위를 종전처럼 돌리겠다는 약속을 자기가 한 셈이 아닌가. 이런, 내가 무슨 장담을, 약속을, 지정 대감에게 하고 있는 게야. 왕비한테 허락도 안 받고. 그 순간, 엄하고 차디찬 왕비의 사나운 표정이 눈앞에서 어른거렸다. 아이쿠 큰일났다!

심정은 남곤의 재치에 도저히 당적이 안 되는 자기가 싫었다. 그러나 그런 심정의 마음속 갈등을 아는지 모르는지 남곤은 다시 한 번 다정히 묻는 것이었다. 이번에는 심정도 신경을 곤두세웠다. 무심결에 남곤에게 또 속아서는 안 된다는 생각을 하며.

"정지. 대감이 말이야 누군가한테 거문고를 선물로 받았다면 어떤 감회가 날 것 같소?"

어, 이것 봐라. 이건 또 무슨 뚱딴지 같은 물음이냐. 황당하잖아. 속임수가 숨어 있는 건 아닐까. 허, 알 수가 없네.

그렇게 심정이 헤매고 있을 때 남곤은 다시 허리를 쭈욱 펴고 쥘부채로 필요 없는 바람을 살살 얼굴에 부쳐대고 있었다. 눈은 빙긋이 웃고 있고 그 자체로 보아 심정의 답변을 바라고 있는 것 같지도 않았다.


앞서 가던 욱자가 바위 아래에 가까이 가서 뭔가를 열심히 들여다보았다. 보욱과 석수도 욱자가 보는 곳을 들여다보았다. 약간 어둑한 곳에 신호가 써 있었다.

뒤따라오던 보욱이 잠시 글자를 살펴보더니 급히 둘의 어깨를 두드렸다.

"일루들 들어와."

보욱은 바위 사이 으슥한 산길로 잽싸게 들어가는 것이었다. 둘도 뭔가 이상함을 느껴 후딱 따라갔다. 보욱은 숲 안쪽으로 한참 동안 발이 재게 걷더니 약간 은밀한 곳이 나오자 나무 뒤쪽으로 몸을 숨기며 멈춰섰다.

석수와 욱자가 똑같이 나무 뒤에 몸을 사리자 보욱이 귀를 기울여 주변을 살피는 시늉을 하며 석수한테 지시했다.

"석수, 뒤를 잘 살펴봐라. 검을 들고. 포교들이 오나 말야."

"포교?"

"응."

석수는 진지한 보욱의 표정에 놀라 검을 쓱 뽑아 들고 들어온 뒤를 노려보았다.

욱이가 물었다.

"보욱이 형, 뭔가 보았소?"

"그래, 아까 그 신호는 가짜야. 포교놈들이 항슬이가 남긴 신호를 보고 가짜를 만들어놓은 것 같애."

"정말이야?"

"물론. 내가 항슬이의 필체를 모르겠나?"

"그렇겠네. 그러면 그들이 이 근처 어딘가에 있다는 이야기 아냐?"

"그렇지. 우릴 봤을지도 몰라."

"그럼 어떻게 하지?"

당황하는 욱자에게 보욱은 너무 걱정 말라는 듯이 등을 탁탁 쳐주면서,

"욱이야 앞쪽으로 나갈 틈이 있나 살펴봐. 소리내지 말고."

"알았어."

욱자가 길을 만들며 앞쪽으로 나가자 보욱은 석수의 등에 대고 속삭였다.

"저들은 우리만이 목표가 아닌 거다. 틀림없이 우리를 뒤쫓을 심산인 게야."

그러고 보니 석수도 감이 선다. 어쩌면 우리가 바위를 들여다보고 있을 때, 저들이 보고 있었을지 모른다. 그 생각을 하자 가슴이 오싹한다. 겁이

나서가 아니다. 혈전을 또 한번 치뤄야 한다는 생각에 이어, 사람을 죽여서는 안 된다는 생각을 한 것이다.

추 봉사 집에서 사흘을 몸조리하며 석수는 천장을 물끄러미 바라보면서 지냈다. 천장을 바라보는 속에 석수는 뭔가 깊은 생각을 하였다. 이렇게 부상해서 고생을 하고 보니 사람을 해쳐서는 안 되는구나, 특히 사람을 죽여서는 안 돼. 버드나무 여울에서 나의 검을 맞은 사람들은 어떻게 되었을까.

그 생각을 하며 석수는 속앓이를 하였다. 돈밖에 모르는 스승이 검은 사람을 지키기 위해 쓰거라, 사람을 해쳐서는 안 되니, 하고 훈시하던 생각이 났다. 하지만 적과 조우하여 싸울 때는 힘껏 싸워야 하는 것 아닌가. 그런 생각을 하면 이율배반에 가슴이 답답해지는 것이었다. 하지만 결론은 사람을 죽여서는 안 된다, 였다.

차 한잔 먹을 시간이 지났다. 석수가 꼰아보고 있는 뒤쪽에서 작은 소리가 들려왔다. 누군가가 다가오고 있었다.

"몇 명 같애?"

보욱이 물었다.

"한 사람."

보욱은 눈을 끔벅거리며 나뭇가지 사이로 밖을 살폈다. 오른손에 쥔 삼인검에 힘이 들어가 있었다.

발자국 소리가 점점 크게 났다. 이제는 보욱이도 들을 수가 있다. 그때 귓바퀴에서 욱자의 속삭이는 소리가 들렸다.

"뒤로 가면 건너편 계곡으로 내려갈 외길이 있을 법해. 그쪽은 워낙 숲이 우거져서 사람은 물론 포졸들도 없을 거구, 있다고 해도 얼마든지 피할 수 있어."

"그래? 그럼 그쪽으로 빠지자."

보욱이 석수의 등을 툭 치고 손짓하였다. 셋은 숲을 뚫고 기어나갔다.

십여 장을 올라간 뒤 계곡 아래로 내려가는 가파른 경사를 내려갔다.

그때, 후익후익 휘파람 소리가 좌우에서 울려 퍼졌다. 셋은 동시에 멈춰 섰다. 비상사태다. 그들은 좌우에서 포위되어 있었던 것이다.

보욱은 얼굴을 찡그렸다. 이렇게 완벽하게 포위되다니, 이해가 되지 않는다. 잠깐 생각한 보욱은 욱자에게 말하였다.

"저 아래서 본 글자 방향이 여기서는 왼쪽이었지?"

"응, 이쪽 숲을 가로질러 가야해."

"우선 빨리 가고 보자!"

보욱이 손짓으로 방향을 가리키자 욱자가 앞장 섰다. 욱이는 역시 달음 박질 도사처럼 잘도 달려 내려갔다. 보욱이 문제였다. 경사가 가파르고 내려갔다 올라갔다 하는 산세가 험난하여 빨리 타기가 힘들었다.

차 한잔 마실 시간을 달렸을까. 갈수록 산길은 험하였다. 휘파람 소리는 은은히 들려왔다. 계속 뒤쪽에서 쫓아오는 게 분명하였다.

앞서 가던 욱자가 멈춰 서 있었다.

"왜 서 있니?"

보욱이 묻자,

"길이 없어요."

욱자는 고개를 저으며 뒤를 돌아본다. 절벽이다. 갈 길이 마땅히 없다. 석수가 바위를 올라타고 그들에게 다가왔다.

"왜 안 가고 있어? 빨리 가!"

석수의 독촉에 보욱이 고개를 갸우뚱하며 욱자에게 물었다.

"네가 보았다는 그 삐침 말이야, 삐침이 길데 짧데?"

"건 왜?"

"길었냐니까?"

"길었지."

"어느 정도?"

"아, 그러고 보니 그동안의 글자보다 두 배나 길었다!"

"이런 빌어먹을. 진작 그 얘길 할 것이지! 어쩐지 이 길이 이상하다 하였지."

둘의 대화에 석수가 의아한 표정으로 두 사람을 번갈아 쳐다본다.

"야, 석수. 방향을 튼다. 네가 앞장을 서라."

"왜 그러는 거야?"

"항슬은 그 표기를 우리만 보는 게 아니고 포교들이 볼 걸 예상한 거야. 그래서 맨 나중 방향은 직진이 아니고 동쪽이라는 뜻으로 길게 쓴 것이었어. 그걸 욱자가 알아채지 못한 거구!"

"그런 약조가 있었어?"

"그럼, 그 얘기 기억 안 나냐? 마냥 길면 가리킨 방향의 오른쪽이고 아주 짧을 때는 왼쪽이라고. 항슬이 궁리해서 말하던 거 기억 안 나?"

우직한 석수는 그래도 고개를 갸우뚱하는데 급한 성질보다는 외려 머리가 좋은 욱자는 머리를 벅벅 긁었다.

"맞어. 항슬이 형이 그런 말 한 적 있어."

"거봐. 석수, 이쪽으로 가. 조심해. 포교 냄새만 나도 풀 속으로 숨는다. 싸우는 건 어쩔 수 없을 때나 하고!"

"알았어!"

"그리고 욱이 넌, 맨 나중에 오면서 우리 발자국이 하나도 안 남게 지우고 와. 알았지?"

"알았어."

똑같은 '알았어' 였으나 석수는 신이 나 있고 욱자는 사기가 저상돼 힘이 없었다.

잠시 앞을 응시하던 석수는 왼손으로 삼인검을 꼭 누르며 조심스레 숲 사이를 헤치며 나아갔다.

독랄한손과 한강독사 그리고 욱자를 쫓아온 포졸 셋은 석수, 보욱, 욱자가 사라진 뒤 얼마 안 돼 절벽에 도착하였다. 그들은 절벽 아래를 정탐하느라 아주 조심을 하였다. 그동안의 발자국으로 보아 절벽 아래로 내려간 게 분명하였던 것이다.

그러나 한참을 살펴도 새우젓패가 움직이는 기척도 없었다. 절벽은 또 내려갈 곳이 없을 정도로 험난하였다. 발자국과 흔적도 보이지 않는다.

"이상하다. 여기까지는 확실히 온 게 분명한데."

독랄한손은 혼자 중얼거리며 그 자리에 주저앉았다. 욱자가 저희들이 간 곳을 어쩌나 잘 은폐시켰던지 포교들은 그 흔적을 찾을 수 없었다. 실패는 성공의 길라잡이였던 것이다.


"아이는 잠이 들었습니까?"

항슬은 자향이 숨어 있는 곳으로 올라오며 물었다.

"네, 잠이 들었어요. 어디까지 갔다 왔어요?"

"저 산 너머까지요. 세 군데 표시를 해놓고 왔습니다. 어쩌면 우리 동료들이 발견할 겁니다."

항슬은 자향이 일어나 손짓하는 풀밭에 앉았다. 자향은 잠자는 상길이를 마른 풀잎으로 덮어주고 항슬 곁에 앉았다. 항슬은 자기 곁에 바짝 다가앉는 자향을 바라보았다. 맑고 이쁜 얼굴이 자기를 보고 웃는다.

그 순간 항슬은 가슴이 철렁하였다. 오, 이 아씨가 가까이 다가와 앉으니까 나는 가슴이 철렁하네!

철렁하는 그 가슴이 붉은 피로 북받쳐 올라오는 것 같고 너무 뿌듯한 감정에 휩싸여 가슴이 울렁이었다. 순간 항슬은 왠지 행복하다고 생각했다. 그런 행복한 순간 속으로 자향의 다정한 목소리가 날아든다.

"보욱이가 빨리 왔으면 좋겠어요."

그 말에 항슬이도 윤기 있는 목소리로 답하였다.

"그렇지요. 보욱이와 욱이만 오면 문안으로 숨어 들어가는 것을 의논할 수 있을 텐데. 보욱이는 꾀가 많잖아요."

"그래요. 보욱이 있으면 그런 궁리를 할 수 있을 거여요. 하지만······."

"······."

"하지만 전요. 항슬이만 있어도 마음이 안온해요. 항슬이는 뭔가 사람을 편안하게 해 주는 게 있는 것 같아요."

"그렇게 말하는 자향의 눈에 반짝하는 기쁨이 지나간다. 항슬은 웃었다.

"사람의 마음을 편안하게 해 주는 건요, 아씨가 나보다 훨씬 윗길인 걸요."

"그래요? 저랑 같이 있으면 편안해요?"

"편안함을 떠나 행복합니다."

"정말루요?"

"정말루요."

둘은 똑같은 말을 질문과 답변으로 나눠하며 서로 빙그레 웃었다. 따사한 서로의 마음이 서로를 알아내고 있었다. 마음이 서로 엉키는 것 같았다. 둘은 동시에 행복하였다.

항슬이는 정말 사람을 안온하게 해줘. 양반으로 태어나서 과거에 급제하고 시골의 현감 정도만 되어도 많은 사람들을 행복하게 해 줄 사람이야. 이런 사람, 이런 남자가 흔하지는 않겠지. 상민 출신이어도 너무나 좋다.

자향 아씨가 왜 이렇게 다정할까. 나를 좋아하는 걸까. 내가 자기를 좋아하는 걸 눈치챈 걸까. 이렇게 아름다운 여자가 나를 다정한 눈길로 보아 주다니! 아, 이 아씨를 어딘가 안전한 곳에 데려다 행복하게 살게 해줘야 해. 저 눈길, 저 미소, 저 지혜가 넘치는 눈매를 어디 가서 다시 볼 수 있을까!

둘은 이렇게 서로 같은 미소를 지으며 서로 다른 생각을 하고 있었는데, 자향이 갑자기 몸을 돌리며 사방을 살폈다. 아무도 보이지 않는다. 나무와 풀과 들꽃만 풀숲에 그득하다. 그런데도 자향의 얼굴은 점점 엄숙해지고 있었다.

"왜 그러세요?"

항슬이 이상한 표정을 지으며 물었다.

"아니요……."

자향은 얼버무렸다. 지금 느끼고 있는 이상한 감정을 뭐라 표현할 길이 없었다.

두려웁고 떨리는 가슴의 요동, 한기가 가슴 깊숙이 파고드는 이 전율, 멈춰야 한다 멈춰야 한다는 이 가없는 외침! 이것은 무엇일까!

자향은 사방을 두리번거리며 살폈다.

자향의 묘한 모습에 항슬이 이상한 표정을 지으며 물었다.

"뭔가 이상한 걸 느끼셨어요?"

"네."

"어떤 건데요?"

"갑자기 가슴이 떨렸어요. 무서웠어요. 무언가가 다가와요!"

그 말에 힝슬은 금빙의 자향처럼 숲 여기저기를 실폈다. 그들 외에는 아무도 없다. 혹시 미행자가 있는가 하였으나 지금으로서는 알 도리가 없다.

그들은 한동안 그렇게 두리번거리고 있었는데 자향의 가슴이 다시금 누근두근해지는 것이었다.

이건 뭘까. 내가 왜 이럴까. 가슴이 떨린다. 무섭다. 두려운 생각이 난다. 이건, 이건. 그렇다. 이건 살기(殺氣)가 아닐까. 지금 어딘가, 근처에, 우리 주변에, 살기를 품은 사람이 있는 거다. 그걸 느끼는 거다. 내가, 무인도 아닌 내가!

"왜 그러세요? 또 이상합니까?"

"네."

자향은 얼굴이 하얘져서 항슬을 바라보았다. 항슬이 위로하듯 물었다.

"왜 그러는 거예요?"

"살기."

"네?"

"살기가 있어요. 살기가 느껴져요."

그 말에 항슬은 다시금 사방을 살폈다. 아무도 없다. 그런데 자향은 살기를 느낀다. 뭔가 살기가 있는 게 틀림없다. 자향은 결코 거짓말을 하지 않는 사람이다. 순수한 마음의 소유자다. 그녀가 느끼는 무엇은, 사실 그 자체일 것이다.

"살기를 어느 쪽에서 느낍니까?"

"그건 종잡을 수가 없어요."

"지금은 어때요?"

"불안해요. 가슴이 떨려요. 우리 어디 은밀한 곳으로 숨어요."

"그럽시다."

자향은 풀밭에 잠들어 있는 상길이를 안아들었다. 둘은 숲이 깊숙한 곳으로 살살 찾아 들어갔다. 소리나지 않게 하기 위해 조심스레 걸었다. 그러나 자향은 살기를 떨칠 수가 없었다. 자향은 멈춰서 무릎을 꿇고 관목 사이로 몸을 숨겼다. 항슬은 그녀를 보호하는 위치에서 역시 몸을 숨겼다.

자향의 얼굴은 여전히 엄숙하다. 살기가 아직 사라지지 않고 있는 것이다. 항슬은 눈을 감고 정신을 한데 모아 보았다.

그렇다. 뭔가 느껴지는 게 있다. 그도 가슴이 떨려옴을 느꼈다. 이것이다. 살기인 게다. 왜 나는 일찍 이걸 느끼지 못 했을까. 오른쪽이다. 더 오른쪽으로 이동하고 있다. 살기가 움직이고 있다. 누군가 있고, 그는 자객일 터이고, 자객은 움직이고 있다. 그들의 주변에서.

항슬은 이 무서운 살기에 전율했다. 무서워서가 아니었다. 자향을 보호할 수 없다는 생각 때문이었다. 또다시 지난 번처럼 자향을 처참하게 만들 수는 없지 않은가. 그래서는 안 된다. 차라리 내가 죽고 말지.

항슬은 그렇게 마음속으로 외치며 한참을 기다렸다. 살기가 조금은 사라진 것 같다. 뛰던 가슴도 진정이 됐다. 자향의 얼굴도 정상으로 돌아왔다.

"지금은 어때요? 살기가 없어진 거 같은데?"

"그래요. 없어졌어요."

"우리가 너무 과민했나요?"

"그러지 않을 거예요. 하지만 지금은 괜찮아요."

그렇게 잠시 가만히 있었다. 그들은 안온한 마음으로 돌아갔다. 그러자 새 소리가 들리기 시작하였다. 바람이 살랑살랑 불어 자기들을 스치고 지나가는 것도 느꼈다. 두 사람의 마음이 자신들도 모르게 편안해지고 있었다.

그렇게 그들은 한동안 서로를 보고 주변의 나무와 풀을 살피고 새 소리를 음미하며 있었다.

자향은 그런 시간이 한참 지나자 왠지 행복하다는 생각까지 하였다. 항슬도 역시 행복감을 느끼고 있었는데 그것은 자향 아씨가 위험하지 않은 상태가 된 설 감사하는 마음 때문이었나.

그들의 행복은 그러나 오래가지 않았다. 갑자기 먼 데서 이상한 소리가 들려온 것이다. 둘은 동시에 놀라 귀를 기울였다.

그것은 휘파람 소리였다. 항슬은 그 소리를 더 잘 듣기 위해 숨어 있던 풀밭에서 고개를 쏘옥 빼어 올렸다. 자향은 그런 항슬을 보고 놀라 물었다.

"자객이 또 나타났어요?"

"아니요. 아직은 모르겠어요. 멀리서 휘파람 소리가 들려오는 것 같아요. 저 나무 사이에 숨어 계세요. 상길이가 이상한 소리 내지 않게 하구요."

"알았어요."

항슬은 아까부터 점찍어 놓은 바위 사이로 올라갔다. 바위 옆 우거진 관목 사이에 숨었다. 한참을 기다리고 있어도 아무 소리가 없다. 오히려 휘파람 소리가 멀어진다.

항슬은 열심히 귀를 기울이다가 혼자 미소지었다. 하하, 저 휘파람 소리는 포교들 거로군. 저자들이 내 표지를 보고 화살표를 따라가는 것을 알아낸 거야. 허지만 마지막 글씨의 경우는 오른쪽 길인데 그걸 알아챌 수가 없었던 게지. 짜식들 잘도 속는군. 허면 보욱이나 욱자는 내 표지를 아직도 보지 못했을까.

그렇게 한참 실망과 걱정 사이를 왔다갔다하고 있는데 바스락거리는 소리가 아래쪽에서 났다. 항슬은 몸을 완전히 숨기고 나무 사이로 소리나는 곳을 응시하였다.

머리 하나가 쑥 나와 사방을 살피고 있다. 거리가 상당히 멀었지만 항슬은 알 수 있었다. 욱자다! 그렇게 기다리고 기다리던 욱자가 온 것이다. 항슬은 너무나 기뻤다. 눈물이 난다. 욱자가 왔구나, 욱자가 왔어! 포교들을 엉뚱한 곳으로 보내고 욱자가 온 거야!

항슬은 금방 전의 살기와 위험도 잊은 채 바위 옆을 돌아 욱이가 나타난 쪽으로 살금살금 다가갔다. 항슬은 가까이 다가가서는,

"요놈 잡았다. 고이 나오지 않겠느냐!"

크지 않은 소리지만 단호하게 호통을 치자 욱자는 그만 깜짝 놀라 뒤로 돌아선다. 도망갈 태세다. 허나, 그것도 잠시, 뒤를 다시 돌아보고는,

"옴마나, 항슬이 형 아니야! 깜짝 놀랐네."

항슬이 쫓아가서 욱자를 안았다. 욱자도 달려나와 항슬을 꼭 껴안는다. 사내들의 포옹이 그야말로 정열적이다.

"욱이야! 왔구나 왔어. 반갑다, 반가워. 보욱이도 왔니?"

"응, 석수도 왔어."

"뭐, 석수도? 다 나았데?"

"응, 조금 나았데. 형이랑 아씨 생각에 도저히 참을 수 없어서 무리하고

온 거지 뭐."

"그래애? 석수는 그런 애지. 어디쯤 오고 있니, 다 왔어?"

"바로 저쪽까지는 석수가 먼저 왔지. 포교들이 뒤쪽에 있어서 나와 위치를 바꿨다고. 금방 올 거야."

"그럼 너희 셋은 마포서 함께 온 거야?"

"아니. 보욱이 형과 나는 그저께 왔고 석수는 오늘 새벽에 왔다고."

"그랬어? 그럼 왜 인제 왔냐? 그 사이 뭐 했어? 얼마나 기다렸는데."

"이야기하자면 길어. 멋지게 성공도 하고 엄청 실패도 했고. 보욱이 형이 오면 다 이야기할 거야."

"아씨와 나는 포교들에게 잡혀서 무진 고생했다. 어느 분이 밤에 구해줬다구!"

"그 얘기도 들었어. 정말 다행이야."

"그래애? 얘길 들었구나! 누구한테 들었냐?

"두뭇개 왈짜들한테."

"그랬어!"

여하튼 신이 난 항슬은 포옹을 풀고 욱자가 왔던 곳을 째려본다. 발자국 소리가 날 듯 말 듯 하더니 보욱이 나타났다. 항슬은 쫓아가서 나무숲 안에서 보욱을 껴안았다. 또 한차례 안부가 왔다갔다하고 좋아 어쩔 줄 모르는 사설이 난무한다.

맨 마지막으로 석수가 왔을 때는 포옹과 사설이 더욱 힘차고 정겨웠다.

"너 다친 거 괜찮니?"

"응, 다 나았어. 내가 쇠떵어리잖아."

"좋다. 잘 됐다. 니 생각을 얼마나 했는지 몰라. 아씨도 얼마나 걱정했는데!"

"나두 형과 아씨 생각에 잠을 못 잤다."

"그랬어! 어디 보자. 여기였지, 다친 데가. 안 아프니?"

"응, 세계만 안 건들면 안 아파! 소 대부가 조금만 조심하면 된다고 했어."

"소 대부는 정말 명의다. 그치?"

"응, 명의야. 너무 고마운 분이야. 아프니까 의원을 알아보겠더라고."

"그렇지!"

자향은 숨어 있는 곳이 멀었지만 이들이 나누는 정겨운 해후를 시종 지켜보고 있었다. 다 큰 사내들이 어린 계집애들 못지않게 껴안고 호들갑을 떨면서 좋아하는 것이 그렇게 좋을 수가 없었다. 저들의 정리가 어쩌면 저렇게 다정하고 깊단 말인가. 눈물 없이는 볼 수 없는 광경이었다. 자향은 그들 못지않게 좋아하였지만 부러운 생각도 났다.

나는 이렇게 어렵게 되고 보니 동무라고 했자 소연이 하나밖에 없잖은가. 한데 저들은 절친한 동무가 넷이나 되고 서로를 사랑하는 마음이 저렇게 간절하고 깊으니 얼마나 좋을까.

가난해서 제대로 먹지도 못하고 사는 저들, 큰 희망을 가질 수 없는 저들, 그러나 뭐라 형언할 수 없는 깊은 우정과 사랑을 지닌 저들. 저들은 자기들의 세상에서 진정 보람있게 사는 민초(民草)였다.

자향은 부러운 마음을 넘어서서 그런 저들의 세상에 자기가 함께 있는 게 마음 든든하였다. 나도 이젠 저들의 세상에 끼었으니까.

저들이 자향이 있는 곳으로 왔다. 자향은 상길이를 안고 급히 달려나가 석수의 손을 잡았다.

"석수, 다친 데는 나았어요? 정말 잘 와주었어요!"

석수는 선녀같이 생각하고 있던 자향이 손을 잡아주자 어쩔 줄 몰라하며 살그머니 손을 뺐다. 보욱과 욱자는 그런 광경을 보자 마냥 즐거운 중에도 손뼉을 치며 석수를 놀렸다.

"석수가 감격해서 어쩔 줄을 모르네요. 아씨가 손을 잡으니까! 얼굴도 빨개졌어!"

"뭐야. 왜 놀리는 거야!"

석수가 정말로 얼굴이 발개져서 슬그머니 동료들을 탓하고는 자향에게 인사하였다.

"아씨, 잘 있었지요? 보고 싶어서 혼났습니다."

"저두요. 세 분이 잘 계시는지, 언제쯤 오실려는지, 정말 애를 태웠답니다."

자향은 보욱과 욱자 가까이 가서 그들에게도 정답게 말을 나눴다.

"근데 애는 누구요?"

아까부터 눈에 걸리는 상길이를 보고 궁금한 석수가 물었다.

"애는 상길이에요."

자향이 답하고 항슬이 간략히 설명하는데 시끄러운 통에 잠을 깬 상길이는 오른손 엄지를 빨며 새로운 아저씨들을 번갈아 살피고 있었다. 처음에는 두려운 눈빛이 스쳤으나 금세 그들이 자기에게 정을 내보이는 것을 알아채고는 편안한 얼굴로 돌아간다.

젊은 그들, 자향, 항슬, 보욱, 욱자, 석수의 다시 만남은 이렇게 기쁘고 반가웠고 눈물이 났다. 자향이 합류한 저들의 세상, 아니 자향에 있어 이제 우리들의 세상은 이처럼 어려운 일을 겪을수록 더욱 정리가 더해지는 것이었다.


## 48. 호현동 혈전


서울에서, 그것도 사람이 복작대는 중심지역에서 사람을 찾는 것은 한강의 모래알을 뒤져 사금을 찾는 것과 같지. 그건 함지박귀가 말했듯이 밤 하늘에서 별을 찾는 것만큼이나 어려운 일이다. 그러나 그것은 우리들 포졸이 해야 하는 일. 쓸데없는 일을 하고 또 하고 하는 게, 우리들 포졸의 일. 사소하고 지겹고 허무한 우리들의 일. 하지만 그런 사소한 일 속에서 우리는 노력과 성취와 보람을 맛보게 되는 걸까.

노린내는 길을 걸어가며 그렇게 중얼중얼대며 피식 웃었다. 그는 이틀째 명례방 언저리를 맴돌고 있었다.

장시후를 만나기 위해서였다. 어제까지만 해도 연지와 장시후는 마음속에만 살아 있는 존재였다.

그러나 지금, 그들은 엄연한 육신으로 살아 있는 존재이고 자기와 뭔가 밀착해 있는 인물이었다. 그렇다. 그들은 틀림없이 나와는 공동체 운명인 것이다.

그렇다면 그들을 만나야 한다. 그들을 도와줘야 한다. 그들은 나보다 더 절박한 상황에 놓여 있다. 나는 자부하는 무술이 있고 이 사나운 관포검이 있고 영리한 정염이도 있다. 허나 연지와 장시후는 힘 하나 없는 여린 남녀. 있다 하면 죽음에 몰려 쫓기는 위험만이 도사리고 있을 것이다.

더구나 그들은 서로 사랑하고 있다. 무수리와 내시가 사랑한다 하니 우습지만, 그래서 더욱 가슴이 아프다.

아침에 완이 집을 나올 때 정염은 오늘 중으로 장시후를 찾으시오, 하고 교시하듯 말하였다. 그때 정염이 자기를 보는 눈매를 기억한다. 그것은 마치 운명의 눈길 같았다.

더구나 낮에 윤가를 만난 뒤 노린내는 생각이 단호하여졌다.

모든 게 수상하다. 정염이 말한 이상의 뭔가가 있다. 그래, 큰 꼬투리도 없이 정말로 이상한 기분이 드는 건 무엇 때문일까. 생각을 너무 많이 한 까닭에 생기는 강박관념만은 아니었다.

무언가가 자꾸 가슴에 와 닿는 게 있었다. 어젯밤 하늘에 장시후의 얼굴이 떠오른 것과 똑같은 영감이 그를 스치며 지나가고 있었다.

결국은 장시후를 찾는 수밖에 없다. 어쩌면 이 상황은 이처현의 목에 검을 겨누고 실토를 받기 전에는 해결되지 않을 것이다. 물론 윤가 갖고는 해결이 안 되는 일이다. 자신이 어딘가로 멀리 사라진다 해도 이 문제는 해결되지 않을 것이다. 놈들은 진드기처럼 영원히 쫓아올 것이 분명하다. 권력이란 그렇게 무서운 존재이니까.

그래, 권력의 핵심인 친군위 일부가 나를 죽이려 하는 것도 좋다. 왕비가 나의 죽음을 기다리는 것도 좋구.

한데 이 상선이 왜 나를 죽음의 도마 위에 올려놓는단 말인가. 어떤 복선이 있는 걸까. 흠, 환관놈들은 믿을 바가 못 돼! 불알 없는 놈을 믿으려한 내가 잘못이지.

허나 확인은 해야 해. 그러기 위해서는 연지와 장시후를 꼭 만나야 한다.

미시를 조금 넘은 시각. 하늘의 태양은 오월의 따사한 햇빛을 장안에 퍼붓고 있었다.

노린내는 호현동 가는 네거리서 왼견으로 돌았다. 사람들이 왠지 떤 때보다 많다. 그는 천천히 걸어가며 자연스러움 속에서 사람들을 살폈다.

네거리를 완전히 돌고 있는데 어, 이상한 느낌이 든다. 잽싸게 고개를 돌려 뒤를 보았다.

한 사람의 등짝이 번개같이 골목으로 사라지고 있었다. 그것도 어디서 본 듯한 등짝이.

노린내는 쫓아갔다. 골목으로 들어섰는데 아무도 없다. 빠른 걸음으로 골목을 걸어갔다. 왼쪽은 없고 오른쪽에도 없고. 사람이 몸을 숨길 수 있는 틈과 샛길을 찾으며 스무 발짝을 가자 길이 왼쪽으로 비틀어졌다. 더욱 좁은 길. 두 사람이 겨우 스칠 수 있는 길이었다.

다시 직진. 열 발짝을 갔을 때, 눈동자가 있었다. 노린내는 멈추어 섰다.

눈동자, 두 개의 까만 눈동자. 눈동자는 좁은 판자문 사이에서 반짝이었다. 눈동자는 노린내와 눈이 마주치자 두려워하는 표정을 지었다.

판자문을 밀쳤다. 예닐곱 살밖에 안 되는 계집애가 쪼그리고 앉아 있었다. 아이는 고개를 젓고 있었다.

"너, 여기서 뭐 하니?"

노린내의 낮으면서도 무게 있는 물음에 아이는 고개만 저었다. 비쩍 마르고 윤기 하나 없는 얼굴엔 눈 하나만 크고 아름다웠다. 병이 든 아이였다. 병이 들지 않았으면 이쁜 아이일 터였다. 병색에 영양실조까지 겹쳐 언제 쓰러질지 모를 여린 아이였다.

노린내는 대답 없는 아이 너머를 살펴보았다. 부엌과 토방 하나가 붙은 작은 일자집. 누가 숨어 들어갈 데 없는 비좁은 초가.

"누가 여기 왔니?"

아이는 이번에도 고개를 저었다.

"이 앞쪽으로 갔니?"

아이는 고개를 끄덕였다. 노린내는 돌아서서 왼쪽 골목으로 발을 내디뎠다. 그때 아이는 고개를 크게 저었다. 스무 발짝도 가지 않아서 판자문이 앞을 막아섰다. 너머에는 꽤 넓은 뜰이 있음직하였다.

노린내는 문을 열기 위해 손을 내밀었다.

그때, 노린내의 뇌리에 뭔가가 퍼뜩 스쳤다. 아이는 금방 크게 고개를 저었다. 그 아이의 고개를 젓는 모습. 그건, 가지 말라는 뜻이다. 이 문안으로 들어가지 말라는 뜻인 게다!

노린내는 잽싸게 세 발짝 뒤로 물러났다. 얼음장 같이 차가운 검풍이 날아온 것은 바로 그 순간이었다. 노린내는 본능적으로 고개를 숙였다. 검은 간발의 차이로 그의 상투 위를 스쳐 지나갔다.

노린내는 번개같이 왼쪽 가슴에 차고 온 관포검을 꺼내 들어 휘둘렀다. 본능적으로 휘두른 관포검에 반응이 묵직하게 왔다.

"윽!"

날렵한 사내가 피를 뿌리며 옆으로 쓰러졌다. 그 찰나, 예리한 바람이 등뒤에서 쏘아왔다. 노린내는 옆으로 미끄러지며 단검을 올려 그었다. 관포검을 든 오른쪽 어깨가 뜨끔하다. 관포검은 다시 묵직한 반응을 받았다. 뒤에 있던 사나이는 검을 든 오른팔을 주춤하며 검을 놓친다. 예리한 관포검이 팔꿈치 급소를 긋고 지나간 것이다. 사내는 옆으로 풀썩 넘어졌다.

노린내는 생각할 사이도 없이 검을 휘두르며 몸을 핑그르르 돌렸다. 자기도 모르게 왼손은 오른쪽 어깨를 누르고 있었다. 피가 줄줄 흘러내렸다.

몸을 추스린 순간, 구레나룻이 덥수룩한 사내가 장도를 들고 앞에 우뚝 서 있다. 장도에서 서슬 푸른 도광이 눈을 찔러온다. 칼은 춤추듯이 도광을 흩뿌리며 정면으로 훑어왔다.

노린내는 숨을 깊이 들이마셨다. 주천화후. 정염의 용호비결 중 제 삼식, 주천화후가 발동하였는지 온몸이 후끈하고 가슴이 청량하다. 관포검에 정신을 집중한 사이 평소 연마한 주천화후가 온몸을 팽팽하게 부풀려 준 것이다.

이것이다. 정염이 말한 게 이것이다. 상승의 경지. 고수의 길! 노린내의 단검이 거침없는 자세로 앞을 그어갔다.

챙겅! 장도와 관포검이 부딪치는 소리와 함께 두 사람은 동시에 뒤로 물러났다. 노린내는 몸을 부르르 떨며 두 다리를 허청거렸다. 상대는 피를 울컥 쏟아내며 앞으로 고꾸라질듯 허둥댔다. 이때다!

숨을 힘껏 끌어들이고 폐식, 공기를 가슴에서 최대한 팽창시키는 태식, 이어 주천화후! 몸이 날듯이 힘이 솟고 노린내의 사나운 관포검은 구레나룻의 허리를 수평으로 그어갔다.

"으윽, 놈이!"

구레나룻의 묵직한 신음은 천하를 절단하는 항우의 비명처럼 힘이 있었다. 단검을 맞은 처참한 그의 호령은 피에 젖은 목젖을 찢고 토하듯 뿜어 나왔다. 구레나룻은 쿵 하며 쓰러질 때까지 노린내를 노려보고 있었다.

노린내는 재빨리 사방을 훑어보았다. 지금은 아무도 없다. 허나, 뭔가 깊은 호흡이, 예리한 칼날이, 으스스한 살기가, 가까이 다가오는 느낌. 그 전율스런 떨림이 집 안쪽에서 뿜어나오고 있었다.

들어가서는 안 된다. 여긴 아마도 친군위의 비밀집합소. 그들의 안가이다. 엄청난 고수가 웅크리고 있다. 경거망동해서는 안 된다. 저들은 나를 유인해 온 것이다!

엄중한 경고의 외침이 가슴을 쿵쿵 친다.

노린내는 발을 돌려 왔던 골목을 쏜살같이 달려나갔다.

그때 문득 보이는 처참한 풍경! 아, 저건. 그 아이! 노린내는 왔던 길을 되돌아 들어갔다. 다섯 발짝쯤 들어가자 아까의 아이 집 마당이 보였다. 아이는 칼을 맞고 등짝이 두 쪽이 난 채 마당에 널부러져 있었다. 처참한 아이의 주검에 노린내는 가슴이 뚝 멎었다.

개만도 못한 놈들! 여섯 살도 안 된 어린아이를, 이렇게, 이렇게! 죽이다니!

아이는 놀란 눈을 감지 못한 채 아직도 그가 서 있는 쪽을 바라보고 있었다. 아이는 지금도 고개를 흔들고 있었다. 어린아이의 환상은 노린내를 격동시켰다.

나쁜 놈들! 이처럼 어린아이를, 세상의 티도 묻지 않은 무구한 아이를! 노린내는 이를 악물었다.

노린내는 왼켠으로 몸을 돌려 안가를 노려보았다. 왼손이 누르고 있는 오른 어깨에서는 여전히 피가 흘러내리고 있었다.

쓰러져 있는 세 사람의 몸체는 그대로 있고 인기척은 없다. 무서운 살기는 여직 뿜어 나오고 있고, 그 살풍(殺風)과는 어울리지 않는 오월의 햇살이 쓰러져 있는 몸체 위에 찬란하다.

잔인한 놈들, 잔인한 놈들!

노린내는 흥분을 가누지 못 한 채 관포검을 부르쥐었다. 어린아이의 시체를 다시 보았다. 처참하다. 불쌍하다. 가슴이 찢어진다! 아, 미안하다!
갑자기 노린내의 눈에서 눈물이 주르르 흘러내렸다. 노린내는 머리를 흔
들어 뜨거운 눈물을 털어냈다.

저 아이, 나에게 가지 말라고 고개를 저은 아이. 저 아이는 나의 목숨을
건지고 여린 자신의 생명을 던졌다. 저 앞의 살풍이 아무리 무섭다한들
내, 아이의 주검을 버린 채 도망갈 수 없다. 아이의 의리에 보답하여야 한
다. 이유가 무엇인지 모르지만, 나도 여기에 뼈를 묻자!

더 이상의 생각은 나지 않았다.

노린내는 비스듬히 걸으며 골목을 재차 올라갔다. 세 구의 몸체가 있는
곳에 왔다.

한껏 기를 올렸다. 온몸, 온 땀구멍 속, 모든 마음속에 숨어 있는 기까지
끌어올렸다. 노린내의 몸체에 충만한 기는 주천화후를 발동하며 얼굴을
붉게 물들였다. 그가 들고 있는 관포검도 주인처럼 분노하였던지 파란 살
기를 뿜어낸다. 관포검은 지고무상한 살검(殺劍)으로 변해 있었다.

기를 한데 모은 노린내의 몸은 화살처럼 날아갔다.

우지끈, 판자문이 부서지고 쿵쾅, 노린내의 몸이 날아든 순간 관포검은
횡격일살 사격첨살로 좌우를 휘둘러치며 대기를 갈랐다.

으윽, 왼쪽에서 평복을 입은 사나이가 쓰러지고, 쿵 하며 오른쪽에선 붉
은 무관 복장이 옆으로 무너졌다.

음! 노린내는 신음소리와 함께 무릎을 꿇었다. 또 다시 오른팔에 일격을
받은 것이다. 가까스로 관포검을 쥐고 있었다. 눈을 흡뜨고 사방을 살폈
다. 앞에 두 사람이 그를 노려보고 있었다. 검과 환도를 들고 있다. 검을
든 자는 남색 철릭 차림, 환도는 포교 복장이다. 남색 철릭이라면 당상관
고위직이다. 수백 수천의 군사를 호령해야 할 높은 무관이 장검을 들고 그
와 대적하고 있다.

마당은 일백 평 정도. 앞쪽에 기역자 와가가 누워 있고 오른쪽에 서너

그루 나무가 담을 등지고 있다. 왼쪽 말구유간 이켠에 큰 문이 있다. 정문이다. 밖에서 보기보다는 집의 규모가 훨씬 크다. 노린내가 들어온 판자문은 뒷문이었다. 남색 철릭과 여러 무관들, 이곳은 친군위의 비밀 안가임에 틀림없다.

한데 왜 이런 곳에 비밀 안가가 있으며 이들은 나 하나를 도륙하기 위해 이렇게 많이 모였다는 말인가. 물론 나의 배후에는 장시후와 연지가 있다고 저들은 믿겠지만.

노린내는 부풀어오르는 긴장을 눅이기 위해 자신을 질책하였다. 노동팔, 냉정해야 한다. 상대가 고위 무관이라 해도 흥분하지 마라. 정신을 차려라!

노린내는 다시 기를 끌어올렸다. 무심하고 평명한 마음이 재차 침착을 외친다. 조금만 시간을 벌면 오른손 힘도 되돌아올 것이다. 각일각, 숨소리도 멎은 채 찰나는 흐르고 여섯 개의 눈동자는 정지된 듯 움직이지 않았다.

오른켠에 쓰러져 있는 무관의 몸체가 꿈틀하였다. 노린내는 움직이지 않았다.

숨을 깊이 들이쉬었다. 가슴이 열린다. 오른팔에 상처를 입은 탓인지 주천화후는 발동하지 않고 있다. 하지만 기는 모아지고 있다. 몸 속의 모든 기가 가슴 언저리로 집중되고 있다.

노린내는 눈을 가늘게 오므렸다. 상대를 칼날처럼 노려보며 검기를 움직일 순간을 찾았다.

왼쪽 철릭 차림은 사십객, 오른쪽 포교는 사십 전후. 초점은 청포 철릭 무관이다. 직위가 높은 만큼 눈초리도 날카롭다. 한겨울 차가운 북풍 같은 살기가 뿜어 나오고 있다.

노린내는 다시 숨을 깊이 들이쉬었다. 목표는 왼쪽 검선. 나의 검선은 오른쪽으로 흐르고. 방법은 밀착접근. 퇴로는 정문.

노린내가 하나의 선처럼 쏘아나갈 때, 철릭은 앞으로 짓쳐나왔다. 포교는 들고 있던 환도를 옆으로 그으며 몸을 오른쪽으로 빼쳤다. 그 옆을 노린내는 관포검을 횡으로 긋고 이내 철릭한테 밀착했다.

접전은 순간이었다. 포교는 앞으로 퉁겨나가고 노린내는 옆으로 나르며 청포 철릭을 겨냥하였다. 청포는 사십대답지 않게 빨랐다. 노린내는 그의 검막 속, 그의 품에 안기듯 달라붙었으며 관포검을 번개같이 복부에 찔러 넣었다.

적중한 검을 비트는 순간, 노린내는 환희를 맛보았다. 순간 정염의 주천화후가 온몸을 돌며 몸이 가뿐하다. 관포검은 철릭의 왼쪽 복부를 휘집고 나는 철릭을 껴안는다!

그러나! 터지는 비명과 신음. 거기에는 노린내의 신음이 동반하였다.

비명과 신음이 교차하면서 노린내는 옆으로 밀려나갔다. 청포의 검기와 기력이 그를 퉁겨낸 것이다. 기력에 격중당한 노린내는 숨통이 끊어지는 고통을 받았다.

헉, 숨이 막히고 주천화후의 기혈이 거꾸로 도는 듯, 노린내는 마당 귀퉁이까지 날아가 떨어졌다. 잠시 정신이 몽롱한 노린내는 쓰러진 채 마당을 재빨리 훑어보았다. 포교는 무릎을 꿇고 땅에 머리를 내려뜨리고 있고, 청포 철릭은 피가 줄줄 흐르는 왼쪽 하복부를 안은 채 넘어져 있다.

노린내는 가까스로 일어났다. 그는 정문을 밀고 밖으로 나왔다. 왼쪽으로 방향을 틀었다. 있는 힘을 다해 반듯이 서서 걸었다. 제대로 걸을 수가 없다. 몇 걸음 걷지 않았는데 한없는 시간이 지나가는 것만 같다. 몸이 무너져 내리자고 한다. 지나가는 사람 두엇이 이상한 낌새를 채고 쳐다보았다. 노린내는 의연히 앞으로 걸었다. 뒤를 돌아볼 여력도 없다.

더 이상 걸을 수가 없다. 모르겠다. 적의 소굴이지만 가자. 그게 더 안전할지도 모른다. 미행자가 붙기 전에 몸을 보이지 않게 해야 한다. 노린내는 아까 들어간 왼켠 골목으로 꺾었다. 사력을 다해 걸었다. 막다른 데서 다시 왼쪽으로 틀었다. 저켠에 노린내의 일격에 쓰러진 세 몸체가 여전히 오월의 햇살을 받으며 널부러져 있다. 노린내는 아이네 집 마당으로 급히 들어섰다. 넘어졌다. 집 안쪽으로 몸을 숨겨야 한다. 노린내는 넘어지며 우선 아이의 주검이 있던 곳을 보았다. 없다.

아이는 어디로 갔나? 머리를 들고 바라보는 윗쪽에서 희미하게 보이는 두 개의 눈동자. 아까 본 두 눈동자와 비슷한 큰 눈동자가 물었다.

"다치셨군요."

여자의 목소리는 조용하였다. 그러나 그녀의 말은 노린내의 귓청에서 웅웅거렸다.

노린내는 고개를 끄덕였다. 여자는 속삭였다.

"방으로 들어가야 합니다. 여기는 위험합니다. 저들이 곧 나올 테니까요."

그녀의 목소리는 컸다 작았다 하였다. 노린내는 그저 끄덕이려고 노력하였다.


"아씨, 꼭 사평리로 넘어가야 하겠습니까?"

보욱이 물었다. 자향은 보욱의 말투가 조금은 퉁명스러운 데가 있는 것 같아 잠시 말을 아꼈다.

"제 말은 꼭 강 건너갈 필요는 없다는 뜻이지요."

보욱의 두 번째, 해명 같은 말을 듣고서야 자향은 대답하였다.

"상길이를 그의 외가에 데려다 주려면 한강을 건너가야지요."

"그건 무슨 말인지 압니다. 허지만, 상길이를 지금 꼭 외가에 데려다 주어야 하나요?"

"그럼 언제 데려다 주어요? 계속 이애를 데리고 다니자는 겁니까?"

"물론 데리고 다니잔 이야긴 아닙니다."

"그럼 데려다 주지도 않고 데리고 다니지도 않는다면?"

"간단하지요. 어느 민가에 맡기면 됩니다."

"어떻게 맡겨요?"

"약간의 돈을 주고 한 달 정도만 봐 달라고 하지요. 그리고 우리들 일이 다 끝난 뒤에 사람을 시켜 보내주면 되고."

자향은 그 말에 대꾸가 막혔다. 보욱이가 꾀주머니임에는 틀림없다. 그러나 뭔가 싫다. 이런 편법은 싫다.

상길이가 아무리 어리다 해도 아이의 인격을 무시하고 아무 데나 맡길 수는 없다. 더군다나 나는 약속을 하였다.

"나는 그 애 어머니에게 약속했어요. 내가 직접 애를 데려다 주겠다고요."

"물론, 저도 언제고 데려다 주자는 이야깁니다. 지금은 그럴 여유가 없으니 잠시 유예하자는 거구요."

"아니어요. 지금 데려다 주어야 해요."

자향은 자신이 우기고 있다는 것을 알고 있었다. 하지만 왠지 그렇게 우기고 싶었다. 이번은 보욱의 말을 따르고 싶지 않았다.

자향은 스스로 다짐하였다. 나는 거짓말하고 싶지 않다. 상길이 어머니는 죽어가면서 나에게 부탁했다. 그리고 나는 죽은 여인에게 약속했다. 꼭 직접 데려다 주겠다고. 약속할 때 여인은 죽어 있었지만 그녀는 내가 약속하는 말을 알아들었을 거야.

아무리 어렵다 해도, 상길이 어머니를 실망시켜서는 안 돼. 그녀의 혼이 저 세상에 가기 전 상길이를 하루라도 빨리 외삼촌 집에 데려다 줘야 한다. 그래, 상길이 어머니 혼은 지금 우리와 함께 있는지 몰라. 하나밖에 남지 않은 아이를 내가 잘 데려다 주는지 지켜보기 위해.

내가 그 여자라도 그렇게 하지 않겠는가.

자향은 머리를 들어 주변을 둘러보았다. 어딘가 상길이 어머니 눈길이 있을 것만 같다. 자기의 약속에 너무 고마워 죽기 전에 흘린 상길이 어머니의 눈물. 그 눈물은 죽은 이, 당신의 눈꺼풀을 닫지 못하게 안광 속에서 반짝였다. 그 눈물에 어찌 실망을 안겨 줄 수 있을까. 그럴 수 없다. 자향은 고개를 흔들기까지 하였다.

자향이 이야기를 하다가 사방을 둘러보자 보욱은 항슬에게 응원을 청하는 것으로 생각했다. 항슬은 아까부터 두 사람의 대화를 경청하면서도 끼어드는 것을 애써 참고 있었다.

"항슬이, 이야기 좀 해 보아."

보욱은 항슬에게 말을 걸고 눈은 자향을 살폈다. 자향은 여전히 두리번거리며 주변을 둘러보고 있었다.

항슬이 자향에게 물었다.

"아씨, 뭘 보십니까?"

그 말에 자향은 스스럼없이 대답했다.

"상길이 어머니 눈길이 있나 하구요."

"상길이 어머니 눈길요?"

"네. 난 상길이 어머니한테 약속했잖아요. 애를 외가에 데려다 주겠다고. 한데 보욱이는 그러지 말자구 하고. 그래서 난 지금 상길이 어머니 혼이 나한테 화내고 있지 않나, 아니면 실망의 눈초리를 던지고 있지 않나 해서 둘러보고 있는 거여요."

항슬과 보욱은 똑같이 말문이 막혔다. 약속한 상길이 어머니의 혼, 그 혼이 지금 자기들을 보고, 실망한다구? 화낸다구? 이 여자는 무슨 뚱딴지같은 소리를 하고 있는 거야. 기가 막힐 일이로군.

보욱은 어이가 없었으나 항슬은 은근히 걱정되었다. 아니, 이 아씨가 혹 신들린 건 아닐까? 말하는 투가 이상하잖아. 무당 신들릴까 봐 끊임없이 자향을 관찰하고 있는 항슬은, 이번에야말로 조심스레 그녀를 살폈다.

자향은 그런 것에는 아랑곳하지 않고 계속 주변을 둘러보고 있었다.

잠시 말이 없던 보욱이 항슬에게 말하였다.

"항슬이 나 좀 잠깐 보세."

"나?"

"응."

둘은 일어나 자향의 옆을 떠나 큰 굴참나무 아래로 갔다. 자향은 상길이를 안은 채 두 사람의 뒷모습을 물끄러미 바라보았다.

"항슬이, 아씨가 아무렇지도 않게 말하는 상길이 어머니 이야기는 뭐야?"

"상길이 어머니가 죽을 때 애를 부탁한다고 하였어. 자향 아씨는 그건 걱정 말라고 약속하였고. 그 약속을 지키고 싶다는 이야기지."

"아니, 아무리 그렇다고 해도 죽은 사람이 화를 내며 우리를 쳐다보고 있다고 말하는 건 뭐야. 제정신이야?"

"나도 그게 수상한데 아직은 제정신인 것 같애."

"확신하는 거야?"

"확신하고말고. 저 아씨는 그런 사람이야. 자네가 생각하고 있는 어디 한 구석 산 여자는 아니잖아."

항슬은 묘하게 웃었다. 자향이 신들릴까 봐 감시하고 있다는 말까진 하고 싶지 않았다. 보욱은 항슬의 그런 웃음을 가끔 본 적이 있다. 그리고 그 웃음에는 항시 깊은 뜻이 숨어 있곤 하였다.

그렇다고 이번에도 항슬의 말을 믿어야 할까. 망설여진다. 그러나 저러나 믿는 것을 떠나서, 둘은 똑같이 빡빡 우기고 있지 않은가. 보욱으로서는 깝깝하였다.

"알았네 알았어. 자네도 저 아씨처럼 나를 놀리는군. 하지만 항슬이 말이야. 아무리 그렇다 해도 그렇게 빡빡 우긴다 해서 일이 되는 건 아니잖아?"

"물론. 우긴다고 일이 되는 건 아니지."

"거봐. 그렇게 생각하면서 왜 우기는 거야?"

"나는 아씨가 돌아버린 건 아니다, 그런 이야기지. 그리고 아씨의 마음은 돌릴 수가 없다 하는 뜻이고."

"그래? 좋아. 하지만 항슬이, 어딜 가서 배를 얻어오라는 건가?"

"배? 배를 얻자면 결국 삼개까지 가야지. 계희한테 얻는 게 젤 좋구. 고기 잡는 척하면서 이쪽으로 올라와 달라구 말이야."

"그것도 한 번이지 자꾸 부탁한다고 될 일인가?"

"건 자네가 계희한테 이야기하면 쉬이 될 일 아닌가."

"여봐. 놀리지 말어. 저번부터 계희하고 내가 뭐가 있는 양 이야기하는데."

항슬은 보욱의 타박을 웃음으로 흘렸다.

"보욱이, 생각해 보게. 이런 일로 배를 내달라고 할 때 선뜻 내줄 사람이 세상 천지에 어디 있는가. 그렇다고 이 부근 배가 있는 곳을 기웃거리다간 포교의 끄나풀들에게 우리 여기 있소 하고 알려주는 꼴이 될 게구. 계희같이 배짱 있는 여장부 외에는 불가능한 일이야."

"그럼, 계희네가 배를 내 주었다가 관에 들켜서 집안이 풍비박살날 위험이 있는 건 어떡허구?"

"그러니까, 계희지. 그것도 자네가 부탁을 해야 하고."

"흥, 말도 안 되는 소리하지 말게. 죽어가는 여자한테 한 약속 땜에 이 사람 저 사람을 사경에 몰아넣어도 된단 말인가. 더구나 저 아씨는 엊그제만 해도 양반집 귀한 딸로 살아서 지금도 자기 처신을 이해 못 하고 있는 게야. 그런 느낌 못 갖나."

"나는 그런 느낌 없던데."

"흥, 항슬이 네가 저 아씨한테 반한 건 좋지만 우리 전체의, 아씨까지 포함해서도 말야, 우리들 전체의 안위가 달린 이야기야. 쉽게 판단하진 말게. 냉정해야 하네. 아니, 어린애 하나 데려다 주는 데 우리 목숨을 모두 걸어야 쓰겠어?"

"하지만 아녀자끼리라도 한 약속은 지켜야 할 것 아닌가."

"약속?"

"그럼, 약속."

"약속이라. 약속? 약속은 지켜야 한다, 이거군. 그 얘긴 즉, 이 세상은 의리다, 이거구. 의리 없는 인생은 아무것도 아니다, 이걸 거구. 그리고 약속과 의리를 모르는 보욱이란 놈은 사람도 아니다, 이거구!"

"자네 지금 뭐하는 건가. 웅변하는 거야, 비아냥거리는 거야?"

항슬이 어이없다는 투로 보욱의 뱁새눈을 빼꼼히 들여다보았다.

"항슬이, 자네와 저 아씨 때문에 내가 돌아버릴라고 허네. 왜 이상한가? 이상할 것 하나 없잖아? 내가 돌아버릴라고 한다니까!"

"자넨, 그 정도 갖고 돌 사람이 아닌 것 같은데."

"추켜주실라고! 허허, 우습지도 않아요."

그때 석수가 가까이 와서 살그머니 두 사람을 관찰했다. 혹시 둘이 싸우는지 동태를 보려는 모양이었다.

"야, 석수. 볼려면 가까이 와서 봐! 뭘 살금살금 보니!"

보욱의 신경질적인 말에,

"아니요. 형님들이 뭔가 근사한 걸 진지하게 의논하는가 해서."

"흥, 니가 왜 엉기적거리는지 다 안다, 임마. 근사할 것도 진지할 것도 없어. 이야기 다 끝났다구."

"어떻게요?"

우직한 석수가 정말로 우직하게 묻자,

"어떡하긴 어떻게 해! 마포 가서 배 가져와야 한다는 거 아냐! 좋지 좋아. 내 삼개에 갔다 오지. 허참, 안 갔다 올 수 있나. 약속을 천금같이 여기는 훌륭한 사람들, 정말로 의리 있는 분네들이 저렇게까지 말씀하시니!"

그때서야 항슬이 빙그레 웃으며 고마워했다.

"그래 주겠나. 보욱이 정말 미안하네. 고맙네. 부탁하네."

"하하, 역시 보욱이 형은 의리가 있어요."

우직한 석수가 또 한번 우직하게 초를 치자,

"의리가 아니다 인석아. 의리 없는 놈으로 몰릴까 봐 할 수 없어서 하는 일이다. 그래, 항슬이. 배를 어디에 대면 되겠나? 큰 나루에서 접선할 수는 없지. 안 그런가?"

"물론이네. 한데 갈 때 조심하게. 욱이랑 같이 가는 게 어때?"

"아니야, 혼자가 나아. 서빙고나루까지만 가면 여차할 경우 그곳 왈짜를 접선하면 되고."

"그럼 거기까지만 욱자랑 같이 가게. 그게 안전할 테니까. 그리고 아까 이야기한 것도 유념하게. 자향 아씨가 부탁한 거 말야."

"알았네. 그리고 가면서 생각나는 게 있으면 욱자한테 필요한 세부사항은 이야기해둠세."


"새우젓패 놈들이 모두 몇 명이라고?"

함지박귀는 독랄한손에게 수치를 따지고 들었다.

"몇 명이냐구요?"

"음."

"정확히는 알 수 없지만 최소한 세 명이요."

"어째서?"

"낙서한 놈, 까마귀 울음 운 놈을 하나라 본다 해도 그 상대는 계집과 그를 보호하는 키 큰 녀석 이렇게 최소한 세명이지요."

"그런가. 그렇다면 다섯은 아니고?"

"다섯이면 전부 다 모였게."

"그렇지. 자네들이 놓쳤을 때 그들은 어디로 갔는가?"

"화살표가 가리킨 쪽으로 우린 갔는데 놈들은 감쪽같이 사라졌소."

"거봐. 놈들은 화살표가 지시한 곳으로 간 것이야. 그리고 기다리던 동료를 만난 거지."

"아니, 우리가 화살표가 가리킨 쪽으로 갔는데 그들이 없었다니까요. 그들에게 그쪽으로 빨리 가라고 휘파람을 불면서까지 유인했는데 말입니다."

"여보게 이 형. 화살표가 가리킨 쪽으로 오라는 것을 어떻게 아는가?"

그때서야 독랄한손은 입을 꾹 다물고 눈을 굴린다. 뭔가를 생각할 때의 버릇이다.

"그렇구나! 화살표의 반대 방향 아니면 옆 방향으로 오라는 거였구나!"

"그렇지. 이제 생각이 들었나. 내 생각에 저들은 화살표대로 가는 수도 있고 화살표에 이상한 신호를 해 넣으면 반대로 가는 수도 있고, 뭐 그러겠지."

"그 생각을 못 했네. 그 자리에 형님이 있었으면 좋았을 것을."

"아니야. 내가 있었다 해도 알 수는 없을 거네. 자네가 놓치고 왔으니까 내 생각해낸 거지."

"그런가요."

"그럼. 여하간 저들은 드디어 모두 모인 거야. 그래서 부산하게 두 동아리가 서로를 찾고 있었던 거지. 우리가 이 부근에 천라지망을 치고 있는 걸 알면서 말이야."

"그럼 부산하게 서로를 찾았다면 거기엔 뭔가 이유가 있어야잖수? 앞으로의 어떤 계획이 있다든가."

"그렇지. 자네 머리가 이번엔 잘 돌아가는군. 저들은 합치자마자 그 계획을 실천할 거야. 지금쯤은 틀림없이 어느 쪽으로 움직이고 있을 거구."

"그렇습니까. 허면 그들은 벌써 멀리 갔는지도 모르지요. 다기원서 계집을 빼내자마자 동작나루로 튀듯이요."

독랄한손은 한 수 앞을 내다본 자기가 생각해도 기특해서 함지박귀를 반듯이 쳐다보았다. 두 눈동자가 마주치자 함지박귀는 슬금 웃으며 묻는다.

"그러면 그들이 어디로 갔다고 생각하는가?"

"그건 잘 모르겠습니다. 하지만 두모포 쪽은 아닐 겝니다."

"건 나도 그렇게 생각하네. 독수, 저들은 지금 가야 할 곳이 딱 한 군데 있어."

"그게 어딘데요?"

독랄한손은 갑자기 함지박귀의 은은한 미소에 뜨아한 표정을 지었다. 이 형님은 가끔 이렇게 사람을 놀라게 한단 말이야.

"그건 나도 모르지. 하지만 대치가 돌아오면 알 수 있네. 올 때가 되었는 데."

그 말이 떨어지기가 무섭게 밖에서 한강독사가 들어오며 말하였다.

"이 포교님이 돌아왔습니다."

큰바보는 우람한 몸을 좌우로 흔들며 들어왔다. 이마에 구슬땀이 맺혀 있었다. 오른손으로 이마의 땀을 훔치며 함지박귀에게 인사하였다.

"다녀왔습니다. 아이쿠, 너무 서둘러 걸었나. 봉합자리가 터질 듯이 욱신거리고 다리도 되게 시큰하네. 그동안 특별한 사항은 없었지요?"

"있었지."

"뭐가 있었습니까?"

"놈들이 전부 모였어. 다섯이 다 모인 모양이야."

"그걸 어떻게 알았습니까?"

그 말에 독랄한손이 뒤통수를 긁적이며 세 녀석을 유인해 잡을 뻔하다가 놓친 사연을 이야기해 주었다.

"그것 참, 아깝게 되었네. 그러나저러나 고놈들보다는 계집을 잡아야 하지 않소. 전화위복합시다."

"당부한 건 알아냈는가?"

함지박귀가 기대 어린 눈초리로 물었다.

"알아냈지요. 그애는 홍가인데 이름은 잘 모르겠고, 아버지쪽 친척은 사

66

촌동생이 딱 하나 있는데 충청도 어딘가로 내려가 살아 왕래가 거의 없답니다."

"친척이 아예 없어?"

"외가가 있습니다. 외삼촌네가 사평리 산답니다."

"그 얘길 먼저 해야지. 하나도 없다는 줄 알고 깜짝 놀랐네. 사평리?"

"네, 바로 이 앞쪽 한강 건너편에 있는 마을이지요."

"그래? 외삼촌이다, 이거지. 그거 좋군. 작은아버지보다 외려 더 가까운 친척이잖아."

함지박귀는 만족한 표정을 지었다.

"그렇습니다. 더 가까울 수도 있지요. 애 어머니의 손위 오빠래요. 성은 강가구."

함지박귀는 고개를 끄덕이며 품에서 지도를 꺼내 방바닥에 펼쳤다. 큰바보에게 물었다.

"여기 지도서 보면 사평리는 어디쯤 되나?"

이대치는 오른손으로 한 군데를 짚었나.

"이쯤 됩니다."

"여기라구?"

"네."

함지박귀는 지도에 사평리를 써 넣었다. 그리고는 강 위 한 곳을 동그라미치며,

"우리는 지금 여기 있네. 자아, 저들이 사평리를 가려면 배를 타고 가야 할 터인데 이 부근에 배가 있는 마을이 있는가?"

"아래로 동작나루 서빙고나루, 그리고 위로 두모포 한강진나루 외에는 배가 있는 곳이 없는데요. 배를 댈 곳은 여러 곳 있지만요."

이곳을 많이 넘나든 한강독사가 말하였다.

"그래? 그럼 나루만 유의하면 되겠네. 아니, 배를 대기 좋은 곳이 여럿

있어?"

"그럼요. 여기여기, 그리고 여기 다 배를 댈 수 있지요."

"흐음, 우리 한강독사가 역시 지리에 밝군."

"제가 보부상이잖습니까. 경기 일원 정도는 우리 집 뒤뜰을 보듯 훤합지요."

함지박귀는 너그럽게 웃어주었다. 녀석이 천만수의 한마디에 생의는 집어치우고 끝까지 자기들을 도와주는 게 기특하였다. 생각하는 것도 어느 포졸보다 영민하고.

함지박귀에게는 아주 쓸모 있는 녀석이었다.

"그 중에서도 배를 대기가 가장 좋은 곳은 어딜까?"

"바로 이쯤해서 여울이 하나 강으로 들어갑니다. 이 언저리에 배를 대기가 아주 좋은데, 그 건너편과 이 밑쪽, 전부 다 좋지요."

한강독사의 말에,

"여봐, 한강독사. 저들이 이 부근에서 꼭 배를 타겠는가. 오늘 우리한테 하마터면 잡힐 뻔했으니까 어 뜨거라 하고 멀리 나가서 배를 탈 가능성이 많은 건 생각 않나?"

독랄한손이 어쩔라고 매섭게 생각했다. 모두가 고개를 끄덕였다.

"그렇게 되나요?"

"그럼."

"그렇담 아까 잡을라다 못 잡은 게 외려 더 나빠졌네요."

"물론이지. 사소한 실패도 큰 영향을 끼치는 게야. 우리 세상에서는."

독랄한손은 자기의 실수를 얼버무리지 않고 반성하는 투로 말하였다. 시원스레 터놓는 대화에 큰바보도 나섰다.

"우리가 미리 나가서 현장답사를 해보지 뭐. 말로만 할 게 아니라. 건너편 배를 댈 곳까지도 어림잡아야 하니까."

이대치의 말은 실속이 있었다.

"그 생각 좋네. 저쪽 건너편 배를 댈 곳을 점치는 게 더 낫겠군. 그럼 잠깐 쉬며 밥을 먹고 나가게. 현장답사를 하면서 잠복할 곳과 건너편 배 댈 곳을 연구해보세. 그리고 독수, 자네는 지금 당장 동작나루로 나가야겠어. 거기에 매어놓고 온 배를 타고 바로 이쯤으로 올라오게."

함지박귀가 한강독사가 가리킨 곳을 지도를 보며 말하자 독랄한손이 조금은 궁금한 투로 물었다.

"그러니까, 형님은 저들이 배를 타고 한강을 건너갈 것이다, 이건데. 난 지금 무슨 이야기를 하는지 잘 모르겠다, 이거요. 사평리는 누구 외가고 왜 그들이 강을 건너가야 하는 건지, 내막을 알 수 있게스리 설명 좀 해주시오."

그 말에 함지박귀는 빙긋이 웃으며 이대치를 쳐다보았다. 큰바보가 입을 열었다.

"성님 생각은 저 계집이 마음이 고와서 그 아이 있잖은가, 역병 걸려서 불탄 집 아이. 그 앨 어쩌면 친척집에 데려다 줄 것이라 생각한 거네. 그래서 내가 그 애 친척이 있는지 싶은 어딘지를 알아보러 갔다온 거네. 그 동네 이장한테 가서 물었더니 제대로 알더구만. 외가가 바로 강 건너 사평리에 산다는 거야."

"그러면 홍가라는 아이를 그 집에 내버려 두고 온 것도 함지박귀 형님의 복안이었소그려."

"결과는 여하튼 그렇게 되었지."

큰바보가 바보답지 않게 시원하게 웃었다.

"그렇게 설명을 들으니 어떻게 돌아가는지 알겠네. 흠, 그거 괜찮은 덫일세. 헌데 저놈들이 꼭 그 덫에 걸려올까?"

"함지박귀 성님은 필히 저들이 그 덫에 걸릴 것으로 믿고 있네."

이대치의 말에 독랄한손은 함지박귀를 보고 다짐하듯 묻는다.

"정말 그렇게 믿고 있수?"

"그럼."

"어째서요?"

"나는 만사를 쉽게 보지 않던가. 모든 범죄도 자연스럽게 이뤄지는 것이라 믿네. 저 처자가 말이야, 아이를 안고 다니고 있잖은가 지금. 그럼 무슨 생각을 하겠는가. 그 애를 친척집에 데려다 줄 생각을 하지 않겠어. 그리고 난 우연히 이런 생각을 했네. 그 애 어멈이 죽기 전에 그 앨 부탁했을 가능성이 있다 하는 거 말야. 내 착안이 맘에 안 드나?"

"왜요, 맘에 듭니다. 작의적이지 않나 하는 생각도 좀 납니다만."

"물론, 그렇지. 허나 저 자향이란 애의 심성을 생각해보면 꼭 그렇지도 않네."

"심성이요?"

"그래, 그 애의 고운 심성 말이네."

"맘씨 고운 저 처자는 필히 아이를 친척집에 데려다 줄 것이다, 이 말이요?"

"그렇네."

"허참. 노릴 만하긴 해도 뭔가 좀 미안한 마음이 드는구료."

그 말에는 함지박귀와 이대치도 함께 민망한 미소를 지었다.

"그럼 자초지종을 알았으니까 동작나루를 갔다 오겠소. 오늘 밤, 어두워지기 전에 배를 대야겠네."

"물론이지. 일찍 와야 하네. 서두르게. 저놈들은 아주 민첩해. 대치가 배를 숨길 수 있는 갈대 우거진 곳을 마련해 놓을 걸세."


## 49. 장시후

아이의 어머니도 병기가 있어 보였다. 어디가 나쁜지 혈색이 없고 특히 귀가 나빴다. 완전한 먹통은 아니었으나 작은 목소리를 알아듣지 못하였다.

아녀자인데도 노린내를 껴안아 방안으로 들인 것은 좋았으나, 물, 물 하고 노린내가 연신 물 한 모금을 달라고 하였어도 여자는 딴 데를 보고 있었다.

그녀는 방구석에 옮겨 놓은 딸의 시신에 예쁜 꽃신을 신기고 있었다. 딸을 방안에 안치하다가 신발이 없는 것을 보고 가지러 나와 노린내를 발견한 모양이었다.

여자는 가까스로 노린내가 입을 달싹이는 것을 보았다. 여자는 뭔가 놀란 듯 가까이 오더니 무어요, 무어요? 하고 물었다.

"물, 물."

"아, 물!"

노린내는 물을 먹은 후 정엽이 가르쳐준 용호비결을 되뇌이기 시작하였다. 오른쪽 어깨의 창상과 청포 철릭 무인한테 받은 격상이 그의 진기를 흐트리뜨리고 있었다. 금세라도 힘이 쏙 빠져버릴 섯 같은 생각이 늘었다.

내 진기가 모두 빠져나가면 죽는 거지. 그게 죽는 걸 거야.

노린내는 희미한 의식 속에 그렇게 생각하며 주천화후 폐식 태식의 구결을 계속 외었다.

여자는 아이의 죽음에 오열하지 않았다. 덤덤한 표정이었다. 그저 아이의 몸체를 깨끗이 닦고 있었다. 온몸에 튄 피를 깨끗이 씻어내고 몸을 단정히 매만지고 이쁜 옷을 입혔다. 흩뜨러진 머리카락도 단정히 빗어준다.

노린내는 그렇게 초연한 여자의 태도가 의아스럽기까지 하였다.

허나, 병들어 곧 죽게 되어 있는 아이라면 저럴 수도 있지, 하는 생각에 여인이 더욱 애처러워 보였다. 너무 어린 나이에 죽었기에 저 세상으로 가는 아이의 모습이나마 이쁘게 하고 싶어 하는 어머니의 마음. 영원히 잊을 수 없는 내 새끼에게 아름다운 옷과 이쁜 꽃신을 마지막으로 신겨주는 그 정성. 그리고 진득히 바라보는 그 눈길.

우는 것을 그렇게 싫어하던 노린내는 자기도 모르게 눈물을 흘리고 있었다.

잠시 눈물에 저항하지 못하던 노린내는 용호비결을 외면서 기력 회복에 정신을 집중하였는데 어느 결엔가 정신을 잃었다.

얼마나 시간이 지났을까. 노린내는 밖에서 두런거리는 소리에 눈을 떴다. 노린내는 이부자리가 머리끝까지 씌워 있어서 숨을 쉬는 게 조금 불편하였다. 그러나 그것은 외부 사람이 상처 입은 자기를 보지 못하게 하기 위해 그녀가 일부러 덮어놓은 성싶었다.

노린내는 이부자리를 제키지 않고 귀를 열어 밖의 소리를 경청하였다. 아까 여인이 머리맡에 갖다 놓은 관포검을 오른손으로 끌어 쥐었다. 용호비결을 외다가 정신을 깜빡 잃은 모양인데 답답하던 가슴은 시원하게 틔어 있었다.

여자는 무슨 대꾸를 하는지 목소리가 컸다가 작았다가 종잡을 수 없었다. 남자의 목소리는 작아도 또렷이 들렸다.

"아이가 죽은 것은 정말 아니 되었소. 이것으로 부비를 하시오."

"네."

"어린아이를 그렇게 무참하게 버히다니 정말 쳐죽일 놈들이오. 누군지 알면 우리에게 알려주시오. 우리가 응징해드리리다."

"네⋯⋯."

여자가 뭐라 이야기하는데 알아들을 수가 없다.

"나중에라도 나한테 부탁할 게 있으면 찾아오시오. 바로 옆집서 살며 서로 도와야 하니까."

"네⋯⋯."

또 여자는 뭔가 이야기를 하는데 알아들을 수가 없다.

여자의 들어오는 발자국 소리가 들렸다. 노린내는 이불 속에서 다시 용호비결을 외우고 있었다. 오른쪽 어깨 창상은 상당히 깊었는데 다행히 피는 많이 흐르지 않았다. 이럴 때 정염이 있으면 얼마나 좋을까. 그의 빼어난 의술이 그렇게 아쉬울 수가 없다. 정염의 형낭도 그리웠다.

둔쇠는 왼쪽 어깨에 큼지막한 주머니를 메고 다녔는데 그 안에는 최근에 사결이 열심히 읽는 책, 약간의 돈, 먹거리, 여러 가지 약, 점치는 데 쓰는 산자, 부채, 한지와 필묵 등이 들어 있었다. 대충은 필요한 모든 게 있다 해서 정염은 그것을 형낭(亨囊), 만사 형통하는 주머니라고 불렀다. 노린내는 지금 그 형낭이 아쉬운 것이다.

여인은 방안에서 뭔가 부시럭대더니 한참 후에야 이부자리를 제키고 노린내를 살폈다. 두 사람의 눈이 마주쳤다. 노린내가 정신을 차린 걸 보고도 여인은 놀라지 않았다.

노린내가 힘을 내어 물었다.

"죽은 아이가 댁의 딸이시오?"

"네."

"댁의 딸이 나를 구하였소. 딸은 내가 저 안쪽 집으로 갈 때 가지 말라는 뜻으로 고개를 저어 주었소. 그 암시로 나는 가까스로 목숨을 건졌소. 그걸 본 저들이 딸을 버힌 모양이오."

여자는 말없이 고개만 끄덕였다.

"정말 미안하게 되었소. 댁도 나를 구해 주었고. 뭐라 감사의 말을 해야 할지 모르겠소."

그 말을 하는 노린내의 눈에는 진정한 감사의 마음이 흐르고 있었다. 여인은 그런 노린내의 표정을 읽고 있는 것 같았다. 여인은 처연함 속에 묘한 표정을 지었다. 뭔가 슬픔이 깃든 얼굴이었다.

밖에서 들릴락말락한 발자국 소리가 노린내의 귀에 와 닿았다. 몰래 접근하는 발자국이었다. 노린내는 여인에게 눈짓을 하였다. 여인은 눈짓을 대번 알아들었다. 문 쪽으로 가더니 문틈으로 밖을 내다본다. 그리고는 문을 살짝 열고 뭐라 말을 하는 것이었다.

노린내는 여인의 뒷모습과 말소리를 듣기 위해 눈과 귀를 동시에 곤두세웠다.

알아들을 수 없는 몇 마디 말들이 오가더니 여자의 머리 너머로 젊은 얼굴이 쓰윽 올라왔다. 어! 노린내의 눈이 화등잔만하게 커지고 입에서는 작은 비명이 새어나왔다.

"장시후 상경!"

상대도 놀라 중얼거렸다.

"어, 당신은 노 포교 아니시오?"

장시후의 목소리는 극도로 절제돼 있어 그가 뭔가 긴장하고 있음을 알려주고 있었다.

여인이 몸을 비키자 장시후가 조심스럽게 안으로 들어왔다. 미투리를 벗어 들고 있었다. 아마 밖에서 보아도 누가 있는지 모르게 하기 위해서인 듯하였다. 여인은 문을 닫고 웃목의 딸 시신 옆에 오도마니 앉는다. 장시후는 시신을 잠시 살피고는 얼굴이 하얗게 변하더니,

"당신이 내 조카를 죽였소?"

당장 결판이라도 낼 듯 물었다. 노린내는 고개를 저으며 이불을 제키고 일어나 앉았다. 오른쪽 어깨가 찢어지는 듯 아프고 다시 피가 흘러내렸다. 노린내는 왼손으로 오른쪽 상처 부위를 누르며,

"난 아이를 죽이지 않았소. 당신은 궁중에서의 일로 날 아직 원망하는가 보오만."

"원망하지는 않소. 노 포교가 연지를 포착하고 난 뒤 당황하는 모습을 난 잊지 않고 있소."

"그래요?"

"그렇소. 노 포교는 순박한 사람이라는 걸 느꼈소. 연지의 억울한 사정을 이해하는 걸로 봐서."

"맞소. 후회한들 소용없는 일이지만. 그렇다면 내 말을 믿으시겠군. 난 아이를 죽이지 않았소. 아이는 저쪽⋯⋯."

하고 말하는데 갑자기 여인이 손을 좌우로 마구 흔들어댔다. 노린내는 반사적으로 몸을 벽 쪽에 기대고 문밖을 응시하였다. 장시후 역시 후다닥 벽가에 몸을 대고 노린내를 처다본다.

잠시 동안 밖에서는 아무 동정이 없다. 세 사람도 숨소리마저 내지 않고 침묵 속에 있다.

노린내는 기를 세우며 밖의 동정에 귀를 기울였다. 방 입구 왼쪽으로 기가 움직인다. 장시후가 등을 기댄 벽 쪽이다. 여인은 그쪽으로 얼굴을 돌리고 있었다.

어, 저 여자가 밖의 기가 움직이는 걸 알고 있는가. 그렇다면 저, 여자는? 귀가 나쁜 것도 아니고, 어쩌면 무술까지 익힌 건 아닌가. 아니면 딸의 죽음에 모든 걸 초월해 감각적으로 아는 걸까.

"노 포교, 잠시 뵐 수가 있겠소?"

굵직하고 팁팁한 목소리가 문 밖에서 들려왔다. 그것은 기습을 노리는 살수의 목소리는 아니었다. 그러나 목소리의 무게가 살수 이상의 위엄이 있었다.

노린내와 장시후 그리고 여인, 셋은 동시에 놀란 눈을 서로 교환하였다.

저자는 누구인데 내 이름을 안단 말인가. 그리고 내가 여기 몸을 숨기고 있는 것까지도 어찌 알고 있고.

"악의는 없소. 잠깐 만나고 싶으오. 그리고 시간도 없소이다. 잠시 몇 마디만 나누면 되오."

노린내는 코를 벌름하며 숨을 깊이 들이쉬었다. 냄새를 맡고 나자 누군지 감이 온다. 노린내는 장시후를 보고 고개를 끄덕였다. 나는 나갈 터이니 자네는 여기 숨어 있으라는 뜻이었다. 장시후는 고개를 앞뒤로 주억거렸다.

노린내는 문을 덜컹 열었다. 그리고 잠시, 밖을 살핀다. 목소리는 왼쪽 마당가로 물러나 있었다. 과연 냄새로 느낀 포교였다. 노린내는 여인이 방에 들여놓은 가죽신을 꿰고 천천히 방 밖으로 나갔다. 관포검을 빼어들 필요는 없을 것 같았다. 검집에 넣고 나갔다.

나이가 지긋한 포교는 왼손으로 가슴을 부여안고 서 있었다. 청포 철릭 무인과 함께 안가 마당에서 겨룬 포교, 중상을 입은 줄 알았는데 그렇게 심하지는 않은 듯하였다.

노린내는 상세가 중하지 않은 체를 하기 위해 허리에 힘을 주고 반듯이 섰다. 그러나 왼손으로 오른팔의 상처 부위를 누르고 있는 지금, 그게 허세임은 숨길 수 없는 사실. 나이든 포교도 훤히 알 일이었다. 더구나 상세가 중하지 않으면 이 집에 급히 피신할 까닭도 없을 터.

나이든 포교는 노린내를 유심히 관찰하고 있었다. 한데 그가 보고 있는 것은 노린내만이 아니고 그의 허리춤에 차고 있는 단검, 관포검을 특히 유심히 살피고 있었다.

나이든 포교가 물었다.

"그 단검은 어디서 나시었소?"

노린내는 숨을 고르고 있었다. 방을 나오기 직전 용호비결을 너무 급격히 끌어올려선지 숨이 가빴다. 오른쪽 어깨의 통증이 가시기도 전에 주천화후를 발동한 자체가 무리였던가 보았다. 노린내는 숨이 조금 가라앉은 뒤에야 겨우 말을 할 수 있었다.

"이 검은 새로 구입한 것이오."

나이든 포교의 짙은 눈썹이 꿈틀거렸다.

"김쇠방에서 사셨소?"

"그렇소."

노린내는 답변하는 동시 아, 하는 탄성을 낼 뻔하였다. 그 포교로구나. 검을 갖고 와서 검값을 두 배로 받아갔다는 포교.

"그 검은 주인의 목숨을 빼앗는 흉기요. 염가가 그런 경고도 하지 않고 당신에게 팔더이까?"

"그 이야기는 합디다. 포교께서 이 검을 돌려주었소?"

"그러하네."

"이 검에 전제가 있는 것은 어찌 아시었습니까?"

나이든 포교는 노린내의 태도에 예절이 있음을 느꼈던지 조금 여유를 가지며 대답하였다.

"내 일찍이 스승으로부터 검 제작도 배운 바 있소. 스승이 검을 알아보는 법도를 가르쳐주시어 조금 아오."

"전제를 알아내는 것도 수련해서 터득하신 것이오?"

나이든 포교는 잠시 눈을 지긋이 뜨며 노린내를 본다. 노린내를 보는 게 아니라 노린내를 통해 지나간 과거를 회상하는 인상이었다. 노린내의 질문이 대답할 성질의 것은 아니되 포교는 대답하고 있었다.

"노력만 가지고는 아니 되고 타고난 영감이 있어야 하지요. 스승은 나에게 그 감이 유별나다 하였소. 검은, 부릇 모두가 검격(劍格)을 지니고 있소. 칼과 검을 유심히 마주하면 그것들이 지닌 속성을 알 수 있다오. 검의 품격을 느낀다고 할까. 그대의 단검은 아주 예리하고 사나웁지만 품격에 광풍의 정을 지니고 있소."

"광풍의 정?"

"그렇소. 광풍(狂風)의 정(精)이요. 미친 회오리바람의 정수."

노린내는 속으로 감탄하였다. 언뜻 들어서는 무슨 미친 소리냐고 치부할 수도 있지만 포교의 말은 이상스레 진지하게 와 닿았다. 저 양반은 그 방면서는 경지에 가 있군. 검의 품격을 느끼다니. 그리고 광풍의 정이라니!

포교가 계속 말하였다.

"그 단검은 무술이 약한 사람이 쓰면 큰 문제가 없소. 허나 실력이 도저한 사람이 휘두르면 검 속에 숨어 있는 광기가 발동하여 엄청난 힘을 발휘하게 되오. 끝내는 검을 쓰는 사람, 즉 주인까지도 해치게 되지요."

노린내는 포교의 말을 부정하고 싶지 않았다. 왠지 틀린 말 같지가 않다.

"그럼 나는 무공이 높지 않으니 큰 문제가 없겠구료."

"무슨 말씀. 그대는 내가 평생 만난 포교 중 최고의 검술가요. 어떻게 그대 같은 무사가 얼마 전까지만 해도 일개 포졸에 머물러 있었는지 의아하오."

"그것은 귀댁도 마찬가지인 것 같소."

"허허허, 그야 나는 일부러 몸을 낮추어 출세를 버리고 산 때문이지, 그대와는 다르오."

"높이 봐주어서 고맙구료."

"높이 봐주는 게 아니요. 그대가 조 천총을 일검에 버힌 것은 무인 세계에서는 충격적인 일이요. 물론 이런 사실은 아무에게도 알려지지 않겠지만."

그 말에 노린내는 으스스한 생각이 든다. 저자들은 확실히 무서운 조직이다. 오늘 있었던 이 사건도 입 씻은 듯 없는 척하려는 것이구나. 그렇다면 아직도 나는 위험 속에 있는 것이다. 저 포교와 한가히 말을 나누고 있는 것 자체가 잘못된 건지 모른다. 이 상선도 믿을 수 없는 판국에 저 포교를 어찌 믿을 수 있을까.

"한데 어떻게 그 검을 사시게 되었소?"

나이든 포교는 진지한 표정으로 물었다.

"새로 사귄 동무가 사주었소."

"그게 무슨 말이요. 새로 사귄 동무가 새로 사귄 동무를 해치자는 거요?"

"아니 무슨 말씀을. 포교께서 그렇게 말씀하신 걸로 알고 있소. 이 검은 새로 사귄 동무가 사서 선물하면 전제가 발동하지 않아 동티가 나지 않는다고."

"내가 그런 말을 했다고? 염가가 그럽디까?"

"그렇소."

"허, 고이언 놈. 내가 사람값을 치루게 하였더니 엉뚱한 사람에게 덮어씌우기를 하였군. 그 검은 전제가 있는 것은 확실하지만 그 전제를 벗어날 방법은 난 모르오. 내 그걸 알면 장인에게 돌려주었겠소? 그 말은 염가가 지어낸 것이니 검은 돌려주는 게 신상에 좋을 거요."

듣고 보니 맞는 말이다. 노린내는 기분이 확 나빠졌다. 어쩐지 단검을 가질 때부터 괜히 불안하였다. 그러고 보니 정염이 연구해준 관포검이란 검명도 아무 의미가 없는 것 아닌가. 노린내는 속으로 어이가 없었다.

하지만 지금껏 나에게 아무 일도 벌어지지 않았다. 오늘 엄청난 고수와의 접전에서 이 단검이 없었으면 어떻게 되었을까. 그 생각을 하자 전제에 대한 두려움이 급격히 희석된다. 흥, 오늘의 결과로 보면 소심해질 필요가 없나. 오늘 이 검 때문에 나는 이나마 살아 있는 것이다. 이 검이 없었으면 저 고수들을 절대로 당적할 수 없었다.

그렇게 위로하고 다짐하고 보니 전제에 대한 두려움은 믿음으로 바뀌고 있었다. 관포검에의 믿음!

노린내는 너털웃음을 터뜨렸다.

"허허허, 귀하의 말씀은 내 존중하오만 난 이 검을 포기할 마음이 없소. 전제란 게 뭐 대단한 것이겠소."

"그렇게 장담할 일이 아니리다."

"걱정해 주는 건 고맙소. 그 대가로 그대는 그냥 보내드리리다. 돌아가시오. 검의 품격을 알아보는 무인을 해치고 싶지가 않소."

"허허허!"

나이든 포교는 가소로운 듯 잠시 웃고는,

"노 포교야말로 빨리 여길 뜨는 게 좋으리다. 내 그대의 검술이 아까워, 그 단검의 위험함을 알려주러 온 것이요. 단지 그뿐이외다."

부상이 심한 자의 엄포 정도는 관용하는 사람인가 보았다. 그는 뭔가 잠시 생각하고는 할 말을 다 하였다는 듯, 뒤돌아 걸어간다. 문을 돌아나가던 포교는 멈칫 걸음을 멈추고 돌아섰다.

"노 포교, 그대같이 품격 있는 사람이 어찌 반역행위를 하오?"

노린내는 괜히 마음이 다급하여 즉시 대꾸하였다.

"나는 반역하지 않았소. 나라가 나를 핍박하고 있을 뿐이요. 나는 내 목숨만을 지키려 할 따름이요. 그 이상 바라는 게 없소."

"저들 남녀는 임금을 배신한 반역자요. 왜 그들을 비호하오?"

"내가 그들을 비호하였다고? 무슨 말인지 모르겠소."

"손을 떼는 게 좋을 것이요."

"무슨 연유인지는 모르지만 죄 없이 죽음에 내몰린 연약한 여자를 죽이려하는 귀댁이 나는 오히려 이해되지 않소. 더구나 저처럼 어린아이를 무참히 죽이는 그대들의 잔인함, 천인공노할 만행을 뭐라 말할 것이요?"

나이든 포교의 얼굴에 순간 곤혹이 흘렀다. 그러나 흥, 하고 코웃음을 치고는,

"나라가 백성을 다스림에 천지에 그득한 티끌의 무죄를 어찌 일일이 헤아리리요. 손을 떼는 게 좋으리다. 그리고 그 단검은 땅 속으로 보내시오. 그 검은 땅 위에서는 피를 먹어야 하는 악마요!"

노린내가 더 대꾸하지 않자 나이든 포교는 고개를 들어 하늘을 한 번 치어다 보고는 혼잣말처럼 말하였다.

"노 포교, 세상은 이치로 따져서 안 되는 일도 있다오. 나도 어려서는 그런 겸손을 몰랐었지. 차 한잔 마실 시간은 남아 있을 게요. 잘 가시오."

나이든 포교는 노린내는 처다보지도 않고 문을 나갔다.

소대규는 지난해 가을 내금위 무관시험에 낙방하였다. 열일곱 발 중 열 발만 명중하면 합격인 것을 마지막 한 발을 못 맞혔다. 아홉 발 명중, 한 발 모자란 낙방. 정말로 안타까운 순간이었다.

시험관인 훈련원의 당상관(종삼품)도 안되었다는 표정으로 고개를 끄덕이며 입맛을 다셨다.

군자감의 판관(종오품)인 외삼촌은 그런 그가 알쓸하여 금부의 나장으로 추천해 주었다. 나장 중에는 가장 좋은 곳이 금부의 나장이었다. 대우보다 생기는 것이 그럭저럭 괜찮을 터이니, 몸을 낮추어 참고 지내라는 외삼촌의 당부였다. 그러나 중인들이나 하는 나장 노릇이 마음에 겨울 리 없다. 금부의 하루하루는 다음 시험 날자만 세는 나날이었다.

한데 금년 봄철의 시험에서도 또 낙방하였다. 이번에는 열한 발을 명중하여야 하는데 열 발을 명중했다. 또 한 발이 모자란, 낙방. 이게 무슨 조화 속이란 말인가.

더구나 기본 사격인 팔십 보 궁술에서 세 발 가운데 한 발도 못 맞혔다. 한 발은 필수이기에 그것만 맞혔으면 급세자가 워낙 석은 탓에 예외로 특별급제를 할 수도 있었다. 그것마저 놓쳤다.

무관시험에는 이런 예가 비일비재하였다. 네댓 번씩 아깝게 떨어졌다가 겨우 급제하여 나중 큰 무관이 된 한량이 많았다. 그러나 성질이 단정하지 못한 소대규는 그것을 인생의 시련으로 받아들이지 않았다. 그런 인내와 수양도 사실 쉬운 일은 아닐 것이었다.

그는 자기 인생은 저주받았다고 울부짖었다. 삼일삼야를 술독에 빠져 있던 소대규는 외삼촌의 간곡한 권유에 마지못해 마음을 잡았다.

분노와 부끄러움을 다잡고 다시 금부에 출근하였다. 하지만 어느 누구도 그런 그를 좋아할 리 없었다. 고깝게 보는 눈초리가 비수의 칼날처럼 차가웠다.

어느 날 금부의 도사(종오품)가 그를 불렀다.

"자네 바람 좀 쐬고 오겠는가?"

"어디 파견나갈 일이 있습니까요."

"그러하네. 단 그곳은 특별한 곳이어서 입이 무거워야 하네. 행동도 조심스러워야 하고. 그럴 수 있겠는가?"

"그렇게 해야겠습죠."

"그런 각오라면 조오치. 내 특별히 귀띔해 주네만 그곳에서는 조금만 잘하면 특진할 수가 있네. 음서* 같은 예우도 받을 수 있어. 알았는가?"

"네, 알겠습니다."

"그래, 각오를 다지고 기회를 잡아 보아."

도사는 파견보내면서 미안한 마음이 있어 그저 지나가는 길로 한마디 이쁘게 이야기해 준 것인데 소대규는 그것을 자기의 기회라고 통히 믿었다.

오늘 오후 그는 마굿간에서 잠깐 졸다가 이상한 기운에 정신을 차렸다. 뭔가 살벌한 공기가 집 안팎을 에워싸고 있었다.

어, 이상하다. 무슨 일이 있는가 보다. 그는 눈을 비비고는 마굿간 말뚝 밑에 몸을 숨기고 마당을 내어다보았다.

조 천총과 곽 포교가 검과 칼을 꼰아들고 엄숙한 표정으로 마당에 서 있다. 그들 앞에는 처음 보는 평복의 사내와 채 사직(정오품)이 뒷문을 응시하며 환도를 쳐들고 있었다. 네 사람 모두 닫혀진 뒷문을 대적(大敵)이라도 되는 듯 노려보고 있는 것이다.

저 양반들이 왜 저러고 서 있나? 밖에 누군가 적이 있는 겐가. 어떤 적이 왔길래 저 무술 높은 양반들이 저렇게 긴장된 표정으로 검을 겨누고 있단 말인가.

그렇게 이상하게 여기고 있을 때 우직끈, 뒷문이 부서져 튕겨나면서 하얀 물체가 마당으로 날아들었다.

그리고 순간, 채 사직은 단칼에 허리를 버히고 넘어지고 평복 무사도 힘

---

음서 蔭敍 공신이나 현직 고관의 자제를 과거에 의하지 않고 관리로 채용하는 것.

82

없이 앞으로 고꾸라졌다.

저런, 무시무시한 검술이다. 단 한검에 두 사람이 쓰러지다니! 아니, 저 사람은 평복을 입고 있잖아. 더구나 들고 있는 것은 단검이고. 출사하지 못한 일개 무부가 무슨 무술이 저처럼 무시무시하다는 말인가.

조 천총, 곽 포교 그리고 민간 무사는 한동안 검과 환도를 들고 대치해 있었다. 소대규가 보아도 그것은 살기가 충만한, 험악한 대결이었다.

정말 으스스하다. 일발필도요 일격필살의 기세이다. 셋 다 제대로 살아 남지 못하겠다! 운과는 달리 사실 무술에 자질이 있는 소대규는 자기도 모르게 탄성을 지르고 있었다.

자세히 보니 민간 무사의 검은 단검인데도 살기가 엄청나게 뿜어나오고 있었다. 마굿간까지도 단검의 한기가 쏘아오는 듯하였다. 오, 저 검은 보통 검이 아닐세, 무공도 세지만.

각일각, 시간이 정체된 순간들. 숨은 막히고 온 살이 떨리는 찰나들.

그런 어느 순간, 살기가 요동치더니 단검이 흩뿌린 섬광이 대기를 덮었다. 챙겅! 곽 포교가 오른쪽으로 깃쳐가고, 스윽! 조 천총이 앞으로 검을 휘둘렀다. 모든 것은 찰나요 동시에 일어났다. 곽 포교는 무릎을 꿇고 고개를 떨구었으며 조 천총은 복부에 충격을 받고 무너졌다. 민간 무사는 휙 허니 날아와 소대규가 있는 앞쪽에 떨어졌다. 조 천총과 곽 포교가 중상을 입은 것은 훤히 보였는데 민간 무사가 마당에 쓰러져 일어나지 않는 것은 이상하였다. 언제 어떻게 충격을 받아 격상을 당한 걸까?

소대규는 망설였다. 허리에 차고 있는 환도를 왼손으로 꽉 붙들었다. 지금 뛰쳐나가 조 천총을 도와야 하나? 나의 무술로 저 사내를 당할 수 있을까. 저자도 중상을 입은 듯한데 그래도 그의 일격이면 나는 단번에 목숨을 잃는 게 아닐까.

그렇게 망설이는 사이 민간 무사는 벌떡 일어났고 대문을 통해 사라져 버렸다.

침입한 민간 무사가 사라진 잠깐, 마당은 적막이 흘렀다. 이윽고 집안에서 나장 녹사 조례들이 뛰쳐나와 조 천총과 곽 포교의 상세를 살폈다. 소대규도 슬그머니 마굿간에서 나가 구완하는 것을 도왔다.

　곽 포교는 경상인 듯하였다. 기동이 될 정도로 여유가 있었는데 복부를 깊이 찔린 조 천총의 상세는 심중하였다. 피만 많이 흘린 게 아니라 내장에 심대한 상처를 입은 듯하였다. 그들은 조 천총을 집안에 모시고 곽 포교는 다친 왼팔과 가슴을 동여 주었다. 먼저 쓰러진 두 사람 가운데 채 사직은 절명하였고 평복 무사는 인사불성이었다.

　네 사람을 안돈하는 조치가 끝났을 때 김 녹사가 뒷문을 가리키며 나장들에게 뭔가를 지시하였다. 소대규도 그들을 따라 뒷문을 나갔다. 세 사람이 널부러져 있었다. 한 사람은 절명하였고 둘은 중상인데 모두 정신을 잃고 있었다.

　시신을 치우고 부상자를 옮기는 등 임시 조치가 끝났을 때 대청마루 끝 기둥에 기대어 있던 곽 포교는 김 녹사와 뭔가 밀담을 나누고 있었다.

　소대규는 그들의 대화를 듣고자 가까이 접근하였으나 그가 가까이 가기도 전에 둘은 고개를 끄덕이고는 김 녹사는 뒷문으로 나갔다.

　조금 뒤 김 녹사가 돌아왔다. 그는 다시 곽 포교와 밀담을 나누었다. 곽 포교는 이번에도 고개를 몇 번 끄덕이더니 천천히 일어나 직접 뒷문을 나가는 것이었다. 소대규는 살그머니 그 뒤를 따라갔다.

　곽 포교는 뒷문에서 왼쪽 두 번째 여염집으로 들어가고 있었다. 소대규가 여염집 울타리 곁에 다가갔을 때 말소리가 들려왔다.

　오, 저자는 누구야. 바로 그 민간 무사가 아닌가. 저 무사가 어디로 피신하지 않고 여기에 숨어 있다니. 상처가 너무 심해 멀리 가지 못한 건가. 아니면 이곳이 저자의 원래 은신처인가?

　두 사람의 대화는 들을수록 놀라웠다. 곽 포교와 민간 무사는 아는 사이는 아니었으나 전제가 있는 단검을 사이로 무언가 인연이 있는 관계였다.

호칭을 들어보니 민간 무사도 포교이다. 현직인지 전직인지는 알 수가 없다. 그리고 나중 그들이 나눈 말들은 서로 엇갈리면서도 서로를 아끼는 뭔가가 있었다.

이것 봐라, 이 양반들이 서로를 존중하고 있잖은가. 곽 포교가 노 포교란 자한테 나라의 배신자를 돕는다고 하는데, 곽 포교는 지금 누구를 돕고 있는 거야?

곽 포교가 여염집을 나오기 전 소대규는 안가로 돌아갔다. 그는 복심이 따로 있었다.

조금 있으면 저 노 포교가 여염집을 떠나겠지. 곽 포교가 보이지 않는 배신을 하는 걸 보고만 있을 수는 없다. 소대규는 모종의 결심을 하고 있었다.


노린내는 나이든 포교가 사라지자 잽싸게 방으로 들어갔다. 여인과 장시후는 들어오는 노린내를 긴장된 눈초리로 바라본다. 노린내가 여인에게 급히 말하었다.

"내 지금 통증은 여전하여도 이제는 걸을 수 있소. 저 포교의 말대로 여기를 피해야 할 것 같소."

"무사님은 가십시오. 저는 여기서 우리 딸애를 장례지낼라 합니다. 저 같은 사람 죽이겠습니까. 죽이면 죽고 딸 없는 인생 살 가치도 없습니다."

노린내는 그렇게 말하는 여인을 잠시 바라보다가 장시후에게 눈길을 돌렸다.

"장 상경, 두 분은 어떤 사이시요?"

장시후는 잠시 망설이는 듯하더니,

"나의 누님이요. 제가 잠시 몸을 숨기러 이곳에 왔는데 이곳이 호혈의 코앞인 줄 뉘 알았겠습니까."

"그러면 장 상경은 여길 왜 들락거리시오?"

"누님을 딴 곳으로 옮기려다가 이런 변을 당하였지요."

"그랬구료. 나 때문이요. 정말 미안하오. 내가 오늘 이곳에 오지만 않았어도 이런 변은 당하지 않았을 거요."

"그건 아닙니다. 시간이 없으니 가면서 이야기하십시다. 누님은 아까 이야기한 대로 하십시오."

"알았네. 동생은 빨리 가게. 무사님, 우리 동생을 도와주십시오."

여인의 눈빛이 처음으로 감정을 드러낸다. 동생을 아끼는 마음이 처연한 가야금산조 같다. 갈겨니의 눈망울 같은 슬픈 눈동자에 가엽게 죽은 딸에의 연민과 동생에 대한 깊은 우려가 함께 포개어져 있었다.

그들이 교서관동 가는 길 네거리에 이를 무렵 노린내가 작은 목소리로 물었다.

"그대가 가자는 곳이 교서관동 끝 남산 쪽이요?"

"그렇습니다."

"그럼 저쪽에서 왼쪽으로 돌아야겠군."

"네. 그 다음 골목에서 돌아도 되구요."

"뒤에 두 놈이 쫓아오고 있네. 거기 사람이 없는 으슥한 곳이 있는가?"

"두세 군데 있지요. 하지만 노 포교는 그 몸으로 싸울 수가 있겠습니까?"

"저 정도는 당해낼 수 있겠지. 무인이 싸울 때는 언제나 목숨을 던져야 하니까."

"그렇습니까?"

장시후는 노린내의 결의 어린 말투에 조금은 감동한 표정이었다.

"더구나 우리가 가고 있는 집은 노출당하지 않아야 할 것 아니요. 연지가 숨어 있는 곳 아닌가."

"물론입니다."

"우선 저 작은 두 번째 골목으로 들어가세."

노린내는 관포검을 생각하였다. 미행자 두 녀석은 환도를 차고 있을 것이었다. 환도가 장검은 아니라도 단검보다는 훨씬 길다. 그렇다면 좁은 골목에서 부딪칠 때 단검이 조금이나마 유리할 터이었다.

골목은 좁고 꾸불꾸불하였다. 두 사람이 그들을 스쳐지나갔다.

장시후를 앞세웠다. 사십여 보를 갔을 때 노린내는 이상한 생각이 났다. 놈들이 뒤따라오지 않고 있다. 그렇다! 노린내는 순간 소리쳤다.

"장 상경, 걸음을 멈춰라!"

노린내가 말을 끝내기도 전에 깜짝 놀라는 소리가 앞에서 났다.

노린내는 번개같이 앞으로 쏘아나가고 있었다. 오른손에는 언제 뽑아들었는지 관포검이 들려 있었다.

"쳉!"

"윽!"

신음소리가 끝났을 때 노린내는 헐떡였다. 두리번거리며 사방을 살폈다. 왼쪽에도 작은 길, 오른쪽에도 빠져나가는 길이 있다. 쓰러져 있는 장시후 옆에 널부러져 있는 놈은 노린내의 있는 힘을 다한 일검에 왼쪽 가슴을 찔려 절넝해 있었나. 복상이 나상쯤 되는 녀석이다.

놈들은 우리가 이 골목으로 들어올 줄 알고 네거리에서 앞으로 달려나가 앞길을 막고 있었던 것이다. 노린내의 경각심이 빨랐으나 장 상경은 이미 공격을 받은 것이다.

노린내는 헐떡이며 사방을 살피고는 장시후의 목을 만져 보았다. 숨을 쉬고 있다. 재빨리 고개를 숙여 살펴보았다. 큰 부상은 아니다. 이쁘게 잘생긴 꽃샌님 같은 장시후는 상대 칼놀림에 정신을 잃은 모양이었다.

노린내가 속삭이듯 물었다.

"장 상경, 정신이 드나?"

주천화후를 갑자기 너무 많이 끌어당긴 탓인지 노린내는 가슴이 울렁거려 겨우 말할 수 있었다. 장시후는 아직 깨어나지 않고 있었다.

소리가 들린다. 발자국 소리인가? 노린내는 장시후를 그대로 놓아두고 급히 벽에 몸을 밀착시켰다. 그때 후이익, 바람 가르는 소리가 들려왔다. 노린내는 본능적으로 머리를 숙였다. 화살 한 대가 노린내의 머리 위를 아슬아슬하게 스치며 오른쪽 초가 담벽에 팍, 소리도 날카롭게 꽂혔다. 토벽이 우수수 쏟아져 내렸다. 흙담 깊숙이 뚫고 들어간 화살은 한동안 궁깃이 파르르 떨렸다. 그것은 몸빠진살이었다.

이놈 봐라. 몸빠진살을 쓰고 있다. 노린내는 정신이 번쩍 났다. 고개를 조금만 늦게 숙였어도 살에 맞을 뻔하였다. 화살이 날아온 왼쪽을 응시하였다. 아무도 보이지 않는다.

몸빠진살은 대가 아주 가는 화살이다. 살은 가늘되 촉만 날카롭게 먹이면 사람의 몸을 쉬이 관통할 수 있어 근접전에서는 가장 위험한 화살이다. 그렇다면 활은 작은 동개활을 쓰고 있을 것이다.

궁수는 어쩌면 악랄한 놈일 게 분명하다. 등짝에 가볍게 메고 다닐 수 있는 동개활과 몸빠진살을 쓰는 놈이라니! 동개살을 안 쓰고! 살수급인 게 분명하다.

노린내는 몸을 숙이고 다시 장시후를 살폈다. 눈을 뜨고 자기를 바라보고 있다.

"어디 다친 데가 있는가?"

장시후는 고개를 끄덕이며 왼팔을 가리켰다. 팔을 들어보니 뒤쪽에 칼자국이 나 있다. 중상은 아니되 문인으로서는 정신을 잃을 만한 상처였다.

"활을 쏘는 놈이 이 어디에 숨어 있네. 잘 쏘는 놈이야. 하마터면 머리를 관통당할 뻔하였네. 일어날 수 있는가?"

노린내의 목소리가 아주 작았으므로 장시후는 조심스러워 고개를 끄덕였다. 노린내는 장시후를 부축해 주며,

"오른쪽으로 가도 되지?"

장시후가 고개를 끄덕임과 동시에 노린내는 오른쪽 골목으로 빠른 속도로 나아갔다. 허리를 깊숙이 숙여 좌우 어느 집에서도 그들이 가는 것을

알아볼 수 없을 것이었다. 삼십여 보를 갔을 때 노린내는 뒤를 돌아보았다. 장시후는 왼팔을 오른손으로 눌러 잡고 있었지만 잘 따라오고 있었다. 노린내가 물었다.

"이 앞은 어떻게 되어 있는가?"

"삼거리서 왼쪽으로 가야 합니다만 오른쪽도 빙 돌아갈 수는 있습니다."

"그럼 돌아가세. 저놈은 왼쪽 어딘가에 있을 것 같애. 검은 활보다는 빠를 수 없으니 유인전술을 쓰세. 앞장 설 수 있나?"

장시후가 앞을 섰다. 두 번이나 돌아 어느 채마밭 어름에 나왔다.

노린내가 속삭였다.

"먼저 저쪽 숲으로 들어가게. 빠르게만 움직이면 화살도 명중이 어렵다네. 최대한 빠른 속도로!"

장시후는 토끼처럼 팔짝팔짝 뛰어서 달려갔다. 그는 숲의 소나무 뒤에 숨으며 뒤를 보았다. 노 포교가 안 보인다. 어, 어디 갔을까, 하고 생각하는데 이상한 소리가 들린다. 경각심이 생겼으므로 소나무 뒤로 후딱 몸을 숨겼다.

피르르 하며 화살 한 대가 장시후가 숨은 소나무 옆을 스쳐 왼쪽 소나무에 쿵 하고 박힌다. 이크, 탄성을 지르는데 급촉한 발소리가 들리고 칼 부딪치는 소리가 요란히 났다. 장시후는 내다볼 염이 안 생겨 소나무 뒤에 꼭꼭 숨어 있었다. 그러나 시간은 그에게 용기를 주었다. 고개를 빼고 창검 소리가 나는 곳을 보려는데 노 포교가 불쑥 나타났다.

"가세!"

노 포교는 아무 말도 않고 앞을 재촉한다. 장시후는 순간 스치는 바가 있어 앞을 섰다. 사람이 다니지 않는 성곽 옆 숲으로 가는 게 훨씬 낫다는 생각을 한 것이다. 노린내도 그런 장시후의 생각을 알아채고 있었다.

숲을 조금 나아가자 성벽이 나오고 장시후는 왼쪽으로 성벽을 따라 걸었다.

장시후는 바위가 있는 숲 아래의 길 쪽을 보며 속닥였다.

"노 포교, 저 앞에 두 채의 초가가 있지요?"

"응, 보이네."

"오른쪽 초가가 우리 은신처입니다. 우리가 여기서 들어가면 뒤를 밟는 자가 그 집을 알아볼까 봐 걱정인데요."

"지금은 미행자는 안 보이네. 놈들이 내 검을 무서워해 도망쳤거든. 허지만 없으란 법은 없으니까. 더구나……."

"무슨 일이 있습니까?"

"내 몸이 지금 정상이 아니네. 아까 연속 놈들을 처치하면서 너무 기력을 썼는가 보아. 더 움직이기가 힘이 들군."

"그럼 어찌할까요?"

"의원이 필요하네."

"의원한테 먼저 갈까요?"

"나를 낫게해 줄 의원은 따로 있네."

그 말에 장시후는 뒤에 있는 노린내를 돌아봤다. 노 포교는 땀을 비 오듯이 쏟고 있었다. 얼굴이 창백하다. 상당히 나쁜 상황인 게 얼굴만 보아도 알 수 있었다.

"아니 노 포교, 신색이 아주 좋지 않습니다. 불편하시군요!"

장시후는 사나운 포교가 거의 죽을 지경으로 동태가 나쁜 게 너무 놀라웠다. 이럴 수가!

장시후의 진정으로 놀랍고 걱정하는 표정에, 노린내는 담담하게,

"그러네. 모험을 해보세."

"모험을요?"

"음."

노린내는 뒤쪽 저켠에 있는 허름한 초가를 손으로 가리켰다.

대사간 이빈은 남곤의 사랑방에 들어가면서 조금은 당당하였다. 남곤 대감을 상소문의 말밥으로 올려 헐뜯은 대사헌 유운을 서경 문제 하나로 혼을 내고 한직인 동지중추부사로 쫓아낸 자기의 공로를 지정 대감이 치하하지 않고는 못 배기리라, 치부한 때문이었다. 그러나 방안에 들었을 때 자기를 맞이하는 지정 대감의 태도는 조금은 수상하였다.

"앉으시게."

첫 말투부터가 가벼웁다. 입을 꾹 다물고 위로 치켜올리는 모양새도 이쁘지가 않다.

이것 봐라. 조심해야겠다. 내가 뭘 잘못하였을까.

거의 이십 년을 남곤의 눈치를 보아온 이빈이었다.

"대감 어른, 심기가 불편하신 일이 있으신지요?"

이빈은 앉으면서 노련하게 먼저 마음을 떠보는 문안을 해본다.

"아니오. 내 심기, 마음이야 좋지요."

아, 자기 마음은 좋다고? 그렇다면 내 마음은 어떻다는 이야기일까?

순간, 이빈은 더욱 수상한 생각이 든다. 저녁을 들러 오라는 전갈이 그저 순수한 치하를 위한 게 아닌가 부다. 그런 생각에 응대를 빨리 끌어내지 못하고 있는데 남곤이 실눈으로 꼬아보며 말을 꺼냈다.

"이 대간*, 요즈음은 내가 말이야 좀 주착스런 망상 때문에 민망스러울세."

"무슨 말씀이신지요?"

"다름 아니구, 자꾸 여자 생각이 나서 말이야."

"여자요?"

"그렇다네. 뽀송뽀송한 여자 생각이 자꾸 나아. 참 민상스럽지. 왜? 내 말이 우스웁나."

허, 이 영감탱이가 정말 수상하다. 나한테 뭔가 노림이 있구나! 순간 뒤가 켕겼지만 응대는 빨리 나갔다.

---

대간 臺諫 대사간의 줄인 호칭.

"아닙니다요. 대감의 솔직담백한 말씀 고개가 숙여집니다. 존경합니다요."

"무슨 말을 하는가, 이 대간! 남부끄럽게 하지 말게. 늙어서 이 나이에 여자를 밝히는 나를 존경한다니, 그런 비아냥이 세상 어디 있는가."

"아닙니다. 솔직담백하신 말씀을 존경한다는 뜻이옵지요."

"여하간에!"

그렇게 말한 남곤은 비식이 웃고는,

"이 대간은 어떻게 생각하는가, 우리나라의 기생제도를 말이야."

"기생제도요?"

"으음."

"글쎄요. 그거 나쁜 제도는 아니지 않습니까."

이 영감탱이가 느닷없이 기생제도는 왜 들고 나오누.

"그래? 난 나쁘다고 생각하는데."

"나쁘다고요?"

"그럼. 이 대간은 정말 좋은 제도라고 생각하는가?"

"지정 대감께서 그렇게 말씀하시니까 좀 헷갈립니다요. 어떤 점에서 기생제도가 나쁘다고 생각하시는지요?"

"맞아, 내가 주장할려면 나름의 이론이 있어야겠지. 기생제도의 설치 목적은 무엇일까. 으흠, 가만 있어 보자. 그래, 기생제도의 설치 목적은 네 가지 정도를 들 수 있겠지. 첫째는 기생을 두는 기본 목적이 그렇듯이 여러 행사와 잔치의 흥을 돋우며 조력을 얻기 위함일 게고, 다음은 의녀(醫女)나 침비(針婢) 같은 기능직을 맡기기 위해서일 게구, 또 하나는 변방의 군인을 위로하기 위해서일 것이고, 마지막은 지방 관청에서 사신을 접대하기 위해서라고 하면 되겠나. 어떤가, 내가 거복한 것들이?"

"오호, 정말루 맞는 말씀입니다. 모두 옳으신 말씀입지요, 대감 어른!"

이빈이 감탄 어린 말투로 응답하자,

"그런가? 한데 왜 수령들은 꺼떡하면 기생들을 데리고 자는 거야? 수령들이 데리고 자라고 기생제도를 만든 건 아니잖은가. 그렇지? 기생을 데불고 잔다 해서 나라가 잘 되는 것도 아니고?"

이빈은 어리벙해진다. 이 대감이 지금 무슨 이야기를 하려고 이렇게 요상하게 나오는 걸까? 그나저나 기생의 설치 목적은 잘도 연구해 놓았군.

"왜, 대답이 없나? 내 기생론이 같잖은가?"

"무슨 말씀을요, 훌륭하십니다. 언제 그렇게 하나 둘 셋, 항목까지 연구해내셨습니까?"

"흥, 엎드려서 절 받는 것 같애. 이 대간, 수령이 꺼떡하면 기생을 데리고 자는 이유가 뭐냐니까?"

"아참, 그 말씀을 물으셨죠. 그건 뻔하지 않겠습니까. 나라가 제도는 잘 만들었지만 제도를 운용하는 자들이 그것을 제대로 활용하지 않고 편법으로 쓰기 때문이 아니겠습니까?"

"맞아! 이 대간은 역시 머리가 좋아. 아, 기생제도의 설치 목적 네 가지 중에 수령이 색을 즐기게 하기 위해 만들었노라, 하는 항목은 없단 말씀이야. 한데 요것들이 맨날 기생을 데리고 잔단 말이지. 언놈은 공사도 제키고 기생만 밝히지를 않나. 있을 수 없는 일이야. 아니 그런가?"

"맞는 말씀이십니다."

"고마우이. 내가 왜 이 이야기를 하는고 하면, 내가 여자 생각이 나는데 말이야 우리가 뒤늦게 첩을 둘 수도 없고 기생이나 하나 좋은 애가 있으면 하고 나 자신 생각나더라 하는 이 말씀이네."

이빈은 남곤이 무슨 말을 하려는지 이제 조금 의문이 풀리기 시작하였다. 이 영감탱이가 박운의 딸 자향이 사건을 잘 알고 있을 터. 게다가 그 집 부인과 딸과 노비가 죄 내 노비로 배당된 것도 알고 있을 것 아닌가. 게다가 내가 자향이란 애한테 음심을 품고 심정 대감한테 꼭 그 애를 잡아달라고 부탁한 것도 아는 게 분명해! 그건 극비 사항인데 이 영감탱이가 어떻게 알았을까. 심정 대감이 그런 걸 발설할 분은 아닌데. 흥, 기분 나쁘다!

"이 대간, 그래서 내가 반성을 하였네. 그대나 나나 국록을 먹는 고관은 몸을 조신해야 한다. 기생도 건드리면 안 된다. 이제는 여자를 깨끗이 끊고 나라를 위해서만 진충갈력해야 한다. 그렇게 생각하였네. 언제 기회가 있으면 중국에도 없는 우리나라 특유의 기생제도가 무엇이고 그게 어떻게 운용되고 있는지 그 잘잘못을 따져서, 기생제도는 수령이나 고관이 색을 즐기기 위해 만든 건 결코 아니노라, 이제부터는 그 운용을 명쾌히 하여야 한다, 하고 전국에 지침을 내렸으면 해. 어떤가 내 생각이?"

"훌륭하십니다. 저 같은 소활한 마음으로는 생각도 못할 일이옵니다."

"고마우이. 그리구, 노비문제도 그래. 작금의 세상은 노자 비자들도 인권이 있어야 하고 나라를 위해 그들을 적재적소에 써야 한다는 사상과 주장이 나오고 있지 않은가. 나는 그 말을 전폭적으로 동의하지는 않지만 언젠가 그렇게 되리라 믿네. 그런 점에서 우리도 탄력 있게 대처해 나가야 할 것이야. 특히 이번에도 난리가 났지만 고관을 지낸 선비네 가족 중 노비를 뺀 친가족은 노비로 박아서는 안 된다는 생각을 해보네. 그것은 선비는 죽일 수 있을망정 모욕을 줄 수는 없다, 하는 이론과 같은 것이지. 잔인한지 모르나 나는 차라리 그 가족을 죽일망정 노비로 박아서는 안 된다고 생각하네."

그 말에 이빈은 조금은 놀란다. 최근 명나라에서 저런 논란이 있는 것은 알고 있으나 우리 나라에서는 아직 금기이기 때문이다.

"그럼 대감 댁에 안배된 노비들은 어떻게 하실 생각이십니까?"

"그렇지. 그게 당장 문제인데 나라가 정한 것을 함부로 바꾸어서는 안 될 터, 이번은 어쩔 수 없으니 시간을 두고 그들을 양민으로 풀어줄 생각이네."

"그렇습니까?"

"그러하네. 한데 이 대간, 이건 우리 둘만의 이야기로 끝내세. 물의가 일수 있으니까 말이야."

"알겠습니다."

"흐음, 이 대간, 또 말씀하실 게 있습니까?"

"없습니다."

말은 자기가 다 해놓고 마지막에야 할 말이 있느냐고 묻는다. 오늘은 이 영감탱이가 왜 이렇게 얄밉게 노는지.

남곤은 만족한 듯 싱긋 웃으며 설렁줄을 두 번 잡아 당겼다. 설렁줄이 흔들리고 짜랑짜랑 소리가 나고 숨을 세 번 쉬기도 전인데 방문이 활짝 열리고 밥상이 들어왔다. 빠르기도 하였다.

"이 대간, 밥 한 그릇 대접에 내 말이 많았네."

"무슨 말씀을요. 다 좋은 말씀이셨습니다."

"자, 들면서 이야기하세. 내가 오늘 왜 이렇게 말이 많은고 하면 잠깐 논어를 펼쳐보는데 불혹이라는 글자가 눈에 확 와 닿는 게야. 그러면서 이런 색정 이야기가 생각나고 반성이 일데."

"그러하셨군요. 논어는 자주 읽으시나요?"

"논얼 자주 읽느냐? 머리맡에 두고 있지. 그렇다고 자주 읽어지던가. 다 그렇지. 대간은 사십이 언제 넘었소?"

"아이쿠, 대감 어른도. 어린 저한테 나이는 왜 물으십니까?"

"사십이면 불혹인데 어리다니, 대간도 사십에 불혹이 되던가?"

"무슨 말씀을요. 또 뭘 혼내실려고 합니까요?"

"흥, 사람들은 웃기지. 나이가 얼마요, 하면 불혹입니다, 하는 답변을 잘해. 감히 불혹이라니! 나이 사십에 불혹은 공자님이나 하는 일이지 지까짓 게 무슨 불혹이야! 우리 같은 범부가 나이 사십에 불혹이 될 수 있나? 이 대간, 안 그래요? 흥, 웃기고말고. 나이 팔십에도 혹해서 주착을 부리는 넋빠진 자들이 사십 넘었다고 불혹이래! 허참, 가소롭지 가소로워!"

안국동 남곤 대감 집을 나서는 이빈은 입을 쩝쩝 다셨다. 어떤 빌어먹을 놈이 박운 처자와 자향의 이야기를 남곤 대감한테 고자질한 게 분명해! 으이그, 눈 한번 깜짝할 새에 간 빼먹는 세상이라더니 내가 그 꼴을 당하는군. 뭐 어째! 시간을 두고 모두 양민으로 풀어줘? 지정 대감이 그런 사람이면 내가 장을 지진다. 장을 지져! 멀쩡하게 눈 뜨고 거짓말을 하기는!

허, 참! 그놈의 밥 한 그릇 비싸게 먹었네. 나보고 박운네 마누라와 딸들을 풀어주란 이야기 아닌가. 허면, 자향이란 애는 코빼기도 보기 전에 훨훨 날리라 이거지. 흥, 말도 안 되는 소리! 내 결코, 자향이란 애는 버릴 수 없다. 절대 버릴 수 없구말구!


# 50. 해탈문


정염은 사내 뒤를 말없이 따라갔다. 그들이 골목을 빠져나와 풀숲 길로 접어들었을 때 삼십대 중노미임직한 사내가 스치고 지나갔다.

정염은 눈쌀을 찌푸리며 중노미를 살폈다. 중노미는 뒤따라오던 둔쇠와 어깨를 부딪치며 눈을 꼰아뜬다.

집 마당에 들어서자 사내는 얕은 기침을 하고는 오른쪽 끝 토방문을 열었다. 정염과 둔쇠는 어두운 방을 잠시 살피고는 안으로 들어갔다.

방에는 노린내와 장시후가 있었다. 노린내는 드러누워 있고 장시후는 앉아 있었는데 정염과 둔쇠가 들어가자 장시후는 벌떡 일어났다. 그는 길을 안내해온 사내한테 뭐라 이야기를 나누더니 품에서 돈을 꺼내 건네고 있었다. 사내는 굽신굽신 어쩔줄 몰라했지만 돈은 후딱 챙겨 넣었다.

누워 있는 노린내가 고개를 끄덕이며 말하였다.

"사결이, 잘 와주었네. 당장 의원 노릇을 해 주어야겠네. 오른쪽 어깨를 크게 다쳤네."

정염은 아무 말 없이 즉각 노린내의 다친 부위를 살폈다. 잠시 살피던 정염이 혼잣말처럼 말하였다.

"근골을 다치고도 힘을 썼구나. 근육이 비틀려서 금세 나을 수는 없겠는데."

"앞으로도 당장 힘을 써야 하네."

"그렇지요."

"이곳을 빨리 떠야 하고."

"그렇지요."

두 사람은 뭔가 통하는 말을 나누고 있었다. 정염은 둔쇠가 메고 온 형낭에서 가루약을 꺼내 어깨 상처 부위에 발랐다.

그 사이 노린내는 장시후에게 눈짓했다. 장시후는 멈칫거리며 서 있던 이집 주인인 사내와 함께 살그머니 나갔다.

둔쇠는 하얀 헝겊으로 노린내의 어깨를 칭칭 동여매었다. 정염은 대통 안에서 검은 알약 세 알을 꺼내 노린내에게 주었다.

"둔쇠, 물을 떠오게. 노 포교, 이 약을 드십시오. 그리고 즉시 여기를 떠야지요?"

"그렇네."

노린내는 둔쇠가 떠온 물로 약을 먹었다.

"그 약은 조계사의 단허대사가 만든 환혼연근단입니다. 어지간한 병도 다 낫는다는 명약이지요. 한 시진 뒤에는 근력을 쓸 수 있을 겁니다."

"그 전에 힘쓰면 안 되나?"

"될 수 있는 한 쓰지 마시고요."

"알았네. 자네가 오기 전까지 주천화후로 내상을 치료해 상당히 좋아졌네."

"주천화후는 현현한 경지에 도달했습니까?"

"그게 쉽나. 하여튼 일초 일각을 단련하고 있지."

장시후가 들어와 노린내에게 소곤댔다. 고개를 끄덕이던 노린내가 정염에게 작은 소리로 물었다.

"들어올 때 만난 사람이 있는가?"

"하나 있었지요. 중노미 같은 놈이 우리와 엇갈렸습니다."

"그놈이로군. 언놈이 이 집을 정탐하고 있다네. 사결이, 이분하고 인사하게. 바로 장시후 상경일세."

정염은 놀라지 않았다. 고개를 꾸벅하고는,

"정염이라고 합니다."

"장시후라고 하오."

장시후는 노린내를 통해 정염의 이야기를 들었는지 동자 모습인데도 정중히 인사한다. 두 사람이 인사가 끝나자 노린내는 정염에게 급히 말하였다.

"사결이, 장 상경이 뒤꿈치를 다쳤네. 빨리 보살펴 주게."

"아, 그래요?"

정염은 장 상경의 왼팔을 살피더니 가루약과 헝겊으로 동여매 응급조치를 했다.

"큰 상처가 아니어서 다행입니다. 급소라 조금만 깊게 버혔으면 팔을 잃을 뻔하였군요."

역시 정염이도 여느 대부나 마찬가지로 환자를 겁주는 어법이 깃들어 있다.

응급조치가 끝나자 노린내가 지난 경과를 간략히 설명하였다.

"그럼 바로 저쪽 건너편 초가로 가서 처자를 구해 갖고 우리의 안가로 가야겠다 이거지요?"

"그렇지. 한데 활을 썩 잘 쏘는 놈이 문젤세. 그녀석과 함께 환도 쓰는 놈이 있었는데 나하고 한판 얼르다가 도망쳤네. 그들이 여기 오기 전에 뜨세. 밤에는 활이 안 무섭지만 낮에는 고약해. 시간을 다투는 일일세. 우릴 피신케해 줄 좋은 데가 있는가?"

"있지요."

"그럼 가세. 장 상경, 앞을 서게. 둔쇠, 너가 맨 뒤에 오고."

"알았습니다."

둔쇠의 목소리는 장작개비 찢어지는 소리인데 왠지 흥이 나 있었다.

그들이 숨어 있는 초가를 나왔을 때는 저녁이 남산을 먹고 밤이 뒤에서 기다리고 있었다. 노린내는 번개같이 사방을 둘러보았다. 오른쪽 내려가는 길목에 사람 얼굴이 얼씬거리다가 사라지는 게 보였다.

장시후는 왼쪽 길을 빠르게 올라갔다. 오른켠 초가로 거침없이 들어간다. 노린내는 삽짝 앞에 서서 기다렸다. 정염은 성곽 쪽 숲을 바라보고 둔쇠는 올라온 아래쪽을 살폈다.

하얀 저고리에 검은 치마를 두른 처자가 장시후를 따라 나왔다. 작은 보따리를 하나 들고 있다. 연지였다. 얼굴이 초췌하다. 눈동자는 헤매고 있다. 쫓기는 자의 두려움이 얼굴에 그득하다. 그녀는 적개심이 숨어 있는 얼굴로 노린내를 바라보았다. 장시후한테 설명은 들었으되 아직 마음이 안 놓이는 표정이다.

"어서 오시오. 몹시 기다렸지요."

노린내는 연지의 얼굴을 후딱 살피고는 은근한 목소리로 위안의 말을 건넨다. 그녀가 나를 어떻게 생각할지 노린내는 불안하고 미안한 마음이 넘실대고 있었다.

노린내가 정염에게 말하였다.

"사결이, 이젠 자네가 앞을 서게. 빠르게 가세나. 화살이 날아오는 소리를 조심하고."

"적진 돌파군요."

정염은 아무렇지 않은 듯 한마디 하고 앞을 섰다. 그는 왔던 길을 내려 갔다. 정염은 골목 어귀에서 그들을 감시하는 자가 있는 것도 개의치 않았다. 노린내도 마찬가지였다.

삼거리에서 왼쪽으로 틀고 다시 백여 보를 간 뒤 오른쪽으로 방향을 바꾸어 이백여 보를 갔다. 큰 거리가 나왔다.

그들은 큰 거리서 왼쪽으로 걸었다. 오십여 보를 갔을 때, 앞장 선 정염이 물었다.

"그자가 지금도 따라옵니까?"

"물론. 하나가 더 늘어서 둘이 됐네."

"아까 하나를 해치웠는데 웬 녀석들이 그렇게 많지요."

"모두 나장이 녀석들 같애. 몸빠진살이 문젤세."

"여기서 백여 장만 가면 해탈문이 있습니다. 거길 들어가서 뒤쪽으로 나가면 저들을 따돌리는 건 여반장입니다."

"해탈문이란 게 뭔가?"

"하하하, 가 보면 압니다."

정염이 어느 집 앞에 섰다. 연통을 하는지 안에 대고 뭐라 말하는 자세로 서 있더니 문고리를 만지작거린다. 오른손으로 밀자 문이 스르르 열렸다. 안으로 들어가며 따라오라는 신호를 한다.

그 집은 들어가자마자 두 장 앞에 문이 있고 똑같은 담벽이 좌우로 나있었다. 정염은 마지막으로 둔쇠가 들어오자 들어온 문을 단속해 닫고는 앞쪽 문으로 들어가지 않고 오른쪽 골목길로 걸어갔다. 노린내가 앞에 있는 문을 쳐다보고 서 있자 정염은 그 문은 안 열린다는 듯 손을 젓고는 따라오라고 재촉했다. 오른쪽 골목으로 서너 장을 가자 길은 왼쪽으로 꺾여 있었다. 그 길도 역시 골목처럼 좁다. 정염은 칠팔 장을 가서 다시 왼쪽으로 꺾었다. 거기서 삼사 장 오른쪽에 아까 들어온 똑같은 문이 있었다. 정염은 그 문을 열고 밖으로 나갔다.

100

그들은 큰길 안쪽의 작은 길로 나왔다. 그러고 보니 이곳은 두 개의 문이 있는 디귿자로 된 골목길이었다.

정염은 다시 오른쪽으로 바삐 걸어가더니 골목이 나오자 그 속으로 쏙 들어가는 것이었다. 그들은 골목을 한참 간 뒤에 오른쪽으로 틀어서 얼마를 갔다. 큰길이 나왔다. 장흥동 어름이었다. 그들은 여유롭게 큰길을 걸어갔다. 노린내의 민첩한 눈으로도 미행자는 없었다.

"사결이, 해탈문이란 게 뭔가?"

"보시다시피 우리가 관통해서 나온 관문이지요. 보고도 묻습니까?"

"저건 누구네 집이고 누가 만든 건가?"

"하하하, 궁금하지요. 안쪽은 무슨 묘당이어서 사람이 살지 않는 곳이고, 그 해탈문은 오래 전에 바로 친군위가 만든 것이라고 하던대요. 못 들어보셨습니까?"

"내가 잠깐은 친군위 소속이 됐지만 그게 하루뿐인데 그런 일을 어찌 알겠는가."

"하긴 그렇군요. 저 해탈문은요, 세조 임금 시절에 친군위에서 미행자를 쫓고 떨치는 훈련장 목적으로 만들었다는 설이 있습니다. 한데 어느 때부터인가, 저 시설이 친군위에서 잊혀지고 그 비밀을 아는 몇 사람에 의해서만 기억돼 전해진 모양입니다."

"별게 다 있군. 안 보았으면 도저히 믿을 수 없는 일일세. 사결이는 그런 사실을 어떻게 알았는가?"

그 질문에 정염은 대답하지 않고,

"노 포교, 우리가 숨을 집이 가까워졌습니다. 혹시 미행자가 있는지 살펴보세요!"

하고 사방을 살폈다. 지나가는 사람 두셋이 있었으나 언뜻 보아도 보통사람들이다.

"미행자는 없네. 걱정하지 말게."

노린내가 말하자 정염이 턱으로 왼쪽의 기역자로 된 초가를 가리켰다. 정염이 지쳐 있는 사립문을 밀고 장시후와 연지를 먼저 집으로 들이었다. 초가는 기역자이되 들어가서 보니 일자로 된 뒷채가 있어 생각보다는 큰 집이었다.

사람 소리에 안방 문이 열리고 얼굴이 큼지막한 사내가 내다보았다. 사십을 넘었을 듯한 수염이 좋은 사내는 많은 사람이 들어오는 것에 놀라더니 정염을 알아보고는 반색을 한다.

벌떡 일어나 나오는 털보 주인은 키가 크고 손이 솥뚜껑만하였다. 그가 우람한 목소리로 말하였다.

"사결이, 오랜만에 웬 손님을 이렇게 많이 모시고 오는가?"

말하는 투가 이 털보 주인도 정염과 동무같이 지내는 사이인가 보았다.

"어려운 일이 있어 하루 신세 좀 지려고 왔소이다."

"신세가 무언가. 안방으로들 모실까?"

"여자분도 계시고 지나다니는 사람이 혹 볼지 모르니까, 아늑한 뒷채를 좀 내주시어."

"아 그러지. 들어들 갑시다. 여보 이분 여자분을 건넌방으로 좀 모시지."

"네."

행주치마를 두른 삼십대 후반의 여인이 언제 나왔는지 부엌 앞에서 정염에게 절을 하고 있었다.


소대규는 해탈문을 돌아나와 문밖에서 멍하니 서 있었다. 세상에 이런 비밀 출입구가 있다니! 상상을 절하는 일 아닌가! 도대체 이런 다근자 골목길을 어느 누가 만들었단 말인가. 귀신도 곡할 노릇이었다. 그리고 저들은 이 이상한 문을 어떻게 알고 감쪽같이 우리를 농락하고 사라진 걸까?

소대규는 노린내 일행이 해탈문으로 들어가는 걸 보고 한동안 감시하는 입장에서 지켜보고 있다가 아차, 뒷문을 생각하였다. 동료 나장을 뒷문 쪽으로 보내놓고 한참을 기다리자 동료가 헐레벌떡 돌아왔다.

똑같은 문이 뒤에도 있다는 것이었다. 이상한 생각이 났지만 우선 둘이서 나눠 지키는 수밖에 없었다. 그러다 뭔가 묘한 생각에 자꾸 불안하였다. 믿져야 본전이다 하는 생각에 문을 두드렸다. 동개활과 몸빠진살을 등에 지녔지만 지금은 허리에 찬 환도를 믿을 수밖에 없지, 이 문이 설마 저승문은 아니겠지, 하며 한참을 기다려도 아무 반응이 없다.

아까 어린 양반 녀석이 뭔가를 건드리던 게 생각나 문고리를 살짝 잡아당겨 보았다. 아무 효용이 없다. 옆으로 돌려보았다. 돌아간다. 문이 열리지는 않는다. 좌우로 마구 돌려보았다. 역시 반응이 없다. 뭔가 법칙이 있는가 보다. 골패에 이삼수법이 최상이라 했으니 왼쪽으로 두 번 오른쪽으로 세 번, 하는데 문이 삐그덕 한다. 밀어보니 열린다. 이것 봐라. 안으로 들어갔다. 노린내가 경탄한 디근자 골목이었다. 뒷문으로 나오자 건너편 처마 밑에 숨어 있던 동료가 놀란 눈으로 바라보다가 다가왔다.

"어떻게 된 거야?"

"귀신이 곡할 노릇이네."

놀란 동료에게 간단히 설명하자 그는 믿을 수 없다는 투로 뒷문으로 들어갔다. 금세 뒤돌아 나온 동료는,

"정말 귀신이 곡할 노릇이군. 이런 묘한 곳이 세상에 있다니!"

소대규보다 더욱 놀라 망연해 한다.

한동안 멍하니 서 있던 소대규는 그렇지, 하며 무릎을 쳤다. 삼촌이 있지 않은가. 맞아, 삼촌을 찾아가 물어보자. 세상 일에 모르는 게 없는 군자감의 판관, 외삼촌은 혹시 알지도 몰라. 오만 잡것을 잘 아는 분이니까.

소대규가 그렇게 마음속 타산을 하고 있는데 동료 나장이 물었다.

"소 형, 무릎은 왜 치시요? 좋은 생각이 났오?"

"좋은 생각이라기보다 좀 알아볼 구석이 있을 것 같아서. 이 부근서 두서없이 헤맸자 소용이 없을 것 아니요."

"그야 그렇지, 알아볼 곳이 있으면야. 그나저나 밤이 돼서 어두워졌는데 괜찮겠소?"

"밤이면 어떻소. 왜 집에 돌아가시게?"

"이렇게 혼란한 터에 집에야 갈 수 있겠소. 안가에 가서 부상한 분네들이나마 보살펴 드려야지."

"맞았소. 그렇게 하세요. 전 어디 좀 다녀서 글루 가리다."

"밤 늦게도 올 거오?"

"그러문요. 큰 사건이 나면 밤도 새야지요."


늦 오월의 저녁인데 바람이 세다. 벌써 달이 목멱산 하늘에 걸려 있다. 차가운 저녁바람이 나뭇잎들을 마구 건드리며 흔들어댄다. 바람이, 나뭇잎들아 하루가 간다, 차가운 밤이 온다, 어두운 밤이 와아, 하며 수런스러운 듯 은근하게 속삭이는 것 같다.

도총부 안 마을에 앉아 있는 두 무인의 윤곽선이 하나는 길쭉하고 하나는 뭉툭하다. 수염이 길고 몸체까지 긴 고관이 침중한 말투로 말을 길게 늘어뜨리었다.

"조 천총의 무술이 격파당한 게 사실이오?"

"그렇습니다."

"믿어지지 않소이다. 그분을 당할 자가 조선에 몇이나 있겠소."

"그러게 말입니다. 조 천총뿐 아니라 수하의 여섯 무인이 한꺼번에 당하였답니다. 그중 둘이나 절명하고. 그 분임은 이제 문을 닫아야 할 지경입니다."

"왜 그렇게 그자를 죽이려 하였소이까? 심 대감 말씀이 그 포교는 그냥 놔두라 하였지 않소."

"조 천총의 성깔을 아시지 않습니까. 그 불 같은 성미를 어느 누가 말릴 수 있겠습니까. 그들 주장은 조광조 일당을 확실히 도륙함과 동시에 그 끄나풀도 싹 없애야 한다는 것입니다. 그게 성명을 위하는 길이라는 주장입니다."

"하지만 완급이라는 게 있고, 적과 아군을 구분해야지요. 경복궁 삼호는 우리들 편이기도 합니다. 왜 그를 적으로 돌리는지 알다가도 모르겠소."

"경복궁 이호도 그것을 보장하지 못하고 있다는 게 그들의 주장입니다."

"그것은 우리가 알 바 아닙니다. 너무 넘겨짚고 윗길까지 정리하자고 덤비다니, 과하지 않소. 앞으로 우리의 선은 조 천총과는 단절이오."

"조 천총이 너무 불쌍하지 않습니까. 지금의 부상으로 조정에 나오려면 한 달은 걸려야 할 터인데요. 아니 더 걸릴지도 모르고요."

"그것은 자업자득. 우리는 알 바 아닙니다. 그렇게 아시오."

"너무 매정하지 않을까요."

"세상일은 완급이 있다 하였지 않소. 우리의 조직은 있는 듯 없어야 하고 없는 듯 존재하는 것이오. 우리 둘도 어느 순간 서로를 모르는 조직 속의 한 일원에 불과하오."

"그나저나 그 포교는 무슨 무술이 그렇게 도저하단 말입니까."

"그건 그렇소. 얼마 전만 해도 일개 추적 포졸이었다지 않소. 그렇게 빼어난 자를 올려 쓰지 않았으니 그게 우스운 일이지요. 사람을 쓸 줄 모르는 게 우리 조정이라지만 도가 심했던 것 같으오."

"그러하옵니다. 조광조가 붕당을 만들어 저희들끼리 끌어주고 당겨주었다고 비판받는 것도 다 사람 잘못 씀을 탓하는 거 아닙니까."

"옳은 말씀이오. 헌데, 그자는 뒷문에서 셋을 격중시키고 두려움이 앞섰는지 도망하다 되돌아왔답디다."

"그랬습니까. 왜 되돌아왔는지요?"

얼굴이 길쭉한 무인은 채수염을 손으로 쓰다듬으며 뭉툭한 사람을 한동안 바라본다.

"우리 선에 의하면 그 분임 애들이 바로 아랫집 어린아이를 처참하게 죽였다 하오. 어쩌면 그 아이가 안가의 위험함을 노 포교란 자에게 알려준 모양이요. 몸을 두 쪽을 내서 죽였다 하오."

"아니, 아무리 그렇다 해도 어린아이를 죽이다니요."

"그러게 말이요. 이 사실이 세상에 알려지면 큰 물론(物論)이 일리다."

"그럼, 그 포교는 어린아이가 죽은 걸 보고 격동되어 되돌아와 조 천총과 격돌한 것입니까."

"그런가 보오."

"의기가 있는 포교인가?"

"여하간 우리 분임이 잘못한 것 같소. 저들의 움직임은 속속 들어오게 되어 있지요?"

"그렇습니다. 오늘 밤은 꼬박 샐 겁니다."

"이번엔 실수가 없어야 합니다."

"이중 삼중의 연락망을 풀고 있습니다."

"한데 김유모 상차란 사람을 아시지요?"

"김 상차요? 알지요. 항상 성명 옆에서 차를 올리는 환관 아닙니까."

"그렇소."

"그 환관이 우리와 무슨 연관이 있습니까?"

"그 이야길 하려던 참이요."

둘은 고개를 맞대고 관청 앞뜰의 나무를 스치는 바람도 들을 수 없을 정도로 은밀하게 이야기를 나누기 시작했다.


상전(尙傳) 김수인은 인생을 깨끗이 살고 싶었다. 이 사람 저 사람 눈치를 보고, 그들의 돌아가는 통박을 재고, 은밀한 소식을 접수하고, 더 내밀한 음모를 꾸미고, 그 비밀스런 악마적 노림들로 해서 상관에게 아부하는, 이 더러운 세상의 짓거리들이 싫었다.

물론 그가 하고자 하면 이따위 일들은 아무것도 아니었다. 간단한 일이었다. 외려 가소로웠다. 그래서 더 싫었는지 모른다.

허나 지금은 다르다. 의부의 분부가 아니던가. 그것도 정말로 존경하는 의부의 일인 것이다. 한데 이런 일들을 하다 보면 더럽고 치사한 것들이 촉출하는 것이었다. 이 며칠 동안 특히 그랬다. 김 상전은 그런 게 바로 싫었다.

"그게 사실인가?"

의부 이처현 상선은 눈으론 천장을 보며 물었다.

"그렇사옵니다."

부자지간이지만 공무상으로는 상관과 하관이다. 깍듯이 존댓말을 써야 하고 엄히 아랫사람으로 다뤄야 한다.

"허면 노 포교를 곤경에 빠뜨린 것도 국충이란 말인가?"

"그가 노 포교의 행동을 그로부터 전해받는 쪽쪽 저들에게 알려주었다 합니다. 대감과의 오가는 비밀도 죄 저들에게 알려주었을 것입니다."

"허, 고이얀 일이로다. 출신이 안타까워 발탁하여 주었거늘 간자로 놀다니."

이 상선은 어처구니없었다. 윤국충을 내금위의 하급무사에서 발탁하여 자기의 수족으로 쓴 것도 이 상선이었다. 집안은 한미하였지만 그의 무술이 빼어나고 지혜도 있어 보여 수족으로 쓰고자 끌어준 것이다. 머지않아 고위무사가 될 수 있는 길도 열어주었다. 하거늘, 이처럼 배신하다니! 이 상선은 한동안 천장만을 올려다보며 생각에 잠긴다. 놈이 밉다기보다도 사람을 몰라본 자신이 부끄러웠을까. 이윽고 김 상전에게 말하였다.

"당분간은 우리가 모른 척하여라. 장계취계를 하여야겠다."

"그러실 줄 알았습니다."

"그럼, 지금 우리가 취할 조치는 무엇인가?"

이 상선의 질문에 상전 김수인은 거침없이 대답한다.

"장 상경과 연지를 살리고자 하면 날랜 무사를 붙여 긴급조치를 하여야 하옵고 노 포교와는 별도의 접촉선을 하나 만들어야 합니다. 조 천총 쪽의 무인들이 오늘 밤 노 포교를 죽이고자 총동원될 가능성이 있습니다. 연락선을 두 줄기로 세우고 유사시를 위하여 사복마를 두 기 정도 확보해 놓는 게 어떻겠습니까."

"나갈 때 사복시*의 이 첨정(僉正, 종사품)을 좀 보자고 하라."

"알았습니다. 서문의 비선책이 이런 이야기를 전해 왔습니다. 천만수가 남곤 이판의 집에 자주 드나드는데 어제 오후에는 이판 집에서 들라 하는 지시가 있어 천 수문장이 안국동 집에 갔다 합니다."

"무슨 이야기가 오갔는지는 모르고."

"그건 아직 확인되지 않았습니다. 조금 있으면 알 도리가 있으리라 하였습니다. 그리고 남곤의 집에 심정이 연일 드나들고 있고 오늘 저녁에 대사간 이빈을 들라 했답니다."

"흐음. 그리고 그 일은 어느 정도 되어 있지?"

"대충 이해가 될 만큼 말을 넣었다 합니다."

"조심해야 할 일일세."

"유념하고 있습니다."

"내일 아침에는 우리와 말을 맞추어야 하네. 지금 돌아가는 게 급박하지 않은가."

"그러겠다고 하였습니다."

"오늘 밤이라도 다시 확인하게."

"알았습니다."

"참, 해동응시의 조사는 어떻게 되었다고 했지?"

"그 화살을 가져간 사람 중에 서강 어름에 사는 무인으로 진필중이란 사람이 적시되었습니다. 서강 포청에 의하면 진필중은 만호를 지낸 사람인데 전라도 궁시장한테 얻은 화살을 고이 지니고 있답니다. 그 진 영감이

---

**사복시** 司僕寺 조선시대 궁안의 승여(乘輿 가마) 마필(馬匹) 목장에 관한 일을 맡아 보았던 관청.

명궁에다가 자향이란 애를 잠깐 숨겨준 의혹도 있어 가장 확실한 범인인 것 같은데 증거물로 갖고 있는 화살의 주인도 아니고 그 시간 다른 곳에 있었던 것도 확인됐답니다."

"진필중?"

"아시는 인물입니까?"

"알지."

"어떤 사람인데요?"

"억울하게 군문에서 밀려난 사람이지. 맞아, 그 사람이 끝내 다시 기용되지 않았구만. 나라가 이 모양이야."

김 상전이 의아한 표정으로 쳐다보자 이 상선은 고개만 끄덕이다가 다른 말을 한다.

"그 사람 외에는 의심가는 사람이 없구?"

"현재로는 없습니다."

"그럼 포졸을 화살 두 대로 응징한 사람은 영원히 포착할 수가 없군."

"네에?"

"조 천총은 부상한 것을 조정에 어떻게 보고할 것인가?"

"글쎄요. 사냥을 나갔다가 멧돼지에 받혔다는 보고 정도를 하지 않을까요."

"흠, 조선 제일의 무인이라는 평판이 무색하게 되었군."

"한데 아버님. 노 포교의 무술이 어쩌면 그렇게 높단 말입니까. 그런 자가 어떻게 얼마 전까지도 겨우 포졸이었습니까요?"

"그걸 나도 모르겠다. 그자의 인상은 순수하고 강직하다는 것이었는데 나도 그렇게 무술이 높을 줄은 상상도 못하였다."

"아버님은 사람을 척 보면 대충 아시잖습니까."

"문인과 몇 마디 나눠보면 학문이 어느 정도인지는 알 수 있어도 무술이 어느 정도인지는 내가 어찌 알겠느냐. 네가 만나봤으면 아마 알아내었겠구나. 그리고 아까 네가 말한 그 안건은 조심해야 할 거야. 친군위 비선 조직은 결코 존재하지 않는 것이니까."

"알겠사옵니다. 한데 조 천총이 격파당한 소식은 상감께 보고하실 겁니까?"

"하여야 하지."

"오늘 밤의 조치가 있어야겠습니다."

"알았다. 그럼 아까 말한 것들을 빨리 처리하도록!"

"네이!"


기와집 마당에는 큰 화톳불이 활활 타오르고 있었다. 안채 쪽에는 녹사와 선비 차림의 양반 서넛이 대청에 앉아 뭔가를 의논하고 있고 부엌은 아낙 네댓이 분주하게 움직이고 있었다. 하인 둘이서 화톳불 가에서 나무를 던져 넣으며 불을 쬐다가 성큼 대문 안으로 들어오는 갓 쓴 양반을 보자 허리를 굽신한다.

"흐음, 오뉴월의 화톳불인가. 허나 밤이 되니 찬기가 있어 화톳불도 맘에 들겠군그래."

그렇게 말한 양반은 대청 옆에 있는 작은 방의 툇마루에 걸터앉았다. 대청 쪽에 있던 녹사 하나이 신발을 꿰고 쫓아나와 양반께 다소곳이 고개를 숙이며 인사를 한다.

"유 지사님. 잘 다녀오셨습니까. 밤이 늦었습니다요."

"좀 늦었네."

"어른을 뫼시고간 하인 녀석은 어디 갔습니까요?"

"내 잠깐 심부름을 보냈네."

"아, 그렇습니까. 묘 자리는 보셨는지요."

"보았소. 좋은 곳이 하나 있습디다. 내일 아침 나랑 같이들 가서 광중도 만들고 제반 준비들을 합시다."

"아이쿠, 정말 잘 되었습니다. 유 지사님, 정말 고맙습니다. 묘 자리가 나왔다고 둘째 도령께 이야기해도 되겠습지요. 하도 걱정을 해서요."

"말씀 드리게."

"감사합니다, 지사 어른. 저녁 진지는 다 준비가 되어 있는데 방으로 들이까요 대청에서 드시겠습니까."

"방으로 주시오. 내 손발을 씻은 뒤 조금 있다가 들이게나. 헌데 나한테 손님 한 사람이 오니까 밥은 겸상으로 해주게."

"알겠사옵니다. 진지 드신 뒤에 둘째 도령님께서 뵈러 오실 겁니다요."

"그렇게 하세."

녹사가 굽신거리며 물러가자 유심현은 두루마기를 벗고 하인이 물을 가득 담아 대령한 놋대야로 손발을 씻었다. 소세를 끝내고 방에 들어 좌정할 때 마침 그를 찾는 손이 집 안으로 들어왔다.

구슬상모에 철릭을 걸친 포교였다.

"이쪽으로 들게!"

열린 문으로 밖을 내다보고 있던 유 지사가 부르자 포교는 성큼성큼 걸어 건넛방으로 들어왔다. 때맞춰 겸상이 들어왔으므로 둘은 상을 마주하고 앉았다.

"삼촌 어른, 이 언저리에 산역이 있으시군요?"

"그렇네."

"그럼 저한테 통기를 하고 오시지 그랬습니까."

유심현 지사를 삼촌이라 부른 자는 동작나루의 포교인 장비수염이었다. 언제나처럼 싱글벙글 인상좋게 웃고 있었다.

"이런 일이 무슨 자랑이라고 너에게 통기한단 말이냐."

"자랑은 아니라 해도 나쁜 일은 아니지 않습니까. 이 집은 이 판서네 장원인데 이 댁에 누구 상이 났나요?"

"이 판서가 어머니 상을 입었네. 어머님은 잘 계신가?"

"잘 계십니다. 가끔 아버님 말씀을 하시어서 그렇지요. 그럴 때는 자꾸 우십니다요."

"아버님 생각을 하면 그리웁겠지. 이별이 있어야 슬픈 걸 알고 슬픈 걸 알아야 기뻤던 행복도 아는 게 아닌가. 인생이란 그런 거지."

"묘장은 정하셨습니까?"

"오늘 한 군데 좋은 데를 찍었네. 출출하니 밥을 들면서 이야기하지. 내 특별히 너에게 부탁할 게 있다."

"그러시지요. 저도 배가 고팠습니다. 한데 삼촌이 저한테 부탁하실 일이 있습니까?"

"특별한 것은 아니고 오늘 산에서 내려다보니 저 앞쪽 마을 건너편에서 이상한 기운이 어른거리는 게야. 뭔가 신기 같은 게 보이더라구. 너도 알지 않느냐. 내가 열다섯에 우리 조상의 영검 속에 들어가 산역의 신기를 받은 것 말이야."

"잘 알고 있습지요."

"그때 느낀 신기 같은 게 저 건너 마을 쪽에서 이쪽으로 가까이 오는 걸 느끼겠더라니까."

"그렇습니까. 삼촌이 또 신기를 받을 일은 없잖습니까. 한번 그곳을 알아 봐야 겠네요."

"그 이야기다. 그 동네 언저리에 특이한 사람이 누가 살고 있는지 이것저것 한번 알아봐줘야겠다."

"그거야 별게 아니죠. 한데 삼촌께서는 서울서 도타한 박 참의 딸 사건을 혹 모르십니까? 서강으로 해서 이 동작나루로 도망왔던데."

"뭐야? 그 애가 이쪽으로 왔어?"

"그 애를 아십니까?"

"알고말고."

유심현은 조카의 말에 재꺽 대답을 하고는 마당으로 난 열린 창문 사이

로 밖을 내다보았다. 근처에 얼씬거리는 사람은 없었다

"너는 어떻게 그 사건을 알게 되었느냐?"

"그 애가 배를 타고 도망왔는데요, 우리 동작나루로 들어오질 않았겠습니까."

"그래?"

"한데 삼촌 어른은 어떻게 그 애를 아십니까. 아주 잘 아시는 모양이네요."

"그럴 사연이 있지."

"그렇습니까. 한데 그게 말입니다. 이상하게 돌아가고 있습니다. 이 며칠 동안의 일인데요……."

장비수염 포교는 목소리를 낮춰 최근에 접수한 은밀한 소식을 삼촌한테 들려주기 시작했다.

## 51. 두뭇개대첩

오월의 밤 강물은 흐르는 소리가 아름답다고 한다. 졸졸졸 쉬익쉬익 쉬쉬쉬, 흐르는 강물 소리는 물의 아름다움에 의해 달라진다고도 했다.

사람들은 물 흐르는 소리를 알아듣지 못한다. 그러나 강에서 오래 산 사람은 물 소리를 귀담아듣는다. 그 소리만 듣고도 지금 물이 많은지 적은지, 맑은지 흐린지, 물고기가 있는지 없는지를 알 수 있다고 했다.

여장부 어부 계희는 배를 좋아하고 강물을 좋아하고 강물 속의 물고기를 좋아하고 강 위에 뜬 하얀 달을 좋아하지만, 그 못지않게 보욱이를 좋아하였다. 그녀는 배가 동작나루 가까이 올 때까지 계속 보욱이만 바라보고 있었다. 그녀는 그의 옆얼굴이 그렇게 좋았다.

누르스레한 색깔에 동그란 모습, 결코 미남은 아니다. 허나 계희는 보욱의 반짝반짝 빛나는 눈을 보면 그만 자지러지고 싶을 정도로 좋았다.

세상의 아름다움이란 무엇인가. 잘생긴 것만이 아름다운 걸까. 아니다. 초롱초롱한 저 맑은 눈, 그 눈이 보는 세상의 훤한 이치, 명석한 두뇌로 일궈내는 조리정연한 생각과 아름다운 말, 그런 것을 계희는 좋아하였다. 특히 아름다운 말을 좋아하였다.

계희의 그런 성향은 자연히 보욱이를 좋아하게 했다.

보욱의 옆얼굴을 보면 그의 반짝이는 눈동자가 유난히 잘 보였다. 보욱이의 반짝이는 눈동자, 그것은 계희에게 있어 아름다움의 정화였고 사랑의 극치였다.

"배를 한 번 더 내줘야겠는데."

보욱이 어렵게 말을 내었을 때 계희는,

"그래."

간단히 대답하였다.

그런 계희를 한동안 살피던 보욱은,

"잘못되면 포교들의 추적으로 큰코 다칠 수도 있어."

미안하게 웃으며 계희의 맑은 눈동자를 슬쩍 피한다.

"큰코? 그까짓 거 뭐. 보욱이 오빠가 원한다면 뭐든지 할게."

계희는 환히 웃었다.

"항슬이 땜에 그런 거야. 미안해."

"보욱이 오빠, 걱정 마. 오빠는 항슬이를 위해 도와주고 나는 오빠를 위해 일해주고, 그럼 됐지 뭐."

말은 그렇게 했으나 계희는 생각이 깊은 여자였다. 그녀는 기수 행수를 데려왔다. 기수는 우리말로 풀면 기이한 물인데 이름에 걸맞게 최부자가 거느리고 있는 어부 중에 가장 힘이 세고 물을 잘 아는 빼어난 도사공이었다. 기수는 가장 아끼는 젊은 어부 둘을 데불고 왔다.

배도 물떼 좋은 살수였다. 삼개에서 가장 빠른 배로 소문난 배였다. 살수라는 배 이름은 보욱이 지어준 것이었다. 고구려 명장 을지문덕이 살수에서 당나라 수군을 대파한 것을 기념하여 살수호라고 명명해준 것이다.

"배와 뱃사공이 다 끝내주지? 살수와 기수. 특히 오빠가 좋아하는 살수라구."

계희가 씨익 웃으며 턱을 치켜올리는 것을 보고 보욱은 마음을 놓았다. 계희의 하는 행동에서 자신감과 행운이 읽어지는 것이었다.

"안녕하세요. 기수 아저씨."

보욱이 깍듯이 인사하자,

"응, 잘 있었나. 헌데 또 무슨 일을 냈는가? 우리 아씨 입장 곤란하게 하면 안 되는데."

기수는 지나가는 말 속에 우려를 심는다.

"그럴 리가 있습니까, 행수 어른. 저희 동료를 강을 한 번만 넘겨주면 되는 쉬운 일입니다."

"흥, 보아하니 그렇게 쉬운 일은 아닌 것 같은데. 뭔가 어려움이 있을 것 같애."

"그런 일 없게 하겠습니다."

보욱이 애써 변명하였으나 물 속 깊숙한 곳만 아는 게 아니라 세상 물정도 훤한 기수는 대충 짐작하는 눈치였다.

노 젓는 소리가 찌그덕 지국충 찌그덕 지국충, 아름답게 들려왔다. 밤배 타고 고향을 등져본 사람은 이 소리로 향수에 젖을 것이고, 달 밝은 밤 여인과 뱃놀이를 해본 사람은 옛 추억에 잠길 터이었다. 노 젓는 소리에 귀를 기울이던 계희가 보욱을 돌아보며 물었다.

"오빠, 강물 흐르는 소리 들려?"

"아니. 노 젓는 소리는 들려도 강물 흐르는 소리는 들리지 않는데."

"강물이 흘러가는 소리를 들으라고 했잖아."

"아무리 들으려 해도 안 들리는 걸 어떻게 해."

보욱이 미안한 투로 말하자 계희는 기수에게 물었다.

"행수 아저씨, 지금 강물 흐르는 소리 들리지요?"

"강물 소리? 음, 시쉬 시쉬 하고 우는데."

"말하는 게 아니고 우는 거예요?"

"이 시각에는 울지. 낮에는 노래하고 밤에는 운다고 했잖아. 시쉬 시쉬. 나는 간다, 나는 간다, 저 머나먼 바다로 나는 간다, 하고 울고 있어. 조금은 서러운가 봐. 강을 떠나 바다로 가는 게 왜 서러울까. 강물도 떠나가는 게 싫은 걸까. 사람이 어딘가로 떠나갈 때 서러웁듯이."

보욱은 웃었다. 그는 여러 번 겪은 바가 있다. 최씨네 어부들의 행수인 기수와 최씨집 기둥인 무남장녀 계희는 꼭 이런 식으로 이야기를 나눈다. 정말로 강물의 말을 알아듣고 이야기하는 것처럼.

서른이 한참 넘은 기수는 주인 최씨의 오른팔인 동시에 계희의 스승이기도 하였다. 그는 계희에게 배와 물의 모든 것을 가르쳐주곤 하였다. 장래의 주인을 물을 아는 진정한 어부로 만들기 위한 배려인 듯하였다.

"오빠, 왜 강물이 우는 소리를 들으라고 한 줄 알아?"

"모르겠는데."

"보욱 오빠는 머리가 좋으면서 이럴 때는 먹통이야."

"뭔데, 이야기해봐."

"우리 어부한테 강물과 바닷물은 어머니의 품과 같은 거예요. 없어서는 안 되는 존재, 우리를 살게 해주고 우리가 있게끔 해주는 전부, 그 전부를 우리는 좋아하고 사랑해야 하니까."

"그래애?"

보욱은 계희의 고상한 언변이 새삼스럽지 않았다. 선머슴 같은 계희는 항상 말 속에 아름다움을 담고 있었다. 하루하루 구사하는 어휘도 달랐다.

계희가 글을 배운다면 글도 아름답게 쓸 게 분명하였다.

"그러니까 보욱이 오빠도 앞으론 강물 소리를 유념해 보아요. 귀를 기울이면 정말루 소리가 들린다구. 소리를 듣게 되면 그만큼 강물을 더 사랑하게 되니까."

"그런가아. 알았다."

보욱은 조금은 괘념하는 척하였다.

계희가 물었다.

"항슬이는 그 쫓기는 여자를 좋아해?"

"그런 것 같애."

"그 여자도 항슬이를 좋아하고?"

"그건 모르겠어. 양반집 처자라 중노미밖에 안 되는 항슬이를 좋아하기가 쉽지 않겠지."

"그럼 항슬이 보고 이렇게 이야기해요. 여자를 좋아할려거든 그 여자의 마음을 읽어야 한다구."

"여자의 마음을 읽어?"

"으응, 여자의 마음을 읽어야지요. 그 여자가 뭘 생각하고 뭘 원하는지 알아야 하니까."

보욱은 그 말에 다시 계희를 바라보았다. 계희는 부끄러운 듯 웃고 있었다. 보욱 오빠는 내 마음을 읽고 있어? 하고 묻는 것 같기도 했다.

배는 빠르게 나아갔다. 뱃전을 때리는 물 소리가 철썩철썩 청량하게 들려온다. 보욱은 물에 손을 담가보았다. 시원하다. 강물 위 하늘에 떠 있는 달이 물 속에서 마구 흔들리며 눈앞에서 춤을 춘다.

"보욱이 오빠, 이젠 강물이 쓱쓱 스치며 지나가는 소리가 들리지?"

"아직은 아니야. 강물이 배에 부딪치는 소리만 들리지 물이 흐르는 소리는 아직 못 알아듣겠는걸."

"오빤 노력을 안 해."

"미안하다. 앞으론 노력을 할게."

"흥, 배를 빌려서 미안하니까 그런 소리 하는 거지. 나 다 안다."

"꼭 그런 건 아니야."

보욱은 그렇게 말하며 살짝 웃고는 옆에 앉아 있는 계희의 손을 살그머니 쥐었다. 오른손이 보욱의 왼손에 잡히자 계희는 말없이 얼굴을 붉혔다. 천하의 왈패어부도 여자는 여자였다. 둘은 서로 바라보며 좋아서 가슴이 강물 못지않게 출렁거렸다.

그때 먼 곳에서 번뜩이는 불빛이 보였다. 보욱은 불빛을 보자 깜짝 놀라 허리를 반듯이 펴며 불빛이 나는 곳을 유심히 본다. 술시가 육박하여 어둠이 강물 위를 덮고 불빛은 십 리 저켠도 턱 앞같이 보이는 시각이었다.

"저건 뭐야?"

계희가 물었다. 다시 불빛이 번쩍였다.

"우리들의 신호야. 긴 통 속에서 부싯돌을 켜서 앞쪽만 보이게 하는 우리들의 비상신호지. 항슬이 나보고 조심하라는군. 적이 있다는 표시야. 어딘가에 적이 있는 거야. 추적포교들 말야."

"그래? 그럼 잠깐 멈춰야지. 기수 아저씨, 배를 멈춰요!"

계희의 목소리는 작았지만 단호하였다. 노를 젓던 두 어부는 노를 뒤로 누이며 역물살을 내뿜었다. 노를 옆으로 살살 치면서 흐르는 강물 위에 배를 띄워 놓는다.

계희와 기수는 똑같이 왼쪽 강가를 노려보았다. 노 젓는 소리가 그치니 보욱은 정말로 강물 흐르는 소리가 들리는 것만 같았다. 정적 속에서 그들은 한동안 흐르는 강물 위에 떠서 강물 소리를 들었다.

계희가 먼저 입을 열었다.

"기수 아저씨, 저 왼쪽 갈대숲과 그 건너편 수초가 우거진 곳에 사람들이 있는 것 같지요?"

"갈대숲엔 창검이 있고 그 건너 수초숲에는 창검이 없다."

기수가 받았다.

"그렇지요. 그럼 우리가 가는 항슬이네는 뒤켠 수초 쪽에 있겠네요."

"그렇구만. 어느 수초에 숨어 있는지는 모르지만 가까이 가서 군호를 부르면 화답하겠지. 저들을 태워서 한강 건너편 오른쪽의 사평리로 가야 한다, 이건가?"

"맞았어요. 보욱이 오빠, 기수 아저씨 말대로 하면 되겠지?"

보욱은 대답 대신 고개를 끄덕이었다. 그는 지금 너무 놀라고 있었다. 포교들이 강가 갈대숲에 숨어 있으리라고는 상상도 하지 못한 일이었다. 어떻게 저들이 우리가 배를 타고 강을 건너려는 것을 알았다는 말인가. 가슴이 떨리는 일이었다. 그나마 항슬이 포교들이 숨어 있는 것을 알아낸 게 고맙고 가상하였다.

포교들과 항슬이네가 숨어 있는 곳은 늪지가 즐펀한 강가였다. 직선거리로는 활 한 바탕 거리 정도였으나 돌아가려면 상당히 먼 곳이었다. 항슬은 포교들을 알아보았는데 포교들은 항슬이네를 못 알아본 모양이었다. 천만다행이었다. 하긴 숨어 다니는 자와 활개치며 나니는 입장의 차이일 것이다.

이미를 찡그리고 한참을 궁리한 보욱이 말하였다.

"이렇게 합시다, 기수 아저씨. 전에 저한테 이야기해주신 강화대첩 이야기 안 잊으셨죠?"

"그 이야긴 내가 해주었는데 잊을 리가 있나."

"그렇겠지요. 전속력으로 우리 동패 있는 곳으로 갑시다. 우리 동료들을 태운 뒤 사평리 쪽으로 빠집니다. 그 사이 저들 포교의 배가 우릴 쫓겠지요. 간격을 벌려 시간을 벌어주세요. 우리를 내려준 뒤에는 한강 가운데쯤에서 바로 그 강화대첩을 다시 펼치는 겁니다."

보욱이 무슨 말을 하려는지 벌써 알아들은 기수는 웃고 있었다. 코는 벌름거리고 눈은 뱁새눈처럼 뜬다. 그리고 입맛을 다졌다. 뭔가 기분이 우러나는 모양이었다.

"그 수법을 꼭 펼쳐야 할까?"

"그래야 우리가 뭍에 올라서 멀리 가는 시간을 벌 수 있습니다. 그렇지 않으면 날랜 포교의 추적을 감당해 낼 수 없지요. 우리 속에는 처자가 하나 있걸랑요."

"그렇긴 하겠네. 허나 후환이 두렵지 않을까."

"물론 두렵습니다. 이 배가 어디 소속인지 어부가 누군지 모르게 해야 합니다."

"얼굴은 가려서 알아볼 수 없게 할 수는 있지만 이 좋은 배는 수소문하면 금방 알아내지 않을까."

"그건 차후 문젭니다. 직접 증거만 없으면 그 나머지는 어떻게 해 볼 방법이 있지 않겠습니까."

"허긴 그러하네. 여보게, 우리 배 이름을 가리게."

기수의 지시를 받은 어부는 어망을 배 밖으로 내려뜨려 배 이름을 가렸다. 그 사이 보욱이 계희에게 주의를 주었다.

"계희, 넌 앞으로 저들과 조우할 때 말 한마디 뻥긋하면 안 되어. 알았지? 처자 어부로 삼개에 소문이 자자한 네가 이 배에 타고 있는 게 알려지면 안 되니까 말이야."

"그래서 남장하고 왔잖아."

"그래도 여자 목소리는 대번 알아본다니까."

"알았어."

이 중요한 작전에 끼지 못한다는 생각을 하자 계희는 기분이 상했다. 기질이 억센 그녀로서는 기가 상할 일이었다. 그러나 보욱이 오빠를 위한 일이라면 얼마든지 참을 수 있다. 그녀는 그렇게 위로하였다.

"한데 이 대첩은 아주 중요한 조건이 있네. 저들에게 활이 없어야 하네."

기수가 걱정된다는 투로 말하였다.

"활요?"

"그렇지, 활. 그게 있으면 우리가 감당할 수가 없지. 물 위라 창과 칼은 얼마든지 막을 수 있지만. 날아오는 화살은 좀 고약해."

"그렇겠네. 포교들이니까 활은 없을 터이지만 만의 하나는 알 수가 없네요."

"여하튼 부딪쳐 보지. 아주 방법이 없는 것도 아니고."

"그럼 지금 시작합시다. 행수 어른. 지금은 저들이 우리를 보고 있지 못하겠지요?"

"모르지, 보고 있는지."

"보고 있다면 우린 상당한 속도로 나아가야 합니다. 처음엔 물론 전속력은 내지 마세요. 우리의 실력을 숨겨야 합니다."

"무슨 말인지 알았네. 내가 대충은 알아서 하겠지만 급한 변환이 필요하면 그때그때 지적을 하게. 명령을 들어줌세."

"알았습니다. 그때그때 필요한 요목만 제가 말씀드리겠습니다. 전에 알려드린 군호와 격가는 아직 잊지는 않으셨겠지요."

"물론이네."

"마침 잘 되었습니다. 그걸로 한번 즐겨보세요. 자, 가세요!"

보욱이 소리치자 어부 둘은 힘차게 노를 젓기 시작하였다. 한강의 물이 배 뒷켠 양쪽으로 하얗게 갈라졌다. 하얀 물거품은 그들과 헤어져 삼개 쪽으로 멀리멀리 시원하게 멀어져 갔다.

살수가 갈대숲 옆을 지나갈 때 기수는,

"어름치!"

어부들에게 속삭이듯 명령한다.

어부들은 어름치란 말에 약간 속도를 더 낸 중간 속도로 한강 왼켠 모래톱을 향해 저어갔다. 상당히 빠른 속도다. 그들이 갈대숲을 지나가는데도 포교 쪽은 아무 동정이 없다.

"저들은 우리가 항슬이와 자향을 태운 뒤에 나타날 모양입니다. 우리들을 안심시켜 놓고 일망타진하겠다는 심보지요. 허지만 흥, 놈들은 우리 살수의 실력을 감안하지 못한 큰 실수를 범하고 있는 겁니다."

보욱의 해설을 듣는 계희는 기분이 좋았다. 실컷 웃었다. 우리 오빠 정말 머리가 좋아! 하긴 저들이 이 멋진 우리들의 배를 알 턱이 없지!

계희는 다른 때 같으면 이 순간 뭐라 한마디 큰소리로 흥을 돋울 터였지만 말을 참으려니 갑갑해 죽을 지경이었다. 그것 하나가 섭하였다.

살수호는 미끄러지듯 수초가 우거진 모래톱으로 다가갔다.

보욱이 나즈막히 소리쳤다.

"역발산혜기개세!"

수초에서도 단번에 화답이 왔다.

"우혜우혜내약하!"

군호를 확인함과 동시에 기수가 소리쳤다.

"미꾸리!"

그 말이 떨어지기 무섭게 배는 급격히 속도를 내었다. 배는 금세 모래톱을 지나 군호가 들려온 수초 둔덕에 이물을 갖다 대었다. 항슬, 자향, 석수, 욱자가 수초 뒤에서 강물을 거슬러 올라가는 물고기처럼 튀어나와 배에 올라탔다.

"보욱아 수고했다! 계희 너무 고마워!"

"행수 어른 감사합니다!"

"응, 어서 와. 빨리 타!"

"이쪽으로, 이쪽으로!"

그들은 서로 이끌어주고 껴안으며 좋아하였고 계희는 자향의 손을 끌어당겨 자기 옆자리에 앉혔다.

"아씨, 일루 일루, 여기 앉아요."

"고마워요 계희 맹주. 이렇게 와주어서!"

자향은 상길이를 꼭 껴안고 있었다. 아이는 눈은 멀뚱히 뜨고 오른손 엄지를 입에 넣어 빨고 있었다.

"이 아이는 누구야요?"

"상길이라고. 이 애네 삼촌 집에 지금 가는 중이어요."

"아아, 알았어요. 애 땜에 우리가 온 거구나!"

그들이 이렇게 반기는 사이 기수는 다시 신속하게 명령을 내리고 있었다.

"출발! 방향은 인시, 속도는 미꾸리!"

기수의 말에 따라 살수호는 오른쪽으로 선수를 돌리고 쏜살같이 나아가는데 드디어 건너편 뒤쪽 갈대숲에서도 배 한 척이 스르르 미끌어져 나왔다. 기수는 배의 형태를 살피고는 피식 웃었다. 살수는 야거리*급인데 함지박귀네 배는 거룻배였던 것이다.

살수는 선수를 한강 가운데로 잡고 빠르게 나아갔다. 자향은 배를 타본 적도 별로 없지만 이렇게 빠른 배는 처음이었다.

"오마나, 배가 정말 빠르나!"

그녀가 작은 소리로 탄성을 지르자,

"조금 있으면 더 빨리 갈 거예요. 이 배가 작은 어선으로는 우리 삼내에서 아니, 우리 조선에서 제일 빠른 배다."

계희가 자향의 귓바퀴에 대고 속삭였다.

"정말로 조선서 젤 빠른 배야?"

"그럼. 헌데 이보다 더 빠른 배가 있긴 있대."

"무슨 밴데?"

"전라도와 경상도의 수사가 거느리는 군선 중에 초계정이 있대. 그 배가 우리 배보다 조금 빠르다구 해."

"그래? 하지만 이 배도 정말 빠르다."

---

**야거리** 돛대가 하나 달린 배, 거룻배보다 크고 빠름.

"그럼."

두 처자가 이렇게 신이 나서 속삭이고 있을 때 함지박귀는 아차, 탄성을 내고 있었다. 미꾸리라는 소리에 이어 배가 갑자기 속도를 내는 것을 보고 깜짝 놀랐던 것이다. 저 배의 속도가 어쩌면 저렇게 빠르단 말인가? 엄청난 속도가 아닌가.

놀란 함지박귀가 소리쳤다.

"출격! 나가라!"

"더 빨리 노를 저어라, 저 배를 잡아야 한다!"

그러나 함지박귀가 보기에 새우젓패의 배는 바람처럼 한강을 미끌어지고 있었다. 도저히 따라잡을 수 없는 속도였다. 저런, 이러다가는 엄청난 차이가 나겠다. 안 되겠다. 정지 명령을 내려야지.

함지박귀가 목청 좋은 독랄한손에게 지시하였다.

"독수, 저 배에 정지 명령을 내려라!"

"정지 명령을 내려요?"

"그래, 명령을 받지 않으면 체포됐을 때 중형을 받을 것이라고 경고를 하라구!"

"알았습니다. 앞에 가는 배는 듣거라! 즉시 노 젓는 것을 정지하라, 명령을 듣지 않으면 전원 중벌에 처할 것이다!"

독랄한손은 목청을 돋우며 반복해서 정지 명령을 외쳤다. 그러나 살수는 아무 반응 없이 한강을 가로질러 가고 있었다.

처음 갈대숲에서 추적을 시작했을 때 이십여 장 정도 떨어져 있던 간격이 갈수록 늘어나 지금은 벌써 오십 장 넘게 벌어지고 있었다.

"저놈들이 한강 위쪽으로 올라가는데요. 속도 빠른 것을 이용해 우릴 따돌리려는 수작이로군요."

이대치의 말에 함지박귀는 입을 한일자로 굳게 다물었다. 이 어둔 밤에 일찍 뭍에 내리면 흔적도 없이 사라질 가능성이 농후하다. 그렇다면 번연히 예측하였던 추적이 또 다시 무위로 끝날 것이다. 그것은 함정을 파고 기다리던 자객한테 천신만고 끝에 붙잡은 자향을 빼앗긴 보강리 실패의 재판이 되는 것이다.

한강을 중간쯤 갔을 때 기수는 다시 속도 명령을 내리고 있었다.

"칼치, 칼치 속도다! 최대한 노를 저어라!"

어부는 이제 힘줄이 불끈불끈 솟을 정도로 힘을 내어 저었다. 칼치는 최고의 속도를 내라는 명령어였다. 살수는 날랜 잉어처럼 한강을 거슬러 올라갔다. 함지박귀의 배와는 백 장 가까이 벌어지고 있었다. 이렇게 가다가는 배를 남쪽켠에 댔을 때쯤엔 거의 백오십 장도 더 벌어질 것이었다.

이대치는 작은 눈을 게슴츠레히 뜨며 날렵하게 도망가는 살수를 바라보고 있었다. 정말로 빠른 배였다. 저렇게 빠른 배를 동원하리라고는 상상도 할 수 없었다. 그는 뭐라 말하기도 민망하여 함지박귀를 슬쩍 바라보았다.

함지박귀는 그런 이대치를 관찰하고 있었던지 그를 빤히 보며 말하였다.

"대치, 그 애의 외가가 사병리라고 했는데 어디쯤인지는 확인할 수 없었겠지."

"그것까지는 알 수가 없었습니다. 그 애 부모가 결혼할 때 함진애비 둘이 사평리에 갔는데 둘 다 이번 돌림병으로 죽었답니다."

"하긴 저들도 알 수 없을 테니 한참 헤매겠지. 사평리가 넓으면 얼마나 넓겠는가. 조금 빨리 접안한다 해서 엄청 멀리 갈 것도 아니고."

함지박귀는 예측 못한 현실에의 위로와 끈기 있는 뱃심을 드러내는 말을 하며 약간은 허망하게 미소지었다.

"저들이 벌써 접안하고 있습니다. 역시 우리가 예측했던 곳 가운데 한 곳에 배를 댔는데요."

한강독사가 함지박귀를 위로하는 말을 하였다. 그들은 모두 배를 주시하였다. 거의 반쪽이 먹힌 달로 강물 위는 밝았으나 워낙 멀어서 몇이 내리는지는 구분할 수 없었다.

독랄한손이 말하였다.

"성님, 저 배는 어떻게 합니까. 우리 배가 속도는 훨씬 늦지만 저 배를 추적해야지 않을까요. 붙잡지는 못해도 어디로 가는지는 알아낼 수 있지 않겠습니까?"

"물론이네. 독수, 자네가 이 배에 남아 저 배를 쫓게."

"알겠습니다."

한데 상황은 이상하게 돌아가고 있었다. 새우젓패를 내린 쾌속 어선은 다시 한강 중심으로 나와 도망가지 않고 거꾸로 그들 쪽으로 다가오고 있었다.

살수는 어름치 속도로 강심으로 나와 함지박귀의 거룻배를 향해 다가왔다. 선수가 거룻배의 정면을 겨냥하고 있었다.

"저놈들 봐라, 배를 충돌하려는 건가?"

독랄한손이 중얼거렸다. 과연 살수는 정면 공격을 하듯 반듯이 다가왔다.

"부딪친다. 조심해!"

"어어, 저놈들이!"

"정지해 이놈들아!"

함지박귀 등이 놀라 소리치는 것과 동시에 두 배는 이물끼리 쿵하니 부딪쳤다. 그러나 정확히 말하면 이물끼리가 아니고 살수의 정면 굴대에 거룻배의 이물 옆이 치받힌 것이었다. 약간 옆쪽을 가격당한 거룻배는 기우뚱하며 전복할 듯이 뒤뚱거렸다.

"이놈들이, 죽고 싶어서 환장하였나!"

독랄한손이 분통이 터진 목소리로 호통을 내지르는데 정중앙에 버티어 선 상대 배의 우두머리는 아무 감정이 없는 양 명령을 내리고 있었다.

"우로 두 번 돌고 어름치 속도, 정면 가격!"

그 말이 떨어지자마자 살수는 빙그르르 돌더니 다시 한 번 거룻배를 냅다 박질렀다.

거룻배는 균형을 잃고 있던 차에 또 가격을 당하자 그야말로 전복할 듯 요동쳤다. 함지박귀, 독랄한손, 이대치, 한강독사는 뱃전을 잡고 겨우 균형을 유지하고 있고 어부만이 조금 안정된 자세로 상대의 움직임에 대처하고 있었다.

살수에는 처자와 새우젓패는 없고 노 젓는 어부 둘과 지휘하는 행수 어부 그리고 보조 사공이 하나 앉아 있었다. 그들은 모두 눈밑에 수건을 질끈 동여매 인상을 알 수 없게 하고 있었다.

함지박귀로서는 놀랄 일이었다. 이것들이 마치 해적처럼 놀고 있지를 않는가.

"멈추어라, 이놈들아!"

"배를 고이 우리 뱃전에 대라!"

독랄한손과 이대치가 고함을 질러대며 칼을 틀어쥐고 뱃전에서 상대를 노러보았다. 여차하면 석선에 뛰어올라 요절낼 태세였다.

그러나 기수는 내로라는 삼개의 행수 어부. 우습지도 않은 호통은 들은 척도 않고 적이 뛰어 건너올 틈을 줄 리도 없다. 기수는 길다란 상앗대를 꺼내 들고 늠름한 자세로 지휘를 하여 거룻배와 살수의 움직임을 한 손으로 요리하고 있었다.

함지박귀가 보기에 우리 배는 금방 엎어질 듯이 요동하는데 상대 배는 안온하게 떠서 좌우로 획획 방향을 틀며 재차 들이받을 준비를 하고 있었다.

이번에는 요상한 시조까지 읊어대는 것이었다. 배가 거룻배를 들이받으려는 순간,

"닻뜨자 배떠나가니 인제가면 언제오리!"

행수 선원인 기수가 선창하자 두 노 젓는 어부 사공이 뒤를 받는다.

"만경창파에 가는 듯 다녀옴세!"

후렴과 동시에 살수의 굴대가 재차 쿵 하고 거룻배의 옆구리를 들이받았다. 아마도 선창은 들이받으라는 명령어고 후렴은 들이받습니다 하는 답어인 듯하였다.

"이놈들, 너희가 정말 죽고 싶어 환장했느냐! 네 이놈들 내가 죽는 한이 있어도 가만 두지 않으리라!"

이번엔 큰바보도 약이 올라서 고함을 질러댔다. 독랄한손은 그보다 더 화를 내며 발을 동동 굴렀다.

"배를 옆으로 대라, 옆에 대! 저쪽 배에 뛰어오르자구!"

그 외침에 기수는 코웃음을 치며 다시 시조를 읊는다.

"자규야 우지마라 울어도 속절없다!"

선창은 큰바보와 독랄한손이 분통 터뜨리는 것을 비아냥거리는 듯하고 또 다시 거룻배 옆구리를 들이받으며 화답하는 후렴은,

"울면 너만 울지 잠든 나를 깨우는다!"

오불관언이라고 통렬하게 핀둥이를 준다.

독랄한손은 칼을 휘두르며 연신 목청을 세웠다.

"이놈들, 네놈들이 간이 배 밖으로 나와서 우리를 비웃고 희롱하느냐, 당장 죽을 줄을 모르느냐! 기필코 가만 두지 않으리라!"

눈을 부라리며 분기탱천하지만 적선에 뛰어오를 기회를 잡을 수가 없다.

포졸들이 광분할수록 기수는 더욱 여유롭다. 행수 어부는 긴 상앗대를 창처럼 허공에 흔들고는 그들 배 가까이로 와서 넘어올 듯 자세를 갖추는 이대치를 꼰우고 있다. 여차하면 상앗대로 찌를 태세다. 상앗대가 배와 배 사이를 좌우로 오가며 또 시를 읊어댄다.

"청산아 웃지마라 백운아 희롱마라!"

시구와 외는 자세가 함지박귀들뿐만 아니라 이 세상을 조롱하듯 의연하

고 번개같이 선수를 돌린 살수는 후렴이 터지기도 전에 벌써 거룻배를 사납게 들이박고 있다. 쿵 하는 소리와 함께 두 어부는 후렴을 뒤늦게 불러제낀다.

"백발홍진을 내 좋아 다니느냐, 성은이 지중하여 갚고 갈까 하노라!"

시조가 이처럼 공격할 때마다 터지고 내용 속엔 풍자와 희롱이 낭자한데 살수는 낭자한 시조보다 더욱 날카로워서 벌써 한 바퀴 빙 돌더니 또 선수를 거룻배 옆구리에 겨냥한다.

살수의 겨냥이 끝나자마자 기수가 목청도 사납게 큰 소리로 읊어재꼈다.

"살수(薩水, 청천강)의 거센 물결 수나라 군사 몰아치니!"

"삼십만 적군이 일거에 추풍낙엽!"

어부의 후렴이 선창을 뒤이으면서 선수는 거룻배를 깨부수듯이 세차게 들이받았다. 쾅! 귀청이 찢어지는 큰 소리가 나고 거룻배는 기우뚱하더니 급기야 몸체를 옆으로 뉘고 풀썩 물 위에 엎어지고 만다. 함지박귀, 독랄한손, 이대치, 한강독시는 물 속에 떨어지고 사공 하나만 뱃전에 손을 대고 늘어졌다.

기수와 사공이 으허허허, 처음으로 광소하는데 그동안 조용히 있던 보조 사공마저 끝내 참지 못하고 깔깔대고 웃어재꼈다. 물 속에 떨어지는 독랄한손의 밝은 귀에 그 홍소는 틀림없는 여자 목소리였다.

행수 어부 기수는 강물에 텀벙대는 포교들을 흘겨보면서 마지막으로 한 곡조 읊어대는데,

"묻노라, 저 포교야 한강물맛 어떻더냐!"

비웃는 중에도 초연함이 엿보이고,

"간신의 갈고리노릇에 물귀신 되다말가!"

어부들의 후렴은 풍자가 칼날이다.

거룻배를 전복시킨 살수는 왼쪽으로 휘익 돌아 선수를 노량진 쪽으로

향하고, 행수어부 기수는,

"속도는 어름치, 방향은 자시 강화도 길!"

목소리도 낭랑하게 갈 길을 지시하자 어부들은 언제 대쟁투가 있었냐는 듯 여유롭게 노를 저으며,

"간다간다 우리님아, 강물따라 님께 간다. 흐르는 강물도 내 맘 같아 님께 빨리 가자하네 내 맘보다 더 서두네!"

어부격가를 부르기 시작한다.

두뭇개대첩을 무사히 마친 살수호는 허우적대는 포교들은 아랑곳하지 않고 그렇게 위풍도 당당하게 서해로 흐르는 강물따라 유유히 사라져 가는 것이었다.


## 52. 대목수


김수인 상전은 명례방 안침술집의 은밀한 안방에 앉아 있었다.

앞에 차려져 있는 술상은 푸짐하고 건너편에 다소곳이 무릎을 세우고 앉아 술시중하는 주모는 색정이 넘쳐난다. 호롱불에 흔들리는 얼굴이 밤의 정취를 한껏 풍겨준다. 이 상선의 시정 소식통을 책임지고 있는 여걸로는 보이지 않는다. 부드러움 속에 날카로움을 갈무리한 여인일까.

김 상전이 술잔을 들어 동동주를 반이나 시원하게 들자 복점 있는 주모는 말을 아름답게 푼다.

"상전 나리, 술 솜씨는 여전하와요."

"홍, 내 비록 내시지만 술 먹는 것까지 형편없을까."

"누가 형편없다고 했으면 큰일나겠네."

"허허, 유 주모. 내 지금은 환관이라 해도 원래는 풍류 있는 사내였소. 나도 젊은 시절 풍운의 뜻이 있었지. 그 웅지 다 사그라들고 이제는 여자도 멀리해야 하는 신세. 허무가 내 온몸을 감싸고 있지만 내 핏줄에는 여직 팔팔 끓는 피가 흐르고 있다네. 이 끓는 피, 그 무엇으로 달랠까. 구중궁궐의 허허한 밤, 임금 없는 궁녀만이 슬플까. 여자 모르는 내시도 궁궐의 달을 보면 천년의 한 먹음은 낙화암처럼 구슬퍼지지. 어떤가, 내 청승이?"

"청승이 아니라 우리네 가슴을 치는 포원이옵니다요."

"허허허, 주모의 말솜씨가 양귀비의 입술일세."

"오마나 영감님도. 제가 무슨 양귀비 같은 말솜씨가 있사옵니까. 상전 어른의 응어리진 한이 소첩의 가슴을 치니까 한마디 해올린 것뿐인 걸요."

"여하간 주모의 말솜씨는 이쁘고도 좋소! 우리 의부는 노상 내 술을 경계하라 말씀하시지만 그것만은 잘 되지를 않아. 오히려 술 한잔 들면 흥이 나고 일도 더 잘 풀리는 것을 어찌하겠소. 구경엔 나도 술로 망할 것이야. 허나 인생은 일장춘몽, 한잔 술 아니 들고 어이하리요!"

궁중서 납신 환관 영감의 처연한 웃음에 주모는 왠지 솟는 정이 애틋해시,

"몸으로만 사랑하나요, 마음으로도 사랑할 수 있지 않겠습니까."

"허, 주모. 몸 없이도 사랑이 된다던가? 장시후 닮은 소릴 허고 있고만. 허허허!"

"이번에 궁궐서 내쳤다는 내시 말씀이시지요."

"그러하네."

"그 궁녀애도 함께 내쳤잖아요."

"연지라는 애지. 그 계집 땜에 이 난릴세."

"정말로 둘은 사랑하나요?"

"그렇다는군."

"아이구 애절도 해라. 그들을 맺어주면 좋겠다."

"흥, 마음 약한 소릴 하는군. 불알 없는 놈이 여잘 데리고 살면 어쩌자는 게야."

"그래도 마음으로 사랑하면 같이 살 수는 있지 않겠습니까."

"그게 지옥일걸."

"그렇다고 그들을 죽일 것까지야 없지 않습니까."

"무슨 말을! 그들은 죽어야 해!"

그렇게 말한 김수인은 얼굴을 찡그리더니 술잔을 들어 단숨에 들이킨다. 말로, 아니 현실로 그들을 죽여야 하긴 해도 마음을 저미는 아픈 가슴이 있는 모양이었다.

"정말 죽여야 하옵니까?"

주모가 빈 술잔을 후딱 채우며 은근한 목소리로 물었다.

"그러하네."

"그러면 왜 궁궐서 죽일 것이지 내보내고 죽이시려 합니까요?"

"처음은 살려주려 하였지. 허나 언놈이 퍼뜨렸는지 소문이 너무 나고 있어. 아차 하면 사단이 크게 번질 판이야. 만에 하나 그 애가 중인환시리에 주초위왕의 진실을 읊어대면 어찌하겠는가. 사태가 나빠."

"정말 가슴 아프옵니다."

"명례골 여걸이 그렇게 마음 약해서야 어찌 이 상선의 왼팔 노릇을 하겠소? 허기야 불문(不問)의 장소에서 죽여야 할 걸 필문(必問)의 장소에서 죽여야 하니 우리네도 골치가 아프이."

"불문과 필문이요?"

주모가 무슨 말인지 잘 몰라 눈을 끔벅이며 되뇌자,

"왜, 불문과 필문을 못 알아듣겠는가? 불문은 궁궐에서 일어나는 죽음은 은밀한 궁중의 일인지라 묻지 않는다는 뜻이고, 필문은 궁 밖의 죽음 즉 백성의 죽음은 필히 그 이유를 물어서 밝혀야 한다는 뜻이지. 그래야

힘없는 백성도 마음놓고 살고 무고한 죽음을 막을 수 있는 것 아니겠는가?"

"무슨 말씀인지 알겠습니다. 근데 정말로 그 윤가가 배신을 하였나요?"

"그러네. 이 사실은 자네만 알고 있어야 하네. 그자가 배신한 것은 별게 아니지만 무공이 여간 높은 게 아니어서 그게 좀 문젤세."

"이대정 정도면 충분히 해치울 수 있지 않을까요? 이번에 과거 급제한 한량 중에 무술이 아주 고강한 자가 있다면서요?"

"최흔이 얘길하는구만. 그 애는 긴히 쓰게 되어 있다네. 윤가 정도야 조용히 처리하는 방법이 있겠지."

"어떻게요?"

"만사 출기불의이지."

그때, 방 밖에서 기침소리가 들렸다.

"누구냐?"

"소인, 북쪽동네이옵니다."

"북촌이냐. 들어외리."

김 상전이 고개를 까딱이며 방문 쪽을 바라보는데 문이 조심스럽게 열리고 시거먼 사내가 들어왔다. 패랭이를 걸친 평복 차림으로 언뜻 보아 왈짜이되 눈빛이 깊다. 오른쪽 뺨에 난 칼자국이 얼굴을 망가뜨리고 있었다.

북촌이라 불리운 사내는 김 상전 왼켠에 다가가 귓속말로 한동안 보고를 한다. 김 상전이 고개를 끄덕이고,

"그건 그러면 됐고, 아까 말한 것은?"

"그건 내일 새벽이면 보고가 들어올 겝니다."

"그자가 해탈문을 어떻게 알았을까?"

"글쎄 말입니다. 허지만 장흥골 밖으로는 벗어나지 못했으니 아직은 손아귀 안에 있습니다."

"그것도 곧 파악이 되겠지?"

"그러문요."

"오늘과 내일은 절대 실수가 없어야 한다."

"물론이옵니다. 걱정하지 마시옵소서."

김 상전은 작은 목소리로 이것저것 지시를 내렸다.

이번에는 방문 두드리는 소리가 똑똑 네 번 났다.

"들어오게."

김 상전의 말이 끝나자마자 문이 열리고 사모에 청색 단령을 입은 나이든 자가 기어들어왔다. 그는 술상 앞에 와서 절을 꿉벅 올린다.

"상전 영감, 오랜만입니다."

"잘 지내셨소?"

"저야 잘 지냅지요. 분부하신 건 죄 실시했습니다요."

"손 녹사, 술 한잔 드시오. 술시가 넘어가고 있으니 술을 한잔 드셔야지."

그 말에 복점 주모가 후딱 술병을 들어 녹사에게 권하였다.

"아이쿠, 저는 술이 약해놔서."

"술은 약해도 술은 좋아하지 않소?"

"그러문요, 그러문요."

녹사는 말은 사양하지만 손은 술잔을 받아들며 입이 헤벌쭉해진다. 김 상전이 시커먼 자에게 말하였다.

"북촌이 자넨, 오늘 술을 들면 안 되네. 일을 끝내고 먹게."

"물론입니다."

"그럼 자넨, 나가보는데 몇 시에 와서 복명하겠나?"

"늦어도 꼭두 새벽에는 오겠습니다."

시커먼 자가 나가자 김 상전은 손 녹사가 한잔 술을 드는 걸 지켜보다가 목소리를 낮추어 진중하게 말하였다.

"손 녹사, 저간에 부탁한 것은 곧 실시될 거요. 허나 동작나루도 중요지지라 당분간은 근무를 하는 게 어떻소. 알아보니까 그자가 인물도 출중하고 무예도 높더군. 두 계급 정도 올려서 찰방*으로 써도 아무 하자가 없는 자입디다. 한데 그자를 밀어주는 부자가 누구요. 김 뭐라고 했지?"

"김득수란 자입니다. 이것저것 돈을 많이 벌은 야꼽쟁이인데 돈을 쓸 때는 잘 씁니다. 육주비전에 가게도 여럿 갖고 있는데 모두 사람을 시켜 장사를 합니다. 속이 깊은 자입지요. 천금이 아니라 만금을 만질라는 자입니다. 그래서 상전 어른도 뵙고 모든 편의를 봐드리겠다고 하고 있지요."

"그건 좋은데 그자가 우리의 정보망에 들어와 있소."

"무슨 일루요?"

손 녹사는 의외란 듯 눈을 동그랗게 뜬다. 조금은 불안한 눈치가 눈빛에 머문다.

"우리가 쫓고 있는 노 포교란 자가 있는데 그자와 김득수가 친한 동무이더이다. 그것도 최근에 사귄 동무요. 그래서 손 녹사가 긴히 좀 해줄 일이 있소."

"어부 있습니까. 분부만 하시지요."

손 녹사는 뭔가 긴장이 되었으나 응대는 신속무비였다. 김 상전의 밀명을 듣는 자세도 정확무비였다.

한동안 지시와 질문을 깔끔히 받고 되물으며 흐름을 자세히 파악한 손 녹사가 믿음성을 남기고 나가자 주모는,

"술을 한 방구리 더 가져와야 합지요?"

하고 물었다. 그 말에 김 상전은 쓸쓸히 웃으며,

"그럽시다. 내 환관이 아니라면 술은 적당히 마시고 주모의 원앙 같은 가슴을 품으련만 그럴 신세가 못 되니 술이나 실컷 들 밖에. 취기가 돋으면 청승맞은 시나 한 곡조 읊던가. 님은 못 되어도 술이나 같이 듭세."

---

**찰방** 察訪 역참을 관리하던 종육품관.

성명방의 김득수 집은 기와집이되 아주 큰 저택은 아니었다. 디근자 본채에 별채가 있고 행랑채가 문 옆에 붙어 있는 부가 정도였다. 꾸리고 있는 돈은 많지만 조촐하게 살 줄 아는 도량이 있는 부잣집인 것이다.

늦은 밤이었으나 불이 사랑에 훤히 켜 있고 통성명을 한 직후에 머슴이 공손히 문을 열고 손 녹사를 안내하였다.

김득수는 여느 때와 똑같이 환하게 웃으며 손 녹사를 반겼다.

"어서오십시오 녹사 어른. 밤늦게 오신 걸 보니 좋은 소식을 가져오시었군요."

"물론 좋은 소식이지요. 단 조금 귀찮은 것도 있지만."

"그럼 귀찮은 것부터 말씀하시지요."

"아닙니다. 좋은 이야기부터 해야지 귀찮은 일도 해주지 않겠소."

"허허허, 어떻든 좋습니다. 자, 편히 앉으시지요."

둘은 친교가 두터운 듯 스스럼없이 대화를 나누었다. 김 상전이 보장한 인사문제를 살을 붙여 돈독히 말한 손 녹사는,

"조금만 있으면 일이 잘 되리다. 나도 종칠품짜리 녹사로 지방수령 시험에 합격했지만 어디 자리가 쉬이 납니까. 이번 풍파가 지난 뒤 여름에나 보잡디다. 하기야 지금 자리가 시시한 시골 현감보다는 나을 수가 있을 터이니 참고 있지만서도. 그 부장포교는 역승시험 때 일등한 것하고 삼년 경력 있는 것에 갑사시험에도 합격했다니까 변방의 찰방은 자리만 있으면 금방 갈 수 있다 하더이다. 자격은 충분하다더군요."

"그렇다면 오죽 좋습니까. 변방이라도 우선 경력을 쌓고 경기 일원으로 땡기면 될 거 아닙니까?"

"바로 그 얘깁니다. 그래서 내일 중으로 김 상전 댁과 이 상선 댁에 들이를 하십시다."

"그거야 뭐, 간단한 일이지요. 내 알아서 하리다. 손 녹사만 입이 무거우면야."

"그건 걱정 마시오."

손 녹사가 말하는 들이라는 것은 집들이한다는 식으로 뇌물들이를 하라는 이야기인데 노련한 김득수는 손 녹사의 입을 먼저 단속한다.

"그리고, 귀찮은 일은 뭐요?"

"아, 그게 있지요. 김 사장, 노동팔이란 포교를 잘 아신다면서요?"

"노동팔? 잘 알지요."

김득수는 그렇게 대답하면서 조금은 불길하였다. 눈을 반듯이 뜨고 손 녹사의 눈동자를 들여다본다. 그가 말하는 의중을 깊이 있게 꿰뚫어보기 위해서다.


"그러니까 이게 이 주인 댁에 가전으로 내려오는 전수록(傳授錄)이란 것인데 여기에는 아직도 우리 최대목이 이해할 수 없는 문구들이 들어 있습니다."

정염은 책장을 넘기며 노린내에게 보여주었다.

"여기 보십시오, 노 포교. 잡록(雜錄)이란 게 있지요. 그 세 번째 항목에 '남산 낙동 성황묘 외담에 해탈문 하나를 만들었다. 친군위 위장이 미행자로부터 해탈할 수 있는 방략을 건축물로 해결할 수 없는가 해서 만들었노라' 라고 되어 있지요?"

"그러네."

"제가 이 문구를 보고 아까 그 해탈문을 발견한 겁니다. 어떻습니까?"

"대단하네. 과연 자네는 천잴세."

노린내가 감탄하며 주인을 바라보았다. 주인 최대목은 벙글벙글하며 좌중을 돌아보고 있었다. 그가 입을 떼었다.

"이 잡록에는 아직도 풀리지 않은 몇 가지 문구가 있는데 우리 사걸이가 꼭 풀어주겠노라 약속을 하였지요. 한데 그 앞쪽의 하나는 일찍이 푼 게 있습니다."

"그게 뭔데요?"

노린내가 묻자 정염이 먼저 대답하였다.

"노 포교. 그것은 별 거 아니요. 최대목의 조상이 목수의 길을 지키라는 당부와 함께 목수 비법을 쓴 대목비책을 남겨놓았다고 적혀 있습디다. 비책은 옛집의 대들보 상단에 있던 걸 찾아내었는데 목수 기술을 갈파한 목수비법은 그렇다 해도 우리가 관심 가질 만한 게 하나 있었지요."

"그게 뭔데?"

"목수가 만들 수 있는 최상의 집 두 채가 어디 어디 있다는 것이었어요. 두 채라는 것은 즉 와가와 초가를 말하는 것이구요."

"그러면 그 집들은 다 찾아냈는가?"

"물론 찾았지요. 기와집은 안국동에 있는 어느 고관의 집이라 쉬이 찾았는데 남의 집이라 아직 자세히 살펴보진 못했습니다. 불원간 방문 핑곗거리를 만들어서 한번 심방해볼까 생각중입니다. 문제는 초가요. 문밖 전생서 윗마을에 있다 하여서 찾아가 보았지요."

거기까지 말한 정염은 어험 기침을 하고는 아까 대령시킨 냉수를 한 모금 쭈욱 들이킨다. 학구적인 노린내는 두 사람이 돌아가면서 하는 이야기가 아까부터 퍽이나 재미있어 오른팔이 아픈 것도 잊고 정염이 빨리 말하기를 기다렸다.

정염이 다시 이야기를 풀어갔다.

"한데 그 초가는 생각 밖으로 찾아내는데 힘이 들었습니다. 겉으로 보아서 근사한 집은 죄 아니었고 어찌어찌해서 눈에 들어온 게 아주 볼품없어 뵈는 초가였습니다. 들어가 보니 빈집이었어요. 한데 우리 최대목이 보더니 깜짝 놀라 자빠지는 것이었습니다."

정염은 최대목을 바라보며 말을 끊었다. 최대목이 그 뒤를 이었다.

"저희 조상은 겉으로 보아서는 평범한 초가를 아주 이쁘게 만들었던 거지요. 한데 그 초가가 몇 년 동안 사람이 살지 않다 보니 그렇게 초라해서 우리들 눈에 띄지 않았던 겁니다. 안에 들어가 보고서야 그 집이 보배 같은 존재임을 알게 되었습니다요. 집의 형태는 간결 소박하였으나 대패 톱 망치가 간 흔적들이 고수의 것이었고 곳곳에 쓴 나무가 기가 막힌 것이었습니다."

이번에는 정염이 말을 이었다.

"동네 사람한테 물어보았더니 주인이 문안 사는 아무개였습니다. 그래서 연통을 넣어 그 집을 팔라 하였는데 영 대답이 시큰둥합디다. 알고 보니 또 딴 사람이 우리보다 앞서 그 집을 사겠다고 한 모양이요. 자연히 집 값이 오를 밖에. 그 집은 겉으로 보면 작고 아주 허름해 보여서 누가 욕심을 낼 만하지 않은데 이상하지요. 그래서 값이 고하간에 사겠다 하였더니 이자가 무려 팔백 냥을 부르는 거요. 시세의 다섯 배라. 허, 참."

"그래서요, 우리 도령님이 요즈음 그림을 정신없이 그리고 있답니다. 그림을 팔아서 그 집을 필히 살라구요."

한번도 입을 뻥긋하지 않은 둔쇠가 불쑥 끼어들어 한마디 하였다. 둔쇠 같은 머슴이 감히 이런 자리에서 말을 하면 아니 되지만 이번에는 정염도 탓하지 않았다.

장 상경이 물었다.

"그 집을 꼭 사야할 이유가 있습니까?"

"그러문요." 최대목이 대답하였다. "여러분께서는 모르시니까 그렇지, 그 집을 한번 보고 저는 혹하여 반하고 말았습니다. 그 집은 나무 하나하나를 쓴 거 하며 톱과 대패질 한 거, 처마와 창살의 단순 오묘한 구성, 모두가 정말 멋졌습니다."

"그렇게 근사한 집이었습니까. 그래봤자, 초가밖에 안 되는데?"

장 상경의 이해가 안 된다는 표정에 최대목은 빙그레 웃고는 여러 사람을 둘러보며 말을 이었다.

"제 소개를 다시 한 번 하겠습니다. 아까 사결이가 제 이름을 최대목이라 하였지만 제 진짜 이름은 최소목입니다. 대목(大木) 소목(小木)의 소목이올시다.

잘 아시다시피 대목은 큰 목수이고 소목은 자잘한 일을 보는 소목수인데 저희 어른이 자잘한 목수일망정 멋진 목수가 되라고 그렇게 이름을 지어주셨습니다. 한데 사결이 저를 보고 소목이 무어냐 대목을 해야지, 조상은 겸손하게 소목이라 이름을 지었겠지만 이제부턴 대목이라 부르겠다 해서 대목이라 불러주는 것이지요. 그저 감사할 뿐입니다. 우리 집이 사대째 출사를 못해서 제가 지금은 평민에 불과하지만 우리 오대조는 양반이었습니다. 함자가 건강할 건자 최건 어른이었지요. 정오품 사직 벼슬까지 하신 분으로 세종 삼십년(천사백사십팔년) 숭례문을 만들 때 대목수 일을 보셨다 합니다. 이번에 사결이 찾아준 비책에 보면 저 멋진 숭례문을 만들 때 저희 조상이 우두머리 목수로서 도석수 신내행 어른과 함께 좌변목수 우변목수 등 수십 명을 거느리고 그 큰 역사를 해내었다고 돼 있습니다."

거기까지 말한 최대목은 잠시 말을 끊고 정엄을 살짝 바라본다. 정엄은 고개를 쓰윽 들고 최대목의 눈길을 피해 모른 척한다. 계속 이야기를 하라는 뜻이다.

"여러분, 여러분께서는 연산조를 어떻게 생각하시는지요? 연산조를 묻는 이유는 제 나름의 소회가 있기 때문입니다.

사람들은 연산군을 죄 폄해서 말하시지요. 그렇습니다. 폄할 수밖에 없는 임금입니다. 허나 우리들 목수에게 연산군은 고마운 분이십니다. 잊을 수 없는 분이시지요. 왜냐, 큰 건축공사, 큰 역사를 많이 하셨기 때문입니다. 우리들 목수가 그분 때문에 오랜만에 제대로 된 목수 일을 할 수 있었습니다. 제 말에 너희들 너무 이기적이요, 밥그릇 타령을 하고 있구나 하는 생각을 하실지 모르는데요. 제 말씀을 들어보십시오.

우리나라가 경복궁을 짓고 창덕궁을 짓고 국초에 큰 역사를 한 이후에 어지간한 건축공사가 없었습니다. 거의 백이십 년을 그렇게 지내왔지요.

백이십 년이면 작은 세월입니까. 부처님 세계에서는 찰나에 불과하지만 우리 인간에게는 긴 세월입니다.

큰 공사가 없는 백이십 년 사이에 근사한 목수는 다 사라지고 기술도 다 잊혀지고 저희가 누리던 벼슬도 다 잃고, 남은 게 뭐가 있습니까.

물론 그러고도 세상은 돌아갑니다. 허나 건축술이란 하루 아침에 이뤄지는 게 아니고 우리가 사는 집이란 오래 살면 다 허물어지는 것. 그 뒤엔 그 누가 있어 좋은 건축물을 짓습니까. 좋은 건축물 하나 지을라면 대목수 즉 도편수 밑에 좌부편수, 우부편수 있고 그 아래에 지붕 기울기 보는 정현편수, 처마밑 나무 맞추는 공도편수, 서까래 거는 연목편수가 필히 있어야 하고 대장장이인 야장편수, 집을 손질 단장하는 수자편수가 이쁘게 마무리를 하여야 합니다. 그 외에도 자잘한 전문가들이 골고루 있어야 합지요.

관심이 많으신 분 호기심이 있는 분은 평소에 느끼셨을 겁니다. 같은 대패질을 해도 목수 따라 다르잖습니까. 결이 다르고 평면의 평평함이 다르고 감촉이 각각으로 다릅니다. 왜냐하면, ㄱ선 사람마다 손끝이 다르기 때문입니다.

나무란 게 뭡니까. 나무는 목재가 되어 있어도 죽은 존재가 아닙니다. 살아 있습니다. 나무를 음지에서 말린다고 하지요? 말린다는 것은 잘린 나무가 호흡을 하는 겁니다. 그 호흡하는 나무를 잘 말리면서 나무의 생김새 성격 기질을 알아내야 합지요. 필요할 땐 나무와 대화도 해야 하고요. 그런 뒤에 나무의 기분에 맞게 자르고 마음에 맞게 밀고 시원하게 때려줘야만이 좋은 가구가 되고 기둥이 되고 담벽이 되고 마루가 되고 처마가 되는 것입니다.

한데 그런 전문 목수가 아무 큰 공사를 하지도 않는데 저절로 길러집니까. 그럴 턱이 없지요. 연산조 때 제 어린 나이에 불려가서 회암사 중건을 거창하게 하는데 참 좋은 공부를 하였습니다. 한데 그 공사가 처음엔 정말

웃겼습니다. 정현편수가 제대로 있나 반듯한 공도편수가 있나, 제일 마지막에 정리를 하는 수자편수는 아예 찾을 수가 없고. 우리들 대부분은 그런 큰 공사를 어떻게 하는지 제대로 몰랐습지요. 공사가 끝날 때쯤 해서야 겨우 제 할 일을 알게 되었습니다. 아하, 이런 것이로구나. 자기 역할과 나름의 전문 기술을 터득하게 되었답니다.

저도 그때 소목일망정 간신히 목수다운 목수쟁이가 되었습니다. 그러니 이것저것 큰 공사를 벌여 백성의 원성은 들었다 해도 우리네 목수는 연산군을 하눌님 같은 은인으로 생각할 밖에요.

그러나 이젠 또 세월이 바뀌어 우리들은 할 일을 잃고 사소한 목공 일에 풀칠을 하고 있습니다. 연산조 때 겨우 닦은 그 기술, 곧 잃어버릴 거고 잊혀지겠지요. 헌데 우리 사결이가 어쩌다가 저를 사귀더니 우리나라 목공 기술을 잃으면 아니 된다, 연찬하라 하면서 조상의 비책도 찾아주고 저 대표적 건물인 기와집과 초가도 알게 해주고 저를 이렇게 격려하여 최대목이라고 불러주니 제 은인이자 인생의 스승인 셈입니다."

말을 마친 최대목은 붉은 눈시울로 정염을 바라보았다. 그러나 정염은 하나도 감동한 표정도 없이 하나도 거드름을 피우지 않고 한마디 하는 것이었다.

"아니, 최대목님. 저분 장 상경께서 그 초가가 그렇게 근사한 집이냐고 물은 것에 대해선 아직 답변을 안 하셨는데."

"아차, 제가 신세타령을 좀 길게 하느라 그 좋은 질문을 잊어버리고 있었네. 상경님, 집을 짓는 데 가장 중요한 게 무엇이겠습니까. 아까 말한 나뭅니다. 아무리 기술이 좋아도 재료가 좋지 않으면 좋게 만들 수가 없지요. 그 집은 초가에 불과하지만 사용된 재료가 천하일품들이었습니다."

"무슨 나무들을 썼는데 그렇게 좋습니까요?"

장 상경은 이제 흥이 나서 물었다.

"집과 가구를 만드는 나무로 하면 오동나무 소나무 느티나무 먹감나무에 은행나무 가래나무 배나무 참죽나무 박달나무 대추나무가 다 사용됩니다. 나무결도 좋지만 윤기가 유별난 소나무는 기둥감으로 좋고, 무늬결이 좋은 느티나무는 정자목으로 좋고, 자연적인 검은 먹이 들어 있는 먹감나무는 장롱과 문틀에 좋고, 탄력이 빼어난 은행나무는 미닫이와 마루판으로 좋고, 결코 삭지 않는 박달나무는 사시장철 비 맞고 눈 맞고 바람에 시달리는 대문에 좋고, 단단한 가래나무 참죽나무는 탁자에 좋으니 여닫이나 바탕목으로 쓰면 제격이지요. 한데 그 초가는 이 나무들을 골고루 적재적소에 썼더라 이겁니다. 우리들 목수가 보기에 얼마나 멋진 집이겠습니까?

더구나 중요 기둥으로 쓴 소나무는 백두산서 가져온 백송이었고 들보로 쓴 소나무는 오대산 적송이었죠. 문틀은 죄 먹감나무를 썼는데 이것 또한 지리산 소산이었습니다. 그들 나무의 나이테와 결과 냄새를 맡아보면 어디 소산인지를 알 수 있지요."

"그러면 그 집은 국보요, 팔백 냥짜리가 아닙니다요."

장 상경은 감탄하는 눈길로 최대목과 성염을 번갈아 보았다.

"물론입니다."

최대목의 답변은 선선한데,

"하지만 그 누가 그 집이 국보급인 걸 알며 돈 팔백 냥을 어떻게 구처할 수 있겠습니까."

정염의 답변은 좀 뻔뻔스러웠다.

"허면 먼저 그 집을 살려고 한 사람은 그 집 가치를 알고 덤빈 건가?"

노린내가 문자 정염이 고개를 비틀며 대답하였다.

"그게 좀 아리송합니다."

그때, 이상한 소리가 뒤켠에서 들렸다. 노린내가 벌떡 일어나더니 호롱불을 확 불어 껐다. 그와 동시 파르르, 파공성도 날카롭게 화살 한 대가 들창문을 뚫고 날아 들어왔다.

"윽!"

비명과 함께 문을 등지고 앉아 있던 최대목이 앞으로 고꾸라졌다. 갑작스런 화살의 급습에 잠시 어리둥절하였으나 역시 노련한 노린내가 작은 소리로 급히 속삭였다.

"사결이, 최대목이 화살을 맞았네. 빨리 살펴보게."

그 말과 동시, 최대목, 최대목! 정염이 최대목을 안고 부르는 소리가 나더니, 형낭 형낭, 하고 둔쇠를 찾는 소리에 이어 부시럭 부시럭 약을 찾고 헝겁 찢는 소리가 들렸다. 괜찮소? 노린내가 묻자, 걱정 마시오 내가 그까짓 몸빠진살에 죽겠소? 장인답게 단번에 화살 종류까지 알아챈 최대목의 굳건한 말소리에 이어, 흥 우리나라 인간문화재인 대목을 그냥 죽게 놔둘 수야 없지! 정염의 오기 어린 응수가 뒤를 대었다.

그들의 배짱 있는 말에 노린내는 금세 용기가 백배하여 뒷문을 박차고 밖으로 날아갔다.


욱자가 벌써 돌아오고 있었다. 석수가 달려나가 그를 맞았다. 둘이 뭐라고 다급하게 말을 나누는 사이 일행도 서둘러 다가갔다.

욱자가 자향을 흘깃 쳐다보며 항슬에게 말하였다.

"강씨네는 바로 이 앞 마을 초입에 살고 있었답니다."

"그게 무슨 말이야? 지금은 안 산다는 뜻인가?"

보욱이 옆에서 물었다.

"한 달포 됐다는데요. 이사간 지가."

"이사를 가? 어디로 이사갔다는 말은 안 듣고?"

"왜요, 알아왔지요. 와서(瓦署)가 있는 기와동네로 이사갔다는데요. 거기 기와굽이로 간 모양입니다."

보욱과 항슬은 서로 쳐다보다가 상길이를 업고 있는 자향을 돌아보았다. 자향이 물었다.

"기와동네는 어디 있는데요?"

"강 건너요. 우리가 숨어 있던 새골 비궁서 서쪽으로 가면 기와동네가 있다고 하였잖아요."

항슬이 대답하였다.

"아, 들은 기억나요. 거기로 가봐야겠네요."

그 말에 보욱은 한숨을 푹 쉬었다. 이 여자는 말을 정말 쉽게 해! 또 다시 강을 건너가자고 이야기하고 있는 것 아냐! 하긴 건너가야겠지만 말야.

보욱이 그렇게 속으로 한탄하고 있는데 항슬이 손으로 앞을 가리키며 말하였다.

"계획대로 뽕숲 마을로 가면서 이야기하세! 기수 행수님과 계회가 기다리고 있을 테니까."

항슬이 말과 동시 욱자에게 고개를 끄덕이자 욱이는 대번 앞을 선다. 그들은 빠른 걸음으로 강변길을 달렸다.

상길이를 친척 집에 넘겨 주든 못 넘겨 주든 지금의 행보는 이렇게 신속히 해야 했고 예정돼 있었다.


가까스로 한강 남안에 오른 함지박귀 일행은 후줄근히 젖은 몸을 쥐어 짜며 이를 악물었다. 당한 처지가 워낙 처참하였으므로 모두가 말을 아끼고 있었다.

그래도 가장 순박한 이대치가 먼저 입을 열었다.

"건너편의 윤보 일행이 우릴 보고 있었을 터인데……."

이 말은 누구나 생각하고 있었다. 그러나 정예병으로 조직한 체포조가 이렇게 처절을 극하고 그들의 도움을 바라는 자체가 부끄러운 일이었다.

독랄한손이 혀를 차며 말하였다.

"그래, 아무리 밤이라도 윤보가 보았을 게요. 녀석은 심기가 깊으니 어떤 조치를 하지 않겠어. 하지만 그들의 도움만 기다릴 순 없잖습니까."

함지박귀를 쳐다보았다. 그는 몸을 대충 쥐어짜고 물에 젖은 칼을 닦고 있었다. 동료의 시선이 자기에 집중한 걸 알면서도 함지박귀는 서두르지 않았다. 강가에 앉아 넋을 잃고 배가 가라앉은 강심을 바라보고 있는 사공에게 다가갔다.

"여보게 사공, 배가 가라앉은 곳이 수심이 깊은가?"

사공은 함지박귀를 흘깃 쳐다보고는 조심스럽게 답하였다.

"수심도 그렇지만 물살이 센 곳이어서 어디까지 흘러갔는지 알 수 있나요. 배는 찾기가 힘듭니다."

"그럼 망실 처리를 하세. 내 보상을 꼭 해주겠네. 증빙서류를 작성하세."

"알았습니다. 그나저나 제 배가 튼실하지 못해서 이런 곡경을 치루셨습니다. 몸둘 바를 모르겠습니다."

"자네 잘못은 아닐세. 왈짜들이 탄 배는 정말로 좋은 배였어. 우리 관보다 더 좋은 배를 갖고 덤빌 줄을 그 누가 알았는가. 그 배는 본 적이 없는가?"

그 말에 사공은 쭈밋하며 말을 삼킨다. 함지박귀는 대번 그런 사공의 태도를 읽었다.

"아는 밴가?"

"알진 못합니다."

"그럼?"

"그렇게 빠르고 튼튼한 배는 이 한강에 몇 척 없지라우."

"그렇겠지. 삼개에 그런 배가 몇 척 있는가?"

"삼개만 국한하면 많아야 두세 척밖에 더 있겠습니까."

"그렇지. 그럼 그렇게 빠른 배를 가지고 있는 선주 명단은 단번에 나오겠구만. 명단을 만들어 줄 수 있는가?"

"그건 제가……."

"비밀을 지킴세. 우리가 조사해도 되지만 시간이 급하네. 자네도 분하지

146

않은가?"

"분하기야 합지요."

"그럼 부탁하네. 새벽같이 통기하여 단번에 놈들을 적시해낼 수 있을 걸세. 끼놈들을 필히 잡아내야지."

함지박귀의 눈이 무서웁고 말이 사나운 만큼 사공은 대답하지 않았다.


함지박귀 일행이 강가네 소식을 접한 것은 그 뒤로부터 밥 한 동자 지을 시간 뒤였다.

한강독사와 독랄한손이 선발대로 갔다가 둘이 허둥지둥 돌아왔다. 강가네가 기왓골로 이사갔다는 소식이었고 새우젓패들이 벌써 다녀갔다는 것이었다. 놈들의 뒤를 쫓기에는 시간이 너무 늦어 있었다.

우선 옷을 말려야 했다. 마을 끝에 있는 초가 마당에서 화톳불을 피워 몸과 옷을 말렸다. 그 사이 아낙이 지어준 꽁보리밥에 장국으로 야식을 끝내자 함지박귀는 밤행군을 하기로 작정하였다.

미리 회전이 빠른 한강독사가 은근한 목소리로 함지박귀에게 말하였다.

"포교님, 저 왈짜놈들도 지금쯤은 우리처럼 어디서 쉬겠지요."

"글쎄, 쇠토막이 아닌 바에야 어디서 쉬긴 쉬어야겠지. 허나……."

"저들은 우리처럼 물벼락을 안 맞았으니까 좀 더 움직일 거라 이거지요?"

"그것뿐만 아니라 강을 건너가려고 하지 않을까."

"오라, 그렇겠는데요. 지도는 안 젖었습니까?"

"안 젖을 리가 있나. 허지만 좀 두꺼운 종이니까, 꺼내서 말려 볼까."

함지박귀는 애지중지하는 지도가 젖은 게 가슴 아팠다. 조통정의 지도를 보고 자극을 받아 더 열심히 만든 지도 아닌가. 그는 지도를 꺼내 화톳불에 말렸다. 생각보다 많이 젖진 않았으므로 대충 말려 펼쳐보았다.

"어지간히 보이는데요."

한강독사는 함지박귀가 펼치는 쭈굴쭈굴한 지도를 화톳불에 비쳐 보면서 손가락으로 한 지점을 가리켰다.

"여기가 어떻습니까. 뽕숲과 여기 바돌섬 건너편 말입니다. 이곳서 가장 가까운 나루는 이 두 군뎁니다."

"저들이 이곳 둘 중 한 군데서 아까 내려간 배와 접선할 것이라 생각하는 건가?"

"제 생각에 그렇습니다. 강가네에게 아기를 넘겨주었다 하더라도 어딘가로 움직여야 할 터이니까, 미리 약조가 돼 있지 않겠습니까. 그렇다면 배와 접선하기는 이 두 군데가 가장 좋을 것이란 생각이지요. 우선 뽕마을로 지금 당장 밤을 도와 쫓아가야 합니다."

함지박귀는 고개를 끄덕이었다. 그리고 한동안 생각을 한다. 그가 지금 생각하는 것은 수치였다. 배가 느려서 손해본 시간, 배를 침몰당하면서 빼앗긴 시간, 옷을 말리며 버린 시간, 저 새우젓패들보다 얼마나 늦었을까. 함지박귀는 그 시간을 계산하고 있었다. 손해보아 쌓인 시간은 당장 뒤쫓아간다 해도 따라잡을 수 없는 시간이었다.

하지만 그래도 뒤쫓아야만 한다. 그것이 우리들 추적포교의 일이요 길이요 숙명이니까.


## 53. 추적 그리고 음모


최대목네 뒷마당은 장독대 우물 외에 화단이 소담하게 만들어져 있었다. 담 가까이에는 대추나무 앵두나무가 나란히 서 있었는데 검은 물체는 대추나무 사이 담 너머로 사라지고 있었다. 노린내는 관포검을 빼어들고 그 그림자를 쫓아 앵두나무 옆을 가로질러 갔다. 그가 검은 그림자를 거의 쫓아갔을 때, 뒤쪽에서 그를 부르는 소리가 들려왔다.

"노 포교 돌아와요! 성동격서 도남의재북*이요!"

노린내는 정염의 외침에 퍼뜩 연지를 생각하였다. 맞다! 저들은 연지를 노리는 거다. 정염은 지금 그것을 나한테 알려준 것이고! 그 생각에 미치자 노린내는 재빨리 돌아섰다. 연지가 있는 본채 안방 쪽으로 달려갔다. 뒷채를 돌아가야 했다.

우당탕탕 요란한 소리가 나고 여인들의 비명소리가 들렸다. 우악스런 그림자가 안방으로 들어가는 마루에서 누군가를 붙들고 늘어지는 게 보였다.

노린내는 메뚜기처럼 뛰어오르며 관포검을 휘둘렀다. 아랫도리를 잡고 늘어진 사내는 둔쇠였고 다리를 붙들린 사내는 검은 야행복이었다. 관포검은 검은 야행복의 등을 바라고 날아갔다.

사내는 다리를 붙든 둔쇠를 칼로 치려는 순간이었는데 노린내의 검풍에 소스라쳐 몸을 뒤로 젖혔다. 그러나 발이 잡혀 불편한 사내는 여지없이 등짝에 검을 맞고 윽, 비명과 함께 마당에 쓰러졌다. 안방에서 장시후가 쏘아놓은 화살처럼 뛰쳐나오며 소리쳤다.

"연지, 연지! 연지를 놈들이 납치해 갔소!"

"어느 놈이, 어디로 갔나?"

노린내의 외침에 장 상경은 대문 앞쪽을 가리켰다. 노린내는 쓰러진 놈은 놓아두고 두말 없이 문 밖으로 쏘아나갔다. 문 밖을 나가자 왼쪽 저켠에서 개 짖는 소리가 들렸다. 노린내는 그쪽으로 달려갔다. 삽십여 보를 달려갔을 때 검은 그림자 두 개가 빠른 걸음으로 다가오고 있었다. 자시가 가까웠을 터, 웬 행인인가 눈여겨보는데 앞쪽에서 먼저 말이 건너왔다.

"여보게, 노 포교 아닌가?"

---

**성동격서 도남의재북** 聲東擊西 圖南意在北 동쪽을 칠 듯이 말하고 실제로는 서쪽을 친다, 남쪽을 도모하는 듯하지만 실제는 북쪽에 뜻이 있다.

노린내는 우뚝 멈춰 섰다. 익은 목소리다. 눈에 힘을 주어 살펴보았다. 김득수였다.

"아니, 김 형이 웬일인가?"

"자네를 만나러 오는 길이네."

"뭐, 나를?"

"그렇네. 자네 최 목수 집에 묵고 있는가? 한데 이 밤에 여긴 왜 뛰쳐나오고 있는가?"

노린내는 깜짝 놀랐다. 김득수가 웬일로 여기 나타났고 내가 최 목수 집에 묵고 있는 것을 그가 어떻게 안단 말인가. 그러고 보니 연지를 납치한 자들은 이쪽으로 온 게 아니잖은가. 노린내는 두서가 없고 정신을 차릴 수가 없었다.

"자넨 내가 여기 있는 걸 어떻게 알았는가?"

"이야기가 좀 기네. 우리 잠시 좀 이야기하세."

"그럴 시간이 없네. 연지라는 처자가 자객한테 납치되어 갔네. 그 여자를 구해줘야 하네. 조금 있다가 보세."

"그 주초위왕의 무수리 말인가?"

노린내는 김득수의 말이 끝나기도 전에 뒤를 돌아 왔던 길로 달려갔다. 최대목 집 앞을 지나 성벽 쪽으로 정신없이 달려갔다. 그가 백여 보도 달려가기 전에 둔쇠가 쫓아오며 부르는 소리가 들렸다.

"노 포교님, 노 포교님!"

노린내는 느낌이 이상하여 우뚝 섰다. 둔쇠가 가까이 와서는 숨을 몰아쉬며 작은 목소리로,

"정염 도령이 빨리 돌아오시랍니다."

"왜? 연지는 어찌하고?"

"하여튼 돌아오시랍니다."

노린내는 그 소리가 마음에 들지 않았으나 할 수 없이 되돌아갔다. 둘이

150

최대목 초가 앞에 도착해 보니 김득수와 한 사내가 서서 그들을 기다리고 있었다.

"자객은 잡았는가? 연지는 찾았고?"

김득수가 물었다.

"그림자도 못 찾았소. 가만 있자, 어떻게 할까. 김 형도 여하간 안으로 들어갑시다."

그 말에 김득수는 기다렸다는 듯이 노린내 뒤를 따라 들어왔다.

의외로 집 안은 조용하였다. 안채 대청에 두 사람이 서 있고 한 사람은 마당가에 서성이다가 노린내가 들어가자 반긴다. 불을 밝히지 않았지만 우릿하게 비치는 달빛에 사람 얼굴은 충분히 알아볼 수 있었다. 안방에도 불이 꺼져 있어 집 전체가 어둠 속에 있었다.

노린내가 물었다.

"아까 그 칼 맞은 자는 어떻게 되었나?"

"울 옆에 숨어 있던 자가 갑자기 나타나 함께 도망갔습니다."

마당에 서 있던 이 집 머슴이 대답하였다. 마루에는 정염과 최대목이 있었다. 장 상경은 보이지 않는다. 최대목은 왼쪽 어깨를 하얀 헝겊으로 묶고 있었다.

"사결이, 연지를 못 찾았네. 큰일났네. 왜 날 불렀는가?"

"저랑 급히 이야기할 게 있습니다."

그 말을 하며 정염은 노린내를 따라 들어온 두 사람을 응시한다. 노린내가 아차, 하는 분위기로 양쪽을 소개했다.

"사결이, 이분은 내 새동무 김득수 사장일세."

그 말에 정염은 묘한 표정을 지으며 고개를 까딱했다.

"정염이라고 합니다."

"아, 그 정염 도령이시구만. 이름은 우레같이 들었소."

어둔 밤, 경황이 없는 속에서도 김득수는 어린 도령에게 보내는 인사 속까지 찰지다.

"그리고 여기는 이 집 주인 최대목 큰목술세."

"아, 최 대목수님이시군요. 이야기 많이 들었소다."

역시 아는 사이처럼 정을 붙인다. 그리고는 자기 뒤에 서 있는 날렵한 사내를 노린내에게 소개했다.

"노 형, 이분은 나를 돕기 위해 이 밤에 같이 왔네. 김중수라고 우리 집안의 동생뻘이네. 나처럼 생각하면 될 것이네."

"김중수라고 합니다."

사내는 허리를 깊숙이 숙이며 진득하게 인사하였다.

"노 형, 내 자네와 긴급히 숙의할 게 있네."

"김 형, 무슨 말인지 알았습니다. 하지만 지금 더 급한 게 있으니 좀 기다리겠소?"

"아, 그렇지. 더 급한 게 있다는데 기다려야지."

김득수는 마음이 급한 듯한데 말은 여유를 내보인다.

"어떻게 할까. 이쪽 사랑방에 들어가서 쉬시라고 할까."

노린내가 정염과 최대목을 둘러보며 묻자,

"아니 아니네. 우린 여기 대청에 편안하게 앉아 기다리겠네."

김득수가 걱정 말라는 투로 손을 흔들며 말하여서 마음이 급한 노린내는 고개를 끄덕이고 정염을 따라갔다. 정염은 노린내를 골방으로 데리고 들어갔다.

"저분은 이 야밤에 어쩐 일로 여길 오셨답니까?"

정염이 물었다.

"그건 나도 모르겠네. 조금 뒤에 이야기하면 알게 되겠지."

정염은 눈쌀을 찌푸렸다.

"왜 맘에 걸리는 게 있나?"

"그럼요. 저분이 어떻게 이 집을 알고 찾아왔느냐는 말이요."

"글쎄, 나도 그게 궁금하네."

"그럼 우리들 말은 간단히 하고 저분하고 이야기한 뒤 그 내용을 저한테 말해주세요. 지금 시간이 촉박합니다."

"정염이, 도대체 무슨 일이 어떻게 돌아가고 있는가? 연지는 어떻게 한다지. 아참, 장 상경은 어디를 갔는가?"

"장 상경은 지금 연지랑 같이 있습니다."

"뭐야, 연지는 납치되지 않았는가?"

노린내는 너무 놀라 고함을 지를 뻔하다가 겨우 목소리를 낮추었다. 정염이 오른손 사시를 입에 대고 조용히, 한 뒤에,

"아까 우리가 온 뒤 제가 긴급히 조치 하나를 했습니다. 연지를 안방에 모시라고 하면서 이 집 하녀와 옷을 바꿔 입게 했습니다. 그 결과 아까 괴한은 하녀를 납치해간 것이지요."

"그런가. 그건 잘 했네. 하지만 그 하녀의 목숨이 위험하지 않을까?"

"하녀는 여차하면 자기가 연지라는 무수리가 아니라고 발뺌하라고까지 알려 주었습니다. 저들은 장 상경을 아직 붙들시 못했으므로 금방 여자를 죽이지는 않을 겁니다. 따라서 우리는 지금 즉시 여길 떠야 합니다."

"여길 떠서 갈 곳이 있나. 이 야밤에."

"별로 없지요. 그리고 움직인다 해도 저들이 모를 리가 없습니다. 지금 상황에서는."

"그게 문제지. 아까 우리가 들어올 때만 해도 미행이 확실히 없었거든. 저들이 우리가 여기 있는 걸 어찌 알았을까."

"지금은 아무리 생각해도 초비상 사태입니다."

"초비상 사태?"

"그렇습니다. 뭐가 어떻게 돌아가는 건지 알려면 이것저것 생각해야 하는데 저도 시간이 필요합니다. 우선 저분을 당장 만나세요. 그리고 저를 다시 보십시다. 연지는 현재 납치상태입니다. 아셨지요?"

"알았네."

상길이가 문제였다. 보욱은 빨리 달리기 위해 상길이를 항슬이가 업는 게 좋겠다고 하였다. 욱자는 멀찍이 앞을 나가 길을 열고 석수는 뒤쪽에서 일행을 지켜야 하고 보욱은 꾀도 내야지만 힘도 제일 약해 항슬이 애를 업는 게 순리였다.

애기업이로 결정된 항슬은 흔쾌한 목소리로 좋지 좋아, 하면서 상길이를 업기 위해 등을 내밀었다. 그러나 애는 자향이 항슬에 넘기려는 순간 악을 쓰며 울어댔다. 자향한테서 안 떨어지려는 상길이를 보욱이 억지로 들어 항슬의 등에 얹히자 더욱 요란히 울어댔다.

으앙 으앙, 우는 소리가 천지를 진동할 뿐만 아니라 두 손으로 항슬의 등짝을 마구 쳐댔다. 엊그제만 해도 역병이 창궐하는 마을에서 비리비리 하던 애가 어디서 그런 힘이 솟는지 소리만 큰 게 아니고 마구 두들겨대는 힘도 좋아서 항슬의 등짝이 후끈할 정도로 아팠다. 악을 쓰는 게 마치 악머구리였다.

"안 되겠어요. 제가 업을 게요."

자향이 다시 등을 들이밀자 상길이는 번개같이 자향의 등짝에 들어붙었다.

항슬과 보욱은 어이없어 하였고 뒤에 오던 석수는 놀라서 달려와 애를 울지 않게 하라고 성화를 부렸다.

"야밤의 소리는 십 리 간다 했소! 저 뒤쪽 산까지 들렸겠네. 큰일났다. 빨리 가야지!"

아이는 자향이 업고 달래자 단번에 조용하여졌다. 보욱의 섬세한 배려가 그야말로 엉망진창이 되는 순간이었다.

할 수 없이 그들은 자향의 속도를 맞추어 달릴 수밖에 없었다. 일행은 아까처럼 보욱 자향 항슬의 순으로 달려갔다. 그러나 자향이 한참 달리다

지치면 할 수 없이 걸어야 했다.

자향의 앞쪽에서 속보로 뛰고 있는 보욱이 혼잣말로 중얼거렸다.

"똑같구만 똑같애!"

"보욱이 무슨 말이어요?"

자꾸 똑같다고 중얼대는 게 이상하여 자향이 물었다.

"아닙니다. 그저 우리의 처지와 똑같은 예가 옛날에 있었기에 그 생각 좀 한 것이지요."

자향은 웃었다. 보욱이 무슨 생각으로 그런 소리를 하는지 알아챈 것이다. 그러나 항슬의 눈치는 자향처럼 빠르지 못해서,

"무슨 얘기야, 보욱이?"

하고 물었다. 보욱은 한참 달리다가 한마디 하였다.

"유사군*하고 같다는 이야기지."

그래도 항슬은 무슨 말인지 알아듣지 못했다.

삼국지에서 조조가 형양의 유표에게 기탁하여 신야라는 작은 성에 머물 때였다. 조조가 십만 대군을 몰아 쳐들어오자 유비는 중과부적의 세여서 형주를 바라고 도망하였다. 천하에 유명한 참모인 제갈량이 있고 용장 관우 장비 조자룡이 있었지만 세가 불리한 상황서는 어쩔 수 없는 도주였다.

그때 신야의 백성 수천 명이 유비를 따라 함께 피난길에 나섰는데 그 때문에 빨리 도망갈 수가 없었다. 나를 따르는 저 백성을 버리고 나 혼자만 어찌 급히 도망갈 수 있느냐는 게 유비의 의리였다. 그로 해서 유비는 하마터면 조조군에 포로로 붙들릴 뻔하였다. 보욱이는 지금 그 이야기를 하고 있는 것이다.

항슬이 처량한 도망길의 분위기를 돋울 겸 이야기라도 나누려고 또 물었다.

"보욱이, 아까 무슨 말이냐니까?"

---

**유사군** 劉使君 삼국지에 나오는 유비를 존대하는 칭호.

"아냐 아냐, 신경쓸 것 없네."

보욱이 자향 못지않게 헉헉대면서 얼버무리자 자향이 힘든 중에도 간결하게 설명해 주었다. 그 말을 듣자 항슬이 껄껄대고 웃었다.

"보욱아, 그럼 자향 아씨는 유비고 상길이는 백성이고 너는 제갈량이고 뒤를 맡은 석수는 조자룡이구나!"

"흐흐흐, 그런 셈이지. 허나 너무 걱정 말게. 조조 군대인 저들은 물에 빠져서 시간 날렸고, 뭍에 올라 옷을 짜고 말려야 하니까 시간 써야 하고, 우리가 살수와 재접선하리라는 생각을 하려면 조금은 시간이 걸리겠지. 따라잡히지는 않을 거다. 우린 배만 타면 안전해질 거구. 저들은 배도 없으니까."

보욱의 진단은 셋 중 두 개가 맞았다. 살수와 재접선하리라는 한강독사의 머리는 빨랐으나 워낙 출발이 늦은 탓에 함지박귀들이 전속력으로 뽕숲에 다다랐을 때는 항슬이네를 다시 태운 살수가 이미 한강을 건너간 뒤였다. 기수의 두뭇개대첩은 포교들에게 쫓기는 그들의 행보를 안전하게 해준 쾌거요 혁혁한 공로였다.


"그러니까 김 사장이 온 것은 모처의 귀띔을 받고 왔다는 건가?"

"그렇네. 그 모처만은 밝힐 수 없네. 허나 그들은 노 포교를 구하고자 하네. 지금은 초비상 사태야."

"초비상 사태?"

노린내는 금방 전에 정염이 말한 초비상 사태란 단어를 김득수가 재차 쓰는 게 기이하게 느껴졌다.

"그래서 나보고 어쩌란 말인가?"

"잠시 서울을 피하라는 것일세."

"서울을 피해?"

"그렇네."

"난 금방 전 납치된 연지라는 애를 구해줘야 하네."

"그건 위험할 것 같애."

"왜?"

"나에게 귀띔해 준 사람은 자네가 그 연지라는 애와 헤어지는 게 좋다고 하였네. 자네는 살리고 싶지만 그 여자는 보장할 수 없다는 투였네."

"흥, 난 그럴 수 없네. 이미 우리는 한 배를 탄 셈일세."

"여보게 노 형. 세상은 그렇게 원리 원칙으로만 해결되는 게 아닐세. 그리고 한마디 하겠는데 말이야, 이 세상은 무술 즉 칼보다는 돈이 더 빠른 거네."

"그게 무슨 말인가?"

"어떤 일, 어려운 일을 해결하는 데는 돈으로 다 할 수 있다는 이야길세. 자네가 이렇게 어려운 경지에 빠져 있는 줄은 몰랐네. 진작 이야기하지 그랬는가. 하면 내 돈으로 다 해결해 주었을 것을. 급박해지기 전에 말일세."

"김 형, 세상은 돈으로 안 되는 것도 있소."

"뭐야? 돈으로 안 되는 게 있어? 허어, 착각해도 유분수지. 여보게 동무, 이 세상은 돈으로 안 되는 건 없어. 자네가 돈을 크게 써본 적이 없고 그런 돈의 위력을 본 바가 없어서 그렇지. 돈은 무서운 거야. 무서운 힘이 있다구. 내 앞으로 돈의 위력을 보여주지. 이놈의 세상은 더러운 세상일세. 돈이면 다 되는 더러운 세상이야. 그래서 내가 악착같이 돈을 버는 걸세. 자넨 돈을 우습게 생각하지? 허나 돈은 위대한 힘이 있어. 난 그런 점에서 돈, 더러운 돈을 숭상하네. 허허, 나는 말이야 사실, 그 더러운 돈으로 더러운 세상을 한번 휘젓고 싶은 맘이 있거든. 그래서 악착같이 돈을 버는 걸세. 그러네. 나랑 같이 어우러져 살다 보면 내 말, 내 뜻, 내 포부를 알게 될 걸세."

김득수의 말은 침중한 속에 강렬한 의지가 다비식의 장작불처럼 뜨거웠다. 노린내는 이 급박한 중에도 신선한 충격을 받았다. 그것은 돈만 아는 김득수가 돈의 위력만을 주장한데서가 아니었다. 그의 어투 그의 눈빛 속에는 뭐라 형언할 수 없는 굳센 신념이 어려 있었다. 논리는 맘에 안 들었어도 더러운 돈을 숭상한다는 나름의 신선함도 있었다.

김득수가 다시 착 깔린 목소리를 내었다.

"노 형, 내 이름이 뭔 줄 알지! 김득수 아닌가, 김득수. 나 김가는 물을 얻은 자, 돈을 얻는 자, 바로 그게 내 이름이야. 나는 지난 이십 년 가까이 물을 얻느라고 무던히도 애를 썼어. 해서, 물을 얻었지. 노 형에겐 지금 화가 박두했어. 내 다 해결해 드리리다. 물론 돈으로 다 해결해 줄 수 있어요. 그게 아무리 험난한 일이라도 다 해결할 수 있어. 이 세상은 돈 갖고 안 되는 게 없으니까."

그렇게 깊은 소리를 엮어낸 김득수는 다시 한 번 노린내의 눈동자를 들여다보듯 빤히 보고는 허허하게 웃으며 덧붙였다.

"자, 가서 정염 도령하고 이야기해야겠지? 그대의 장자방에게 말야. 가서 이야기하게. 내가 지금까지 이야기한 걸 간결하게 요약해 줌세.

첫째, 이 며칠 동안 자네를 죽이려는 검은손이 오늘 밤과 내일 안으로 자넬 필히 죽이려 덤빌 것이다. 그것은 연지와 장 아무갠가 하는 내시도 마찬가지다. 그러므로 그 여자와는 헤어져라. 자네의 무술이 아무리 빼어나다 해도 저항할 수 없을 것이다. 불가항력이다.

둘째는 내일 하루만 지나면 이런 음모는 싹 없어질 것이다. 단, 자네가 서울과 이 언저리에서 사라지기만 하면 된다. 당분간 나타나지 않으면 그동안 아무 일 없는 것처럼 끝날 것이다. 자, 노 형. 확실히 알았는가?"

"무슨 뜻인지 깊은 속은 모르겠지만 자네가 말하는 바는 알겠네. 허지만 질문을 하나 하세. 자네는 정체가 무언가. 내 친구인가 저들 내부의 한 존재인가?"

그 질문에 김득수는 미묘한 미소를 지었다. 하긴 이 급박한 상황에서 노 포교는 나를 간자로 볼 수도 있지. 간자는 아니라도 꼭두각시로 볼 수도 있고.

김득수는 방바닥을 슬쩍 내려다보며 잠시 생각하고는 입을 열었다.

"어떤 의미에서 나를 저들 내부의 한 존재로 보는지는 모르겠으나, 나는 자네의 영원한 동물세. 사귄 지 얼마 안 되지만 나는 자네의 절친한 동무야. 우리 그런 동무 되자고 맹서하지 않았는가. 내가 오늘 같은 날 간자 노릇하려고 맹서를 하며 자네를 동무로 사귀었겠나? 어떤 일로 우연히 자네가 이 절박한 와중에 빠져 있는 걸 알았고 자네가 헤어날 수 있는 방법을 전해달라는 부탁을 받아서 온 것뿐일세. 그 이상은 없네.

그리고 다시 말하지만 난 동무로서의 그 맹서, 지킬 거네. 그건 자네도 마찬가질 거구. 그치? 그래서 이 밤에 자넬 찾아온 거네. 그리고 내가 말하는 저들도 자네의 적은 아니네. 물론 저들 속의 일부가 자네의 적일 수 있는지는 모르겠네.

그리고 한 가지 덧붙인다면 아까 말한 대로 나는 밤이 새자마자 자넬 위해 뛰겠네. 자네를 이 음모의 와중에서 빼내겠어. 주초위왕과는 아무 관련이 없는 사람이란 걸 돈으로 얻어내겠네. 단 부탁 하나 하세. 그 연지라는 애와는 떨어지게. 보이지 않는 곳에 가 있게나. 나와는 긴밀히 연락하구 말야. 알았나?"

"고맙지만 그럴 수는 없네. 이제 곧 그 애를 구출하러 갈 생각이네. 어느 녀석들이 납치해 갔는지 조금은 감이 잡히니까. 자네의 우정은 영원히 잊지 않겠네."

노린내는 김득수한테 거짓말하고 있는 자신이 조금은 부끄러웠다. 그러나 연지가 납치됐다고 속이는 자체는 김득수에게 하등의 손해될 일은 아니었다. 보안을 위해서 속이는 것뿐이니까.

"자네의 의기는 알겠네만 내 부탁도 다시 한 번 생각해보게. 그대가 그 여자를 돕는다 해도 나는 자넬 위해 뛰겠네. 자, 가 보게. 시간이 없을 테니."

"고맙네. 김 형. 자네의 깊은 우정을 잊지 않겠네."

그렇게 말한 노린내는 방을 나오다가,

"잠깐 기다려주겠는가? 정염이하고 간단히 이야기하고 다시 올 테니."

"그러지. 그 사이야 못 기다리겠나."

골방은 어둑하였어도 둘은 서로를 살필 수 있었다. 정염은 한동안 가만히 생각에 잠긴다. 노린내는 진중하게 기다렸다. 정염은 이 긴박한 상황과 김득수의 말을 함께 엮어 사태 파악을 하고 있는 것이었다.

"정염이, 뭐가 어떻게 돌아가는 건지 알겠는가?"

다급하고 불안한 마음에 기다리다 지친 노린내가 물었다.

"금방은 모르겠지만 조금만 지나가면 정리가 될 듯도 싶습니다. 가면서 정리를 하지요."

"어딜 가는데?"

"여기를 떠야 하지 않겠습니까."

"하긴 그렇네. 갈 곳이 있겠는가?"

"조금은 좋은 방법이 있을 듯합니다. 한데 저 김 사장이 말한 하루라는 용어가 참 중요한 것 같습니다."

"그런가?"

"김득수 사장한테 이거 두 가지만 물어 주십시오. 이 집을 어떻게 알았는가. 이 집을 알려주는 사람이 이 집을 어떻게 묘사하면서 알려주었는지. 그리고 하루 뒤에 무엇이 끝나는 것인지, 그 뜻이 무엇인지 아는가 하고요."

"알았네. 물어보고 그들을 보내고 오겠네."

노린내가 건넌방 방문을 열자 김득수는 일어섰다.

"자, 나는 그만 가 보겠네. 그대의 시간을 빼앗아서는 안 된다는 생각이 자꾸 나네. 아까 말했지만 하루, 이 하루가 중요할세."

"그런가. 한데 그 하루가 무엇을 뜻하는가?"

"이 하루는 자네의 생명을 살릴 수 있는 시간일세. 이 하루를 보이지 않아야 하네."

"누구한테?"

"저들한테."

"저들이 누구인가."

"그건 나보다 노 포교가 더 잘 알지 않는가?"

"얼마 전까지는 그랬네. 하지만 지금은 저들이 누구인지를 모르겠어. 한 조직이 아니라는 생각이 드네."

"그건 나도 모르지. 내일 하루를 뛴 뒤에는 알아낼 수 있겠는데 그 사이가 문제이네."

"좋네. 한 가지만 더 묻세."

"말해보게."

"이 집은 어떻게 알았는가?"

"으흠, 그게 중요한 건가? 두 사람이 이야기하는 걸 들었네. 이렇게 이야기하대. 전설에 숭례문을 만든 대목수가 해탈문을 만들었다고 되어 있지. 그자가 해탈문을 지나갔다 하니 틀림없이 그 대목수의 후손 집에 갔겠구만, 하고."

"해탈문을 만든 대목수 후손 집?"

노린내는 너무 놀라 김득수가 한 말 그대로를 되뇌었다. 저들은 이 건축학상의 극비도 다 꿰고 있다. 그 비밀은 정염이 최근 알아낸 것이었다. 한데 저들은 이미 알고 있고 최대목의 집까지 아는 게 아닌가. 그렇다면 이 세상의 비밀을 다 아는 조직일 터이었다. 결국 우리는 그 손바닥 안에서 놀고 있고!

"정확히 그렇게 말하였네. 그럼 가겠네."

"고마웠네. 조심해서 가게."

김득수가 섬돌로 내려서자 대청 끝에 걸터앉아 있던 김중수가 안내하듯 앞장선다. 노린내는 대문 밖까지 전송하였다.

"들어가게. 몸조심하고, 내 충고를 잊지 말게."

"알았네, 잘 가게."

김득수는 뒤를 돌아보며 고개를 끄덕이고는 김중수를 따라 걸어갔다. 아마도 김중수는 허리춤에 무기를 지니고 있는 것 같았다. 걷는 품도 힘차고 날렵하다. 무술을 갖춘 무인이 틀림없었다.

김득수가 열 걸음쯤 갔을 때, 노린내가 쫓아가며 김득수를 불렀다.

"김 형, 잠깐만."

"무슨 일인가?"

김득수가 되돌아 서서 기다렸다.

"동무, 그대가 사준 이 단검은 정말 명검일세. 오늘 하루 사이에 세 번이나 나를 구해주었네."

"아, 그랬어?"

"무술이 엄청난 고수와 맞닥뜨렸는데도 이 검 덕분에 이겼네. 조선 굴지의 무인이 이 검 아래에 무릎을 꿇었지. 두셋이 죽고 네댓 명이 중경상을 입었네. 나도 오른팔에 중상을 입었지만서두."

"그랬는가. 좋은 검인 건 확실하지만 많은 사람을 살상하는 걸 보니 무섭기도 하군. 조심하시게."

"알겠네. 한데 득수, 이 검의 이름을 지었네."

"이름을 지었어? 뭐라구?"

"관포검이라고 지었네."

"관포검?"

"으음, 관포지교, 알지? 관중과 포숙아의 고사 말일세."

"잘 알지."

"거기서 따서 지었네."

"오, 좋은 이름일세. 우리의 우정이 영원하라고 지은 거군. 그러면 전제가 결코 발동하지 않을 테니까 말이야."

"그러네. 득수, 괜찮지 않은가?"

"좋구말구. 정말 잘 지었네."

"그렇지? 우리의 우정은 영원한 거니까."

"암, 영원해야지. 관포검한테 부탁하고 싶네. 자네를 잘 지켜주라고!"

"하하하, 관포검이 자네 말을 들었을 것이야!"

"조오치! 그럼 가겠네."

"잘 가아."

김득수는 긴박한 현실과는 상관없이 환히 웃으며 왼손을 들어 흔들고는 뒤돌아 걸어갔다.

노린내는 멀어져가는 김득수를 쳐다보며 한동안 서 있었다. 그 순간은 몸빠진살의 무서움도 잊고 있었다.

한데 노린내는 저렇게 좋은 동무를 두 번 속였다. 하나는 연지가 납치당하였다고 거짓말하였고, 또 하나는 새 동무의 우성이 돈독하면 검의 전제가 발동하지 않는다는 장인의 말, 그 말이 말짱 거짓인 것을 알려주지 않았다.

그러나 노린내는 부끄럽지 않았다. 진정으로 동무를 속인 것은 아니니까. 동무의 애틋한 마음을 진실로 알았고, 그 마음을 조금이나마 위로해주고 싶었을 뿐이다. 그저 왠지 모르게 슬픈 생각이 드는 게 스스로도 이상할 뿐이었지만.


자향과 새우젓패가 배에서 내린 곳은 동작나루 오른편 바돌섬의 건너편 북안이었다. 둔지산 계곡서 흘러내린 작은 시내가 한강으로 들어가는 샛강 왼켠에 배를 댈 수 있는 나루가 있었다. 부근 어부의 배 한 척이 흘러가는 강물에 흔들리며 잠을 자고 있었고 사람은 그림자도 없었다.

이번에는 정말로 헤어지는 판이어서 새우젓패와 계회와 어부들은 작별의 말이 분주하고 애틋하였다. 그도 그럴 것이 상길이를 외삼촌에 안기어 주진 못했어도 포교들과의 도하작전에서 일방적으로 멋지게 승리한 것 아닌가. 그야말로 영원한 무용담으로 남을 멋진 일을 해내었던 것이다.

"기수 아저씨, 너무 고맙습니다."

석수의 인사는 단순한데,

"행수 어른, 두뭇개대첩은 우리 인생에 영원한 추억으로 남겠지요?"

보욱의 초는 식초보다 더 시큰하고,

"그렇구말구. 나중 늙거든 손자들에게 이야기해주어. 내 이름도 함께 말이야. 전설처럼 내려가게!"

기수 행수의 응대는 영웅담을 만들고,

"물론입지요. 기수 아저씨 이름, 꼭 전하고 말굽쇼. 이 살수호와 함께요."

항슬은 사관(史官)같이 굳센 약속을 한다.

"조심들 해. 무슨 일 있으면 또 연락하고. 일들 빨리 끝내!"

한 어부의 격려도 마음이 따뜻하였는데, 사내들의 의리 못지않게 두 처자의 헤어짐은 애틋한 정이 면면하였다.

"아씨는 몸조심해요. 곧 행복하게 될 거야! 절대 실망하거나 좌절하지 말구!"

"그래요. 정말 고마워요. 계회 맹주, 은혜는 잊지 않을게요. 오늘의 고마움은 두뭇개대첩과 함께 우리들 가슴속에 영원히 살아 남을 거야."

"그러문요. 자향 아씨는 내 잠깐 사귀었지만 선녀 같은 여자여요. 사랑 순수 친절 양심 정의 이상 겸손 미소 진리 성실 정직 지혜 용기 소박이 똘똘 뭉친 처자셔요."

계회가 아름다운 단어를 총동원하다시피 주워대자 자향만이 아니라 옆에서 듣던 사내들도 모두 놀라서 입을 하 벌리고 감탄하고 만다. 그런 모

습을 보자 계희는 깔깔대고 웃으며,

"아니, 우리 자향 아씨의 덕목을 내가 좀 주워섬겼기로소니 왜들 놀래요? 아씨의 또 다른 덕목도 알려드리까?"

"그래 봐요!"

"우직한 석수가 궁금하다는 투로 대답하자,

"아씨는요 그 밖에도, 순결 청순 희생 생명 인내 감동 평범 소망 용서 성숙 추억 영혼 눈물 은혜 그리움 정겨움 그리고 빛이 그득한 분이어요. 자, 이렇게 설명하니까 알겠어요?"

"우아 놀랍다. 계희 맹주가 이렇게 말이 아름답고 표현력이 좋은 줄은 상상도 못하였네!"

욱자가 감탄하는데 자향은 그녀의 고마움에 온몸이 떨릴 정도로 절절하였다. 한데,

"역발산혜기개세!"

계희가 오른팔을 흔들며 느닷없이 소리쳤고,

"우혜우혜내약하!"

자향도 오른손을 치켜들며 번개같이 순발력을 발휘해 외쳤다. 여자들의 벼락 같은 구호에 모든 사내가 처음 어리둥절타가 이내 껄껄대고 박장대소했다.

자향과 계희는 한강을 건너가고 넘어오면서 소곤소곤 온갖 이야기를 다하며 정도 들었지만 이제는 생각하고 행동하는 호흡까지도 척척 맞아떨어졌던 것이다. 그것은 정말로 멋진 만남이요 서운한 헤어짐이었다.

살수호가 물가에서 떠나 선수를 삼개 쪽으로 틀을 때 보욱이 기수 행수한테 손짓하며 급히 말하였다.

"행수 아저씨, 가자마자 살수에 흠집난 것부터 처리하십시오. 굴대 쪽에 칠이 많이 벗겨지고 상했습디다."

"그건 알고 있네. 우리 아씨가 깔깔대고 웃은 게 문제이지!"

"그리고 중요한 건, 한강 남안 쪽으로 해서 밤섬까지 갔다가 삼개로 들어가세요. 무슨 말인지 알겠지요?"

"알았네. 좋은 꾈세. 나도 여러 복안이 있네."

"살펴서 가세요."

"그래애."

새우젓패는 살수가 뽀오얀 어둠이 내린 한강 저쪽으로 빠르게 사라지는 것을 보며 언덕 위로 발걸음을 재촉하였다.

그들이 모래 언덕을 넘고 숲을 들어 한참을 갔을 때 아까부터 뒤로 처지던 자향이 그만 풀 위에 풀석 주저앉고 만다. 그동안도 정말 힘들었지만 오늘 하루의 강행군이 자향으로서는 너무나 버거웠던 것이다. 더구나 상길이를 안고 뛰거나 속보로 강행군하였으니 벌써부터 한계점에 다달아 있었다. 그녀는 쓰러지면서 미끌어져 내린 상길이를 보듬어 안았다. 아이는 정신없이 자고 있었다. 자향은 지친 모습으로 쌕쌕 자고 있는 상길이를 잠시 들여다보고 재차 껴안으며 항슬과 보욱에게 미안해하였다.

"힘드시죠?"

뒤에서 받쳐주던 항슬이 무릎을 꿇고 자향을 부축해주면서 위로했다.

"미안해요. 더 이상 못 걷겠어요."

"그럼 어디서 좀 쉬어야 할까?"

그 말에 앞에서 기다리던 보욱이,

"그럼 어디 가서 잠시 쉬세. 저들은 배가 없어 당분간 우릴 쫓아오지 못할 테니 말야."

"그렇더라도 은밀한 곳에서 쉬어야 하는데."

"은밀한 곳이요?" 욱자가 끼어들었다. "저 왼쪽 숲을 지나면요 외딴 집이 한 채 있습니다. 이곳 왈패들이 피신처로 쓰는 곳입니다. 제가 좀 알지요."

"그래? 포교들은 잘 모르는 곳인가?"

"물론이지요. 더구나 문안서 온 포교들이야 걱정할 것 없습니다. 차 한 잔 마실 동안이면 닿을 수 있어요. 아주 으슥한 집이지요. 주인 내외도 속내 깊은 분이고요."

장흥동 초입의 작은 초가. 호롱불도 켜지 않은 작은 방에 두 사나이가 눈을 반짝이고 있었다. 안쪽에 앉아 있는 사내는 오른뺨에 칼자국이 나 있다. 김 상전과 밀담을 나누던 북촌이라는 사나이다. 앞의 사나이는 김득수를 따라왔던 김중수였다.

"그러니까 저들이 납치한 계집은 연지라는 애가 아니다, 이것이지?"
김중수가 물었다.

"그래. 저들은 이제사 그것을 알은 거야. 가소로운 자들이지."
"우리의 임무도 연지를 없이 하라는 것 아닌가."
"물론이네. 허나 장시후랑 같이 없애야지 하나씩은 안 된다는 것이네."
"그 이유는?"
"생각해보면 알 게 아닌가."
"무슨 말인지는 알겠는데……"

김중수가 말을 끌자 북촌은 더는 말을 안 하고 눈을 흘깃흘깃 굴리며 상대를 정탐하듯 바라보았다. 김중수는 그런 북촌을 아예 쳐다보지도 않고 눈을 게슴츠레 뜨고 뭔가 생각에 잠긴다. 김중수는 북촌을 멀리 두고 생각을 하는 듯하고 북촌은 김중수를 가까이서 살피려는 투다. 그것은 한 사람은 밖으로 사람을 대하고 한 사람은 안으로 보려는 것과 흡사하였다.

한참 뒤에야 북촌이 작은 소리로 물었다.

"중수, 우리 애들을 두 조로 나누었네. 하나는 성곽 쪽에 배치하고 다른 한 조는 숭례문 빠지는 길에 숨겨놓았지. 자네가 성곽 쪽을 맡아주게."
"그러지."
"우리의 방략은 저들이 손을 쓸 때 기회를 잡는 거네. 절대 우리가 먼저 나서거나 노출되어서는 안 되는 거구."

"알겠어. 한데 노 포교는 어떻게 해야 하나."

"물론 처치해야 하지."

김중수는 조금 머뭇거리다가 입을 열었다.

"김득수 사장과 함께 갔을 때 살펴보니 노 포교란 사람은 심성이 착한 것 같던데."

"그자가 우리의 제의를 받아들이지 않았다고 하였지 않은가?"

"그건 그랬지."

"사람을 죽이고 살리고 하는 일에 심성은 필요치 않네. 살수답지 않은 말을 하는구만. 자네가 손을 쓰기 싫으면 다른 수도 있네."

"무슨?"

김중수의 떨떠름한 반응에 북촌은 눈을 스르르 감으며 뜸을 들이고는,

"중수, 저들은 곧 움직일 게야. 어디로 갈 것 같아 보이던가?"

"그건 알 수가 없지. 득수 형님은 노 포교에게 손을 떼라 강조하였는데 노 포교는 하루를 피하라는 말에 굉장히 괘념하더군. 어쩌면 이 하루를 피해 어딘가로 가고 싶은 충동은 있는 것 같은데 그들 속에 궁녀와 내시도 함께 넣고 싶은 태도였거든."

"그건 안 될 소리지. 좋네. 그럼 움직이세. 저들이 움직일 시간이 지나고 있다구."

"그럼 난 성곽 쪽으로 가네. 북촌도 조심하게."

"연락은 긴밀히 해야 하고, 필요할 경우 내가 사람을 보내지. 아까 부탁한 대로 움직여 주어."

"알았네."


세 사람은 집 뒤켠 울 사이를 비집고 옆집으로 기어 들어갔다. 최대목이 우스꽝스럽게도 곡괭이를 들고 앞을 섰고 연지와 장시후가 뒤를 쫓았다.

최대목은 상처난 곳을 하얀 헝겊으로 둘렀는데 눈에 띈다 하여 검은 장삼을 걸쳤다. 겉으로 보아서는 하나도 다친 사람 같지 않았고 왼쪽 어깨를 맞은 화살의 상처도 사실 가벼웠다.

옆집 뒤뜰을 스무 발짝도 안 가서 최대목은 오른쪽 귀퉁이에 나 있는 쪽문을 은근슬쩍 건드렸다. 문이 열리자 최대목은 거침없이 들어가고 일행은 허둥지둥 뒤를 따랐다.

허름한 초가의 뒷마당이었다. 아마도 저켠에 길이 있고 그쪽에 대문이 나 있는가 보았다. 그러나 최대목은 앞마당으로 나가지 않고 왼켠 울 쪽으로 가더니 개구멍 같은 곳으로 기어 들어갔다. 덩치가 장수같이 큰 사람이 곡괭이를 들고 연신 개구멍으로 들어가는 게 영 어울리지 않았다. 왜 곡괭이를 들고 있는지도 알 도리가 없다. 경황 중에 물어볼 수도 없었다.

연지는 남장을 하고 있었다. 그녀는 최대목의 손짓에 따라 개구멍으로 들어갔다. 장시후가 맨 뒤에 들어왔다. 나와 보니 또 다른 집의 뜰이었다.

최대목은 역시 집을 옆으로 돌아나가서 앞쪽으로 나아갔다. 늦은 밤이라 모두들 잠이 깊을 터라 인기척이 없다. 앞마낭이 꽤나 넓다. 대문은 조금 큰 삽짝 정도이다. 문을 살짝 열고 나갔다. 작은 길이 좌우로 나 있고 앞쪽은 숲이다.

최대목은 왼쪽으로 길을 조금 따라가다 숲으로 들어갔다. 장시후는 그 사이의 집들에 개 한 마리 없는 게 천만다행이라고 생각했다. 최대목은 아무 거리낌없이 서벅서벅 숲을 걸어갔다. 길 아닌 길을 훤히 아는가 보았다. 차 한잔 마실 시간을 걸었다. 성벽이 나왔다.

큰 나무들이 있는 곳에 오자,

"여기서 기다립시다. 만일을 위해서 이 덤불 속에 숨을까요."

셋은 덤불 속에 쭈그리고 앉았다.

장시후는 이제 조금 안심이 되었다. 초가 두 채의 울을 넘나들며 돌파해 올 때 얼마나 애를 태웠는지 모른다. 행여 칼을 든 포졸이라도 만난다면 어쩌나 가슴을 졸였다.

장시후가 최대목에게 속삭였다.

"노 포교들이 여기로 오게 되어 있습니까?"

"그렇습니다."

"왜 우리랑 같이 행동하지 않는 것이지요?"

"저들은 우리 집도 찾아낸 귀신들입니다. 우리를 감시하지 않겠습니까. 그들을 따돌려야죠. 언제 접전을 벌일지 몰라 이렇게 두 조로 나눈다는 겁니다. 우리가 잘 사라지고 있는지 살피다가 집을 나선다는 거지요. 노 포교는 무술이 강하니까 접전을 벌여서라도 저들을 물리치고 오겠다는 복안인 모양입니다. 모두 정 도령의 꾀이지요."

최대목의 말하는 투는 정염을 하늘같이 믿고 있었다. 하긴 지금 그들은 정염을 믿을 밖에 없는 상황이었다.


소대규는 오늘 밤 외삼촌을 새삼 다시 보았다. 역시 외삼촌은 기대했던 대로 아는 게 많은 분이었다.

그가 쌍리동 외가에 도착한 시각은 술시 직전. 외삼촌은 퇴청해 밥을 먹고 느긋하게 드러누워 잠을 청하고 있었다. 허둥지둥하는 조카의 말을 그저 무심한 표정으로 듣던 허 판관은 말이 끝나자 시큰둥하게 물었다.

"그러니까 네가 해탈문을 들어갔단 말이냐?"

"해탈문요? 제가 말씀드린 게 해탈문이란 겁니까?"

"그렇다. 좋지 않은 일이다."

"해탈문이란 것은 어떻게 아시며 왜 좋지 않다고 말씀하시는 겁니까?"

"그 해탈문은 군문의 극비사항이다. 그걸 알게 되면 극비사항에 접한 건데 그로 해서 이것저것 사단이 날 수 있다. 다 잊어버리고 집으로 가거라. 아는 체하지 마라."

"그럴 수 있나요. 우리 어른들이 한꺼번에 곤욕을 치루고 있는데, 의리

없이 집으로 가다니요."

"내가 보기에는 그런 데 끼어들지 않는 게 좋겠다. 이런 일을 당하는 걸 보니 너를 나장으로 넣어준 게 잘못된 건지 모르겠구나."

"무슨 말씀이세요?"

"정 의리를 지키겠다면 안가로 돌아가서 그냥 밤이나 함께 새워주렴."

"외삼촌, 그럴 수는 없습니다. 곽 포교가 나라를 배반하고 있고 저들은 범죄자들입니다."

"위험한 일이다. 그리고 곽 포교는 유능한 사람이고 신비한 데가 있는 분이다. 나라를 배반할 사람이 아니니라. 그를 함부로 보지 마라."

"여하간에 그들이 숨은 곳을 알 수는 없습니까?"

키는 작아도 다부진 몸에 날카로운 눈매를 지닌 외삼촌은 왠지 오늘따라 몸을 사리는 말만 하였다. 그러나 조카의 애달복달에 마음이 동하였던지 외삼촌은 마지못해 한마디 해주었다.

"장흥동 어름에 가면 유명한 목수가 하나 산다. 그가 해탈문과 관련이 있는 큰목수의 후손이란 말이 있지. 혹시 그 집으로 숨었는지 모르겠다."

"그렇습니까?"

"남산 숲 가까이 있는 집이라더라."

"알았습니다."

"조심하고 함부로 나서지 마라. 네 말에 의하면 그 노 포교란 자도 범상치가 않구나."

소대규가 안가로 갔을 때 안가는 분위기가 일신돼 있었다. 청포 철릭 무관 하나와 야행복 사내 서넛이 안방에서 뭔가 숙의하고 있었다. 동료 나장이 그의 소매를 끌어당겼다. 소대규가 먼저 물었다.

"공 형, 무슨 일이 있소?"

"밀사가 왔다오. 오늘 낮의 혈전 때문인가 보오."

"무슨 명령이 내린 걸까요?"

"그것까진 아직 모르겠소."

"우리 일을 보고하였소?"

"안 할 수가 있나, 사람이 죽었는데. 자넬 보자고 할 것이네."

그때 어떻게 알았는지 김 녹사가 나와 소대규에게 손짓하였다.

"소 나장이 뒤를 밟았다면서요?"

"그랬습니다.

"그럼 들어가 이야기 좀 합시다."

소대규는 속으로 찜찜하였다. 그를 맞는 곽 포교는 눈꼴이 좋지 않았다. 크게 다쳤으면서도 얼굴은 여느 때나 마찬가지였다. 역시 항심이 있는 무부인가 보았다.

"왜 나한테 보고도 하지 않고 미행했는가?"

말씨가 사납다. 소대규는 찔끔하였다. 그를 배신자라고 생각하였는데 곽 포교가 그걸 꿰뚫고 있다는 생각이 들기도 하였다. 여염집 뒷담에서 몰래 엿들은 걸 알고 있는 건 아닐까.

"시간이 없어서 정신없이 쫓느라고 그랬습니다."

"동료를 부를 시간은 있었고?"

"네, 그 정도 시간밖에는 없었습니다."

"조우했었다고?"

"그렇습니다. 낙동 성벽 있는 데서 두 차례 부딪쳐 싸우다가 힘이 부쳐 물러났습니다. 그때 동료를 잃었습니다. 그점은 죄송합니다."

"그대의 활솜씨는 일류일 터인데?"

"그렇지 않습니다. 노 포교란 자의 검 솜씨는 정말 무서웠고 몸놀림도 화살이 따라갈 수 없었습니다. 그자가 부상한 때문에 겨우 무사할 수 있었지요. 상대가 무서우면 활 솜씨도 잘 발휘되지 않는 것 아시지 않습니까."

"어딜 갔다가 왔는가?"

여기서 소대규는 망설였다. 외삼촌 이야기를 하면 장흥동 목수 집 이야

172

기까지 해야 한다. 그러나 그 비밀은 말하고 싶지 않았다. 곽 포교는 아직
은 믿을 수 없는 배신자니까.

"솔직히 말씀드리면 비겁한 마음에 집에 갔었습니다. 그러다 이래서는
안 된다는 생각에 사소한 도움이라도 되고자 다시 왔습니다."

거의 완벽한 답변이었다.

"알았다. 나가봐라."

한데 출동할 때 보니 그들은 모두 장흥동 쪽으로 가고 있었다. 그들이
해탈문 있는 곳을 지나 왼쪽 성벽 있는 장흥동 안골 쪽으로 들어갈 때 저
켠에서 흑의를 걸친 야행인이 나타났다. 야행인은 청포 철릭의 무인과 한
동안 숙의를 하더니 왔던 길로 사라졌다.

청포 철릭과 함께 진두지휘하던 곽 포교가 소대규를 불렀다.

"이 앞쪽으로 가면 왼쪽에 약간 큰 초가가 있다. 삼거리서 네 번째 집이
다. 뒤쪽으로 가면 별채 방에 사람들이 여럿 있을 것이다. 너는 우리가 신
호하면 뒷문으로 활을 쏘아 한두 사람을 명중시켜라. 사람을 죽이는 게 목
적이 아니라 저들을 경동시기자는 것이다. 임무가 끝나면 저 오른쪽 정자
뒤쪽에서 일행과 회동하도록!"

소대규는 담을 넘을까 말까 하다가 제대로 맞추고 싶은 욕심에 담을 넘
었다. 약속신호인 부엉이 우는 소리가 들릴락말락하였다. 마침 호롱불에
등치 큰 사내의 등짝이 창호지 사이로 훤하게 보이고 있었다. 한 발을 명
중시키는 순간 불이 꺼져 더 쏠 염이 나지 않았다.

노 포교에 대한 공포심도 있어 서둘러 담을 넘었다. 검은 그림자가 번개
같이 덮쳐올 때 소대규는 등골이 서늘하였다. 한데 무슨 외침소리가 들리
고 추적자는 돌아가 버렸다. 소대규로서는 천만다행이었다.

그가 동네 정자 뒤쪽에 도착한 직후 흑의인이 여인 하나를 업고 달려와
내려놓았다.

"이 애를 당장 안가로 데려가라!"

어둠 속에서 나타난 청포 철릭이 나장 하나에게 걸걸하게 지시했다.

"계집애가 뭐라 소리를 지르는데요."

"데려가서 확인해. 그리고 지시대로 하라! 별동대 일조와 이조는 명령대로 움직여라. 나머지는 대기하도록!"

소대규와 동료 나장은 가장 허름한 초가 북쪽에 배치되었다. 집과는 한참 먼 곳이었다. 축시가 가까웠을 무렵 오른쪽에서 발자국 소리가 들려왔다.

둘은 풀숲에 납작 엎드리어 발소리를 기다렸다. 어, 저건 그 도령이잖아. 웬일이야!

저녁때 노 포교와 함께 해탈문으로 사라진 도령이 머슴과 함께 그들이 있는 쪽으로 올라오고 있었다. 밤이지만 활 한 방이면 고꾸라뜨릴 수도 있어 보였다. 그러나 노 포교가 무서워 잠시 동태를 보았다. 동료 나장은 달달 떨고 있었다. 이런 일을 겪어보지 못한 무술이 없는 쑥맥 나장이었다. 죄 없는 백성한테는 큰소리치지만 유사시 칼을 들어야 할 때는 나 살려라 하는 전형이었다.

과연 노 포교가 뒤에 나타났다. 바람처럼 그들 앞을 지나간다. 담이 큰 소대규도 간담이 오그라들었다. 옆의 나장은 숨도 제대로 못 쉬고 있었다. 형편없는 짝패를 만났군. 용기 있다고 자부하는 소대규는 동료를 비웃었다.

노린내는 문안에 들어와 경복궁에서 냄새로 연지를 잡아낸 이후 이상하게 냄새를 멀리하고 있었다. 그것은 그 알량한 재주로 불쌍한 연지를 잡아낸 이후의 반동이었다. 내반원에서 두 남녀의 애처로운 이별과 슬픈 운명을 보고 자기도 모르게 냄새학을 멀리했던 것이다. 난장동에서 기습당하였을 때도 냄새를 소홀히 하였고 호현동의 혈전 직전에도 냄새를 발동하지 않았다.

조금만 냄새를 맡았으면 난장동의 미행자가 무술의 소유자임을 대번 알았을 터. 오늘도 마찬가지다. 불쌍한 계집아이가 고개를 끄덕였을 때 냄새를 시전하였으면 안가의 위험을 능히 감지했을 것이고 뒤쪽에서 아이를 죽이는 자들의 움직임도 알아내었을 것이다.

자기 자신에의 질타, 상상을 절하는 음모에 대한 멸시, 그리고 관포검에 대한 믿음. 이런 것이 혼재되어 자기의 장기를 멀리한 것이다.

허나 오늘 밤은 다르다. 초비상 사태요 존망지추이다. 더구나 살풍을 동반한 냄새들이 물씬물씬 풍겨오는 게 여느 때와 다르다. 최대목의 뒤뜰을 쫓아나갈 때 화살이 몸빠진살이기에 그녀석이 온 줄 알았지만 냄새도 그의 코를 자극하고 있었다. 해탈문까지 추적해온 그 미행자의 내음. 그리고 연지를 구출하러 달려갔을 때 안방 부근에서 나던 냄새들. 그 내음은 어디선가 맡았던 살수의 냄새, 죽음의 냄새였다.

최대목 집을 나와 오른쪽 길로 오십여 보 걸은 뒤 왼쪽 샛길로 빠질 때 살풍을 동반한 냄새는 절정에 달했다. 그것은 앞쪽과 뒤쪽에서 동시에 났다. 순간 노린내는 진퇴유곡임을 삼지하였다.

물론 정염의 예측대로라면 이곳서 적과 일차 조우할 것은 각오된 바다. 정염의 주문은 적을 만나는 즉시 전광석화로 물리치고 성벽을 따라 목멱으로 올라가 장시후 일행과 만나자는 것이었다. 한데 앞뒤로 두 적이 진치고 있을 줄은 차마 몰랐다.

이상한 것은 앞의 냄새는 뒤로 물러나고 있었고 뒤의 냄새는 천천히 다가올 뿐 습격할 기세를 보이지 않는 점이었다. 앞서 가던 정염은 '이상하다, 적이 없다' 하고 중얼거렸다. 노린내가 아무 응대도 하지 않자 영리한 정염은 더 이상 말하지 않고 둔쇠와 함께 계속 앞으로 나아갔다. 자기 바로 앞에 적이 있는 줄도 모르고.

노린내는 앞쪽 적과 뒤쪽 적의 중간에 위치하며 성벽을 올라갔다. 그것은 엄청난 모험이자 유일한 길이었고 이번의 행진이었다. 그렇게 백여 보를 올라갔을 때 앞쪽의 냄새가 왼쪽 멀리 사라졌다. 이상하다고 생각한 순간 몸빠진살의 냄새가 났다.

그렇구나! 노린내는 머리를 굴렸다. 앞서 가는 자와 잠복자로 바뀌어 있는 몸빠진살은 동패가 아니다. 뒤에 오는 자가 몸빠진살과 한통속일지 모른다.

노린내도 헷갈리는 두 개 세 개의 조직이 지금 그들을 에워싸고 있는 것이다. 그리고 웬일인지 이들은 빨리 손을 쓰지 않고 있다. 어쩌면 이들은 나보다는 연지와 장시후가 일차 목표인 모양이다. 그렇다면 길 없는 뒷문으로 보낸 연지와 장시후가 걱정된다. 놈들이 혹시 그쪽에 자객을 배치하지는 않았을까.

노린내는 몸빠진살의 내음은 무시하고 그 옆을 지나갔다. 아마 몸빠진살이 둔쇠와 정염을 공격하였으면 그 자리에서 죽었으리라. 노린내 나뿐만이 아니라 앞서 움직이는 세력에 의해서라도. 노린내는 이상하게 그렇게 믿어지는 것이었다.

오십여 보를 더 갔을 때 정염이 손짓하였다. 연지와 장시후 조를 만난 것이다. 그들은 몇 각이 안 된 사이에 다시 만났음에도 그렇게들 좋아하고 있었다.

노린내는 그런 그들이 안쓰러웠다. 하긴 앞뒤로 수많은 적들이 노려보고 있는 걸 모르는 게 행복일지 몰랐다.

그들은 성벽을 타고 올라가기 시작하였다. 최대목이 정염과 함께 맨 앞에 서고 둔쇠 뒤에 장시후가 남장한 연지와 함께 가고 노린내는 뒤를 맡았다. 성벽 왼켠은 숲이 우거져 언뜻 보아서 그들은 완전히 엄폐된 비밀통로를 가고 있었다.

일단은 정염이 예측한 대로 잘 돼가고 있는 셈이었다. 약속 장소에서 두 조는 아무일 없이 만났고 목표지점에 다가가고 있었으니까.

그러나 노린내는 여직 최대목의 집에서 적의 급습을 받은 충격을 억누르지 못하고 있었다. 해탈문을 통과하는 순간 그들은 미행의 두려움에서 정말로 해탈한 기분이었다. 최대목한테 목수의 길을 강의받을 때, 그 순간은 얼마나 행복했던가. 한데 그 완전해 보이는 보안을 뚫고 화살은 날아왔고 위기는 턱앞에서 요동쳤다. 정염이 연지를 위장해 놓은 것은 그나마 다행이었다.

그리고 김득수. 그의 절절한 우정은 노린내의 넓은 가슴을 고동치게 하였다. 하지만 예상 못한 그의 방문과 그가 전한 정보는 엄청난 충격이었다. 그가 가져온 여러 암시는 골격은 엉성하였어도 몸빠진살의 두려움 정도가 아니었다. 몸빠진살이 죽음을 노리는 독사의 혀라면 김득수가 암시한 저쪽은 장강처럼 덮쳐오는 죽음의 노도(怒濤)였다.

이제 무시무시한 흉계와 음모가 있는 것은 확실하였다. 그 노림은 연지와 장시후 그리고 나 노린내에 집중돼 있는 것도 확실하다. 더구나 그런 사실은 남산 성벽을 오르면서 확인되었다. 내일로 예정된 이처현 상선과의 만남은 이제 더 이상 필요할 것 같지가 않았다.

앞서 가는 정염도 노린내 못지않게 구제석인 생각을 하고 있었다. 지금 누군가가 우리를 보고 있다. 이렇게 쉽게 도망할 리가 없다. 그것을 전제로 움직여야 한다. 저 노 포교의 행동도 조금은 이상하다. 뭔가가 있다.

우리를 뒤쫓고 있는 검은 그림자는, 첫째 몸빠진살, 둘째 이처현 상선 수하, 셋째 김득수를 동원한 그들, 넷째 우리가 모르는 다른 조직. 이렇게 넷까지 세며 정염은 그들의 함수관계를 짜 맞추고 있었다. 정염의 기특한 추리와 노린내의 상하 좌우를 보는 형안과 냄새학을 합친다면 이 위기를 더 명쾌히 파악할 수 있을 터이었다.

앞서 가던 최대목이 집에서 들고 온 곡괭이를 내려놓으며 정염에게 속삭였다.

"사결이, 찾았다. 여기 여기. 넙적한 판이 툭 튀어나온 곳이 있지!"

"어디 봅시다."

그들이 서 있는 성벽 아래 바닥에 넙적한 돌이 삐쭉이 나와 있었다. 정염은 돌의 너비와 길이를 재어보고는 고개를 저었다. 언뜻 보아서는 판석 같았으나 규격이 틀렸다.

"이건 아닙니다. 여기가 남문서 천삼백 보쯤 되는 곳이요?"

"그쯤 되지."

"허나 아니요. 좀 더 가 봅시다."

그들은 다시 성벽을 따라 걸었다. 오십 보 정도를 더 올라갔을까. 최대목이 한군데 성벽 아래를 손으로 더듬으며 흙을 들어냈다.

"사결이 보게. 여긴 틀림없는 것 같애."

정염이 허리를 숙이고 바닥의 석판을 살폈다. 최대목이 흙을 긁어내며 석판의 크기를 가늠해본다. 좌우 너비 넉 자, 두께 세 치, 비책에서 말한 규모 그대로다.

정염이 소곤댔다.

"아래쪽을 파 보세요."

최대목이 능숙한 솜씨로 석판의 아래쪽을 곡괭이로 파들어 갔다.

소리는 최대한 내지 말고! 정염이 속삭이자, 알았네. 최대목은 곡괭이 소리를 내지 않기 위해 어깨에 힘을 주어 땅 아래를 팠다. 정염이 뭔일인지 몰라 궁금해하는 일행에게 소곤댔다. 노 포교만 빼고 이쪽으로 빙 둘러서요. 소리가 밖으로 나가지 않게. 그 말에 장시후 연지 둔쇠는 정염과 함께 최대목을 빙 둘러쌌다. 노린내는 아래쪽 나무 사이에 있는지 보이지 않았다.

서울의 성곽 축조는 태조 이성계가 개경에서 한양으로 도읍을 옮긴 이태 뒤인 태조 오년(서기 천삼백구십육년)에 이뤄졌다. 공사는 일차가 그 해 일월 구일부터 시월 이십팔일까지, 이차가 팔월 육일부터 구월 이십사일까지 있었는데 동원된 인원이 무려 이십만 명에 이르렀다. 그러나 둘레가 오만 구천오백 척(약 십칠 킬로미터)에 이르는 큰 공사여서 한 해의 축

조로는 충분할 수가 없었다.

특히 동대문은 그 기초가 될 땅이 낮고 습하여 말뚝을 박고 돌을 거듭 깔은 뒤에 성을 쌓았기 때문에 그 공력이 두 배 이상 들었다. 그렇게 온갖 곳을 공들여 쌓았지만 축성 뒤 비가 크게 내리고 눈이 나려 녹은 뒤에 엄청난 보수를 하여야 했다.

이 같은 개보수 공사는 수시로 있었는데 나라의 틀을 완성한 세종조에 대대적인 개축이 있었다.

세종 사년(천사백이십일년) 정월 십사일에 시작하여 이월 이십삼일까지 팔도의 장정 삼십이만 명을 동원한 공사는 사실상 한양 성곽을 완성한 대역사였다. 동원된 인원도 많았지만 농사철을 피하느라 살을 에는 추위가 극심한 한겨울에 공사를 해서, 저 따뜻한 남쪽에서 올라온 일꾼들은 서울의 무서운 겨울 추위로 엄청난 고생을 하여야 했다. 공식기록에만도 팔백칠십이 명이 죽었다고 나와 있다. 그러나 이 숫자의 서너 배가 넘는 사람이 희생된 건 말할 필요가 없다.

최대목 가전의 전수록에 바로 이 세종 때의 개축공사가 언급돼 있었다. 한데 전수록에는 '한양 성곽 개축공사 완료'라고만 씌어 있을 뿐 구체적인 내용이 없었는데 정염이 찾아준 대목비책에 극비 내용이 있었다. 물론 그 내용도 간략하고 은어적으로 써 있어서 정염이 해독해 내었다.

〈세종 사년 성곽 개축, 성상 윤음 의거 극비 출입구 네 곳. 하나 창의문에서 백악으로 천이백 보, 둘 혜화문에서 응봉으로 천오백 보, 셋 숭례문에서 목멱으로 천삼백 보, 넷 광희문에서 남쪽으로 삼백 보. 모두 광중, 너비 넉 자 두께 세 치 길이 스무 자 내외 석판하 연도. 유사시 팔대문외 밀사 급파 필요시 예비. 이 기록 궁에만 남길 것. 아는 자 즉시 처단될 것임.〉

이 기록으로 보면 세종은 역시 심기가 깊은 임금이었다. 한양이 포위되고 팔대문이 적의 감시하에 들어갔을 경우를 대비해 성곽 아래로 사람을 몰래 내보낼 수 있는 비밀통로를 예비해 놓은 것이었다. 얼마 전 이 비밀

을 알아낸 정염은 그저 재미있다고 손뼉을 쳤는데 오늘 그 비밀을 긴요히
써먹게 된 것이다.

"있다!"

최대목의 낮은 외침에 정염이,

"고리가 있을 거요, 잡아당길 수 있는 고리가."

"맞아, 있다. 열린다!"

최대목의 긴장된 외침에 정염은 아래쪽을 들여다보았다. 최대목이 나무
뿌리와 흙이 얽히고 설킨 컴컴한 속에서 네모난 석판을 들어올리고 있었
다. 휑하니 뚫린 구멍이 어둠 속에 드러났다.

"저쪽으로 나갈 수 있겠어요?"

"조금만 기다려 봐요."

"아마 큰 돌이 앞을 가리고 있을 거요. 어쩌면 얇을 게고."

"알았네."

정염이 둔쇠에게 속삭였다.

"가서 노 포교님을 모시고 와라."

"알았수!"

둔쇠는 흥이 나서 아래쪽 컴컴한 소나무 숲으로 내려갔다.


## 54. 들려오는 목소리


자향은 서 진사를 보고 깜짝 놀랐다. 서 진사는 아까부터 자향을 바라보
고 있었던 듯 빙그레 웃었다. 그리고는 다정하게 말하는 것이었다.

어둠의 사자가 가까이 오고 가슴이 아플 때는 깻잎에 마늘과 생강을 싸

서 된장을 담뿍 찍어 먹으면 돼요. 마늘은 날 것이어야 하고 두 쪽을 칼로 잘라서 넣는 게 좋구 생강은 얇게 뜨구. 거기에 날파를 함께 들면 좋은데 제 때에 있을지 몰라. 그리고 나서 속이 쓰리지 않게 꿀물을 탄 오미자차 한 사발을 마시면 속이 시원해지지. 그런 뒤 가장 좋아하는 사람 얼굴을 머릿속에 그리라고. 그래도 가슴이 시원히 열리지 않으면 뒷산에 나가 밝은 달을 쳐다보아. 가슴병이 씻은 듯이 사라지고 어둠의 세계는 흔적도 없이 사라질 터이니.

진사님, 그게 정말이어요? 그럼, 특효약이고말고. 알았습니다. 정 가슴이 아프고 답답하면 진사님 말씀대로 하겠습니다.

내가 가르쳐준 여러 가지 한방요법들을 잊어버리지는 않았겠지? 네, 잊지 않으려고 자꾸 머릿속에서 생각하곤 합니다. 그래 그렇게 열심히 해보아. 진사님 모시고 조금만 더 배우면 대부도 될 수 있을 텐데 아쉽습니다. 그럴 기회가 있겠지. 좋은 이야기야. 대부가 양반보다 낫지. 송진사네 골계머슴이 나한테 맨날 그 얘길한다구. 골계머슴요? 으음, 그 머슴 기억이 나지 않는가? 아, 우스갯소리를 잘 하던 기 큰 머슴 말이지요. 그래, 가슴이 갑갑하면 뒷산에 나가보아. 시원해질 게야.

그 말을 끝으로 서 진사의 얼굴이 흐릿하게 사라진다. 서 진사님, 서 진사님! 자향은 희미해져가는 서 진사를 부르다 꿈에서 깨어났다.

아, 무슨 꿈이 이렇게 뚜렷하지? 깻잎에 마늘 파 그리고 꿀물을 탄 오미자차를 먹으라고. 그게 무슨 특효약일까. 내가 수시로 가슴이 답답하고 눈앞이 어두워지며 이상한 형체가 어른거리는 것을 서 진사님이 어찌 아실까. 꿈속에서까지 나타나 조언을 해주시다니.

평소 꿈이 많은 자향은 서 진사를 꿈속에서 수시로 만나곤 하였다. 자향이 서 진사한테 의술을 설 배웠다고 아쉬워한 때문인지 서 진사한테 의술 배우는 꿈을 자주 꾸곤하였다. 그러나 이번처럼 뚜렷한 것은 처음이었다.

아마도 내가 어둠의 환영에 시달릴 때마다 서 진사님이 있으면 도와주실 텐데 하고 생각한 탓에 꿈에 나타나신 모양이구나.

자향은 서 진사가 의술을 설파하던 모습이 그리웠다. 겨우 며칠 전 일인데 왜 이처럼 그리울까. 그때 내가 너무 감동해서 그럴까?

서 진사는 두 시진 동안 열심히 의술을 가르쳐주고 조부 서거정이 국역한 향약집성방 필사본까지 한 권을 선물한 뒤 이렇게 갈파하였다.

자향이, 의술은 맑은 마음속의 진리와 지혜를 기르는 거란다. 심정부침(審情浮沈) 사람의 감정이 뜨고 가라앉음을 살피는 것이 첫째요, 이심치심(以心治心) 마음으로 마음을 다스림이 둘째요, 대기묘용(對機妙用) 근기따라 신묘한 방편을 응용함이 셋째요, 이화창생(理化蒼生) 진리로써 창생을 교화함이 넷째라. 약의 처방과 침술은 육체를 대상으로 하는 단순한 것이 아닌, 마음을 다스리는 것이어야 하느니라. 알았지? 기회 있을 때마다 이 책을 보고 공부를 해보게. 의술의 경지는 한이 없지만 연찬하는 사이 좋은 대부도 될 수 있을 걸세.

그 해맑던 서 진사의 웃음이 눈앞에서 어른거린다.

자향은 컴컴한 방의 천장을 바라보며 그렇게 망연히 누워 있다가 귀를 기울였다. 건넌방의 코고는 소리가 낮게 들린다. 그녀 옆에 재운 상길이는 쌕쌕 자고 있다. 상길의 볼에 입술을 맞추며 아이의 숨소리를 들어본다. 이틀 사이에 숨소리가 많이 달라져 있다. 이제는 건강한 아이의 듣기 좋은 숨소리였다.

자향은 머리맡에 개어 놓은 치마와 저고리를 입고 골방 문을 열고 툇마루로 조용히 나와 앉았다. 밖은 오히려 방안보다 밝다.

달을 보았다. 도토리를 뉘어 놓은 것 같은 반달은 만월 못지않게 요요한 밤을 환하게 비추고 있었다. 축시쯤일 터인데 풀벌레 우는 소리가 잦아들고 있다.

은은하게 들려오는 풀벌레 소리는 수년 전 어머니와 시골길을 가던 밤을 생각키워 준다. 몇 살 때였을까. 열살 때쯤? 자박자박 걸으며 개울을 넘던 생각이 난다. 시원한 밤, 아름다운 말, 따뜻한 정, 깨면 좋은 내일. 지금 생각하니 그때는 모든 게 좋았다. 그 시절의 소리들이 들려오는 것만 같다. 소곤 소곤 소곤, 귀청이 아련하다.

아무 근심 걱정도 없고 보고 겪는 모든 게 다 좋았다. 생각할수록 아름답다. 그렇게 좋은 세월이 왜 이다지도 아득한 옛날처럼 느껴질까. 행복하던 시절이 나한테서 사라져가고 있어서 그럴까? 풀벌레 우는 소리가 그때나 지금이나 똑같은 게 외려 슬프다.

그런 생각을 하자 모든 게 그리워진다. 애련한 생각에 눈시울이 뜨거워지고 가슴이 답답해온다. 오른손으로 왼쪽 가슴을 누르고 있는데 흐릿한 어둠 속에서 검은 환영이 뜬다. 보강무당의 얼굴이다. 가까이 오려고 한다. 가까이 와서 무언가 이야기하려고 한다.

자향은 고개를 흔들었다. 저 여자와 만나서는 안 돼. 자꾸 만나면 안 돼! 멀리 쫓아야 해! 눈을 크게 뜨고 머리를 세차게 흔들었다. 검은 환영이 다가올 듯하더니 자향의 저항에 밀려 서서히 물러간다.

입을 악물고 머리를 마구 흔들어내던 자향은 환영이 사라지자 건넌방에서 자고 있는 항슬을 생각하였다.

내가 무당 신들릴까 봐 덜덜 떠는 항슬이, 옥주비전을 빼앗아갔으면서도 수시로 수상한 눈빛으로 나를 관찰하는 항슬이, 내가 이상한 말만 하면 깜짝깜짝 놀라는 항슬이, 착하기도 하지.

한데 왜 보강무당의 환영은 내 마음속에 침투하려고 할까. 나를 진짜 삼대 보강무당으로 만들려고 발버둥치고 있는 걸까. 그렇게까지 나를 무당으로 만들고 싶어서 이 밤에도 주문을 외우고 있을까.

아니야. 보강무당은 우리가 떠나온 직후 죽었어. 그 느낌이 맞을 거야. 그녀의 혼이 지금 내 근처에서 날아다니고 있는 걸 꺼야. 그래서 그동안 세 번이나 내 앞에 환영으로 나타난 거구. 맞아, 그날 무당 댁을 떠나온 날 밤, 토방에서 포로로 잡혀 있을 때 보강무당이 어둠 속에서 나를 부르고 있었다. 그녀의 소리가 나를 부르고 내가 대답하려는 순간, 자객이 나타났었지.

거기까지 생각하자 가슴이 더 답답하였다. 자향은 신발을 찾아 신고 마당으로 나왔다. 자기도 모르게 집 뒤쪽을 돌아보았다. 뒷산으로 가볼까. 자향은 무심결에 그렇게 생각하고는 삽짝을 나와 집 뒤로 돌아갔다.

마치 내가 서 진사님 말씀을 좇는 것 같군. 이럴 때 서 진사님이 옆에 계시면 얼마나 좋을까.

자향은 집 뒤 야트막한 언덕에 올랐다. 언덕을 다 올라갔을 때 소나무 그늘 사이에서 검은 물체가 어른거렸다. 자향은 깜짝 놀라 그 자리에 우뚝 섰다.

무심코, 포교! 그 단어가 뇌리를 콩 하고 친다. 몸이 공포에 질려 얼어버린 듯 자향은 움직일 생각을 못 하였다.

어두움 속에 나타난 사람은 그러나, 포교가 아니었다. 유심현 지사님이었다. 아, 자향은 처음엔 놀라서 정말로 유 지사님인지 아닌지 머뭇거리다가 유 지사님인 걸 확인하고서야,

"지사님, 지사님! 지사님이 웬일이세요?"

반가히 달려갔다. 하마터면 유 지사님의 손을 잡을 뻔하였다. 마치 꿈속 같다. 유 지사님의,

"자향이군!"

하는 그 독특한 목소리를 들었을 때 자향은 이게 결코 꿈이 아닌 걸 알았다. 그녀는 너무 좋아 꿈벅 절을 했다.

"잘 있었는가. 얼굴이 많이 초췌해졌군."

"네. 지사님도 잘 지내셨는지요?"

"나야 잘 지냈지. 그대가 문제일 뿐이구."

"저도 잘 지냈습니다. 한데 지사님, 저 때문에 안방이가 죽었습니다. 너무나 불쌍하게 안방이가 죽었습니다. 안방이가 죽었어요!"

자향은 그 말과 함께 대번에 눈물을 흘리며 고개 숙여 흐느낀다.

"안방이 죽은 건 알고 있네. 너무 상심하지 말게. 그 앤 그렇게 죽을 운명을 타고났으니까. 그 앤 죽어서 좋은 것을 얻었을 게야."

"지사님도 서 진사님하고 똑같은 말씀을 하시는군요."

자향은 울먹이면서 대꾸하였다.

"그 엉터리 유학자가 그런 말을 하던가?"

"지사님, 그분은 훌륭한 선비셔요. 의술도 고매하셔서 제 목숨까지 살려주신 걸요."

"그거야 저가 마땅히 해야 할 일이고."

유 지사는 자향이 자결했던 것을 아는 양 말씀한다.

"그리고 금방 전 꿈에 나타나서 가슴이 답답할 때는 뒷산에 나가 시원한 공기를 마시라고 알려주시기까지 하였는 걸요."

"금방 전에 꿈에 나타났다구?"

"네, 그래서 여길 나오게 되었고 지사님을 만나게 된 거라구요."

"흥, 그 엉터리 유학자도 쓸모 있을 때가 있군."

자향은 더 이상 말하기가 민망하였다. 둘이서 서로를 못마땅해하는 것도 어쩌면 이렇게 똑같은지 몰랐다. 자향은 옷고름을 들어 눈물을 닦으며 딴 이야기를 하여야겠다고 생각하고 있었는데 유 지사가 먼저 묘한 질문을 하였다.

"우리 제자가 나한테 할 말이 없는가?"

"있습니다. 이것저것 말씀드리고 싶은 게 많은데요, 그 중에도 어젯밤 이쪽으로 오면서 느낀 게 있어요."

"뭔데?"

"지사님은 유명한 양반집 유택을 봐주러 오셨지요. 그렇지요?"

"그러하네."

"한데 그 유택이 너무 잘 보이고 너무 안 보이기도 해서 속이 상하셨구요."

"그러하네."

"제가 아까 오면서 보았는데요, 저 오른쪽 산등성이 가파른 곳에 좋은 곳이 있었습니다. 어둠 속에도 서광이 비치는 곳 같았습니다. 가파른 언덕인데 어쩌면 저렇게 좋은 음택이 있을까, 묘하게 그런 생각을 하였습니다. 어떻게 그 음택을 알아보았는지 저 자신도 모르겠습니다."

그 말에 유 지사는 퍼뜩 몸을 돌리더니 자향이 가리킨 곳을 잠시 바라보았다. 그리고는 몸을 천천히 돌리며 자향을 주시한다.

"그런 게 보이는가? 자향이, 그대는 역시 내 수발을 전수받아야 하는 특이한 제자로다. 그대가 말한 곳은 하늘이 내린 곳이니라. 거기는 아무나 쓰면 안 되는 묘장이야. 어느 끼 있는 풍수사가 혹여 그 명당을 볼까 봐 내 그곳에 나무를 옮겨 심은 바가 있지. 한데 제자가 그곳을 알아보는군."

"죄송하옵니다."

"죄송할 건 없네. 행여 저 명당을 다른 사람한테는 이야기하지 말게. 저 명당을 쓰게 되면 묘 쓴 자는 좋지만 우리나라엔 여러 가지 나쁜 일이 일어날 위험이 있는 곳이네. 그리고……"

"그리고요?"

"그리고 제자의 그 신기는 하루 빨리 떨쳐버려야 하네. 내 그것 때문에 온 것이야."

"네에?"

자향은 소스라치게 놀랐다. 유 지사님이 어떻게 그것을 알까. 감이 좋은 항슬이도 모르는 사실을. 오로지 나 홀로 전전긍긍, 헤매고 있는 이 엄중한 사실을 유 지사님이 아시고 계시다니! 그리고 그것 때문에 오셨다니.

"내가 판서네 묘장을 봐주러 온 것은 저 명당을 다시 살펴보기 위해서였지. 몇 년 전 그 묘장을 발견하였는데 지금도 좋은 명당으로 변하지 않고 있는지 살펴볼 요량으로 말이야."

"몇 년 전부터 저 명당을 알고 계셨군요."

"그럼. 한데 어제 이쪽으로 올 때부터 이상한 기운을 느꼈지 않은가. 나 정도의 풍수사도 가슴이 섬칫해지는 신기였네. 이것은 무엇일까, 웬 신기가 이렇게 치열할까. 한참을 헤매다가 엄청난 신내림을 당하고 있는 무당의 신기라는 걸 알았네. 그리고 며칠 전 꿈에서 본 그대의 얼굴과 그 신기가 합치되는 느낌도 받았지. 그래서 포교인 내 조카를 시켜 이 근처에 누가 있는지 알아본 것일세."

"그래서 절 찾으신 거예요?"

"아니지. 아무도 찾을 수 없었네. 한데 조카가 이야기하는 중에 그대가 이 부근에서 헤맨 사연을 들었지. 요 며칠 동안의 그대 행각과 고생한 것도 죄 알게 되었고. 함지박귀라는 포교에게 잡혔다가 누군가의 도움으로 도망나온 것까지."

"아, 그러셨어요. 조카인 포교님은 어디 근무하시는 분인데요?"

"동작나루의 포교부장이지. 우리 제자의 움직임을 잘 알고 있더군."

"그랬군요. 그리고 지사님은 며칠 전 꿈에서 제가 이상한 나락에 빠지고 있는 것도 느끼셨나요?"

"그렇네. 그대가 나에게 무언가를 호소하는 눈길이었지. 그래서 내 짐작하였네. 행여 그 신내림이 우리 제자의 것은 아닐까. 그 제자가 내 쪽으로 다가오고 있는 건 아닐까. 그 추측이 들어맞은 걸세. 산일을 봐주고 있는 이 판서 장원이 바로 뒤쪽 언덕 두 개를 넘으면 있는데 조금 전 잠이 깨더니 이곳으로 한번 와보고 싶은 생각이 나는 게야. 그래서 그대를 여기서 만나게 된 게지. 서 진사 때문은 아니고."

그 말에 자향은 슬쩍 웃었다. 또 서 진사님 이야기가 나온 것이다.

"지사님, 서 진사님은요, 지사님을 높이 평가하시던데요."

자향은 두 분이 사이좋게 지냈으면 하는 마음에서 조금 거짓말을 하였다.

"그럴 리가 있나."

유 지사는 고개를 흔들었다.

"내가 보기에 서 진사는 공자의 말씀을 마음으로는 새기지 못하고 문자로만 외는 그저 머리 좋은 유학자이고, 서 진사가 보기에 나는 귀신과는 벗하지 못하면서 담 너머 귀신 눈치나 보는 적당한 풍수사로 여기겠지."

자향은 우스운 중에 유 지사의 통찰력에 놀랐다. 서로가 얕잡아 보면서도 사실은 서로의 경지를 정확히 평가해내는 깊이가 엿보였기 때문이다.

유 지사는 오른쪽에 있는 하얀 바위에 걸터앉으며 자향에게 가까이 오라고 손짓하였다. 자향이 가까이 가자 손을 달라고 한다. 자향이 오른손을 내밀자 유 지사는 자향 손목의 맥을 진단하는 것이었다.

한참 눈을 감고 진맥하던 유 지사는 손을 떼고서도 눈을 뜨지 않은 채 뭔가를 생각하는 것이었다.

"왼쪽 가슴이 답답하지?"

"그렇습니다."

"왜 이런 일이 일어나게 되었는가?"

"약간의 사연이 있습니다."

자향은 보강무당과의 사연을 이야기해 주었다. 유 지사는 여전히 눈을 감고 자향의 말을 들었다.

"그래서 가슴이 너무 답답할 경우엔 어머님을 생각하며 저항했다고?"

"네, 그러면 한결 기분이 좋아지고 찬 공기가 가슴에 충만한 듯 시원해집니다. 가슴이 답답한 것도 검은 환영이 떠오르는 것도 조금은 사라지지요."

"어머님에 대한 믿음이 제자를 도와준 거로군."

유 지사는 그렇게 말하고 뭔가 잠시 생각하더니 자향의 눈을 빤히 들여다보고는 고개를 끄덕이며 말하였다.

"그대가 무당 신에 저항하는 힘이 대단할세. 놀라웁네. 내 그것을 극복할 수 있는 방략을 이야기해 줄 터이니 집행해 보겠는가?"

"지사님, 저를 구하여 주십시오."

"그대가 부탁하지 않아도 구하려고 하네. 그대는 내 애제자 아닌가."

"감사하옵니다."

"자향이, 어둠의 세계로부터 자유롭기 위하여서는 우선 마음이 맑아야 하네."

"저도 그런 생각이 들긴 했으나 어떻게 해야 마음이 맑아지는지 모르겠습니다."

"자향이, 그대가 존경하는 사람은 누구인가?"

"저야 아까 말씀드린 대로 우선 아버님 어머님이지요."

"그보다도 종교적으로는?"

"제가 불교는 딱이 믿는 건 아니지만 가끔 부처님께 기도를 하옵니다. 하지만 친밀하게 존경하는 분은 공자님이시구요, 또 우리 하눌님을 늘 생각합니다."

"하눌님을?"

"네."

"허, 그렇다면 자향은 내 적전 제자는 되지 못하겠군!"

유 지사는 웃으며 말을 계속했다.

"나로 말하면 귀신하고도 벗하고 공자도 좋아하고 부처님도 섬기지만 그대가 좋아하는 하눌님하고는 가깝지 못하네. 허나, 좋지. 하눌님으로도 어둠의 세계를 능히 쫓을 수 있으니까. 어쩌면 더 좋을지도 모르고."

그렇게 말한 유 지사는 고개를 끄덕이며 오른손으로 자기 옆을 가리켰다.

"자, 내 옆에 가까이 앉게. 내, 저들을 물리칠 방법을 이야기해 줄 터이니."

자향은 유 지사 옆에 가까이 다가앉았다.

일행이 모두 성벽 아래를 기어 나왔을 때 흙을 뒤집어 쓴 최대목은 벌쭉이 웃으며 몸을 털었다. 가전의 비밀이 사실로 드러난 게 그로서는 너무나 흡족하였던 것이다. 정염에게 다가가 작은 소리로 말하였다.

"사결이 됐지? 그럼 나는 여기서 집으로 돌아가도 되겠나. 우리 집이 걱정이 돼서 말이야."

그렇게 말하고 있는데 맨 나중에 나온 노린내가 오른손을 저으며 몸을 숨기라고 신호한다. 일행은 재빨리 성벽 아래 숲으로 몸을 숨겼다.

노린내는 관포검을 꺼내들고 바위 뒤로 몸을 사렸다. 분명히 누군가가 그들이 빠져나온 성벽 구덩이에 다가오는 소리를 들었던 것이다. 저들이 왜 갑자기 움직이기 시작하였을까. 우리의 탈출에 충격을 받았나. 해탈문과 최대목의 집까지 이미 알고 있는 자들이므로 우리가 뚫고 나온 비밀통로도 알고 있는 건 아닐까.

노린내는 바위 뒤에서 한동안 움직이지 않았다. 그가 둔쇠에게 손짓하였다. 둔쇠가 조심스레 다가오자 노린내가 속삭였다.

"빨리 아래로들 내려가게. 적들이 뒤에 있다. 밥 한 동자 지을 시간 전후해 아까 약속한 갑자 지역에서 만나세. 그래도 오지 않으면 을축 지역으로 옮겨가게."

"알았습니다."

둔쇠는 고개를 끄덕이고는 발소리를 죽이고 아래로 사라졌다.

노린내는 성벽 위를 올려보았다. 성벽은 지평을 이루며 하늘과 닿아 있었다. 누군가 성벽 위에 오른다면 그 형태가 훤히 보이게 돼 있었다. 좌우 어디에도 사람의 그림자는 없다. 아직은 성벽 밖으로 나간 사람은 없을 것이었다.

문제는 우리들이 지나온 성벽 아래 비밀통로뿐이다.

노린내는 숨을 깊이 들이쉬며 냄새를 맡았다. 여전히 냄새들이 난다. 오늘 밤은 정말 유별나다. 냄새가 너무나 많이 나는 것이다. 사방 좌우에서.

최대목이 비밀통로를 발견하고 있을 때 두 세력은 오른쪽과 아래쪽에서 그들을 관찰하고 있었다. 몸빠진살은 아래쪽에 합류하고 있었다. 노린내의 예상이 맞았다.

한데 지금 그들은 이상하게 움직이고 있었다. 앞선 자들은 성곽 위로 올라 성벽 사이로 밖을 내려다보고 있고 몸빠진살 조직은 통로를 지나오려 하고 있었다.

노린내는 여기가 결심할 때임을 직감하였다. 적은 많다. 성벽 사이로 이쪽을 내려다보고 있는 적은 살기를 드러낼 생각을 않고 있다. 아직까지는. 숫자도 둘 정도. 보류된 적이다. 허나 통로 입구에서 밖으로 다가오고 있는 저들은 넷이 넘고 살기도 느껴진다. 그들 뒤에 더 많은 자객이 있다는 느낌도 강렬하다.

일격에 저들을 통로 속에서 처치하는 수가 최상이다. 그렇지 않으면 지금 퇴각하여야 한다. 퇴각할 경우는 오늘 하루 종일 저들의 추적에 시달려야 할 것이다.

노린내는 숨을 깊이 들이쉬고 주천화후를 발동하였다. 정염이 처방해준 환혼연근단은 정말 효능이 좋았다. 복용한 지 두 시진이 넘어가면서 몸속의 기가 맑아지고 오른팔의 힘도 돌아와 있었다.

주천화후의 경지가 정상으로 올랐을 때 노린내는 앞으로 쏘아나갔다. 검은 사내 둘이 통로를 막 나오고 있을 때였다.

관포검의 살기는 하얗게 응어리져 날아갔다. 사내도 예측하고 있었던 듯 몸을 낮추며 칼을 휘둘렀다. 도광은 퍼런 빛을 발하며 관포검의 하얀 검광을 맞받아쳤다. 두 살기가 부딪치는 순간, 진중한 신음이 터지고 검은 사내는 뒤로 날아갔다. 뒤에 있던 사내는 동료를 왼손으로 받으며 옆으로 몸을 돌렸다. 그러나 워낙 좁은 곳이다. 관포검이 좁은 공간에서 사직별참 세로 옆을 그어가자 두 번째 사내는 바닥에 철퍼덕 고꾸라졌다.

그때 작은 목소리가 들려왔다. 노 포교, 빨리 내려가시오. 저들이 성벽을 넘어가고 있소! 노린내는 속으로는 화들짝 놀라면서 몸은 통로 밖으로 빼쳤다. 목소리가 누구건 그는 이렇게 번개같이 사라질 생각이었다.

노린내는 가파른 경사를 정신없이 달려 내려갔다.

경기도 적성현의 작은 개울을 사이 하고 북쪽마을과 남쪽마을에 동갑장 이 두 사내가 있었다. 둘은 시시한 시골의 사내였지만 개천에서 용이 나듯 빼어난 무인 자질을 지니고 있었다. 어렸을 적엔 같은 왈패여서 매번 주먹 다툼으로 서로 힘이 세노라 다투고 겨루던 두 사내는 나이 열다섯 때 세상 이 절딴이 나게 싸우고는 절친한 동무가 되었다. 그들은 자를 북촌 남촌이 라 하여 서로 부르기로 하고 죽을 때까지 의리를 지키며 살자고 맹서하였 다.

왈짜가 마음을 잡으면 어느 성실한 사람보다 나은 법이라 그들이 성인 이 되면서 동네의 칭송까지 듣는 착한 농부가 되었다. 그러나 북촌은 사방 에 동무가 많고 건건사사 상관하지 않고는 못 견디는 성미라 남촌처럼 깨 끔하게 살지를 못하였다. 수시로 포청 언저리를 출몰하다 급기야 서울의 금부에도 갇히는 신세까지 되었는데 그런 인연으로 어찌하다가 김수인 상 전의 시정 조직에 들어갔다.

죄지은 게 많은 북촌은 이름은 아예 묻어버리고 만사 북촌이라고만 행 사하였는데 남촌 김중수도 먼 인척 김득수와 연이 닿아 서울 와서 사는 바 람에 다시 왔다갔다하게 되었다.

김수인은 문무를 겸비한 환관으로 이처현의 시정 비밀조직을 통어하던 중에 북촌을 통해 남촌 김중수를 만났다. 대번 김중수의 사람됨을 간파하 였다. 바둑이 천하 고수급인 김수인은 심기 또한 유별나게 깊어서 이중 삼 중의 조직 운영을 하였다. 김중수도 그런 삼중 조직의 일원이 되었다.

김중수는 오늘 갑자기 김수인에 불려가 비밀특명을 받고 삼중의 임무를 부여받은 것이다. 북촌과는 같이 움직이되 부여받은 임무가 달랐다.

감이 좋은 북촌은 평소 김중수를 경계하고 있었다. 왠지 그가 자기보다 훨씬 깊은 뭔가를 가지고 있음을 느끼곤 하였다. 자기로 하여 김수인 상전과 한차례 인사한 적도 있는데 그 뒤에는 아무 연이 없는 것처럼 보였다. 그것이 특히 수상하였다. 그런 경계와 질투 가까운 의심이 일면서 영원하자던 친구의 의가 보이지 않게 훼손되고 있었다.

같은 동무라 하더라도 살다보면 격이 다르게 발전하는 경우를 본다. 젊어서는 저나 나나 별게 아니었는데 어느 세월이 지나고 보면 동무가 나보다 훨씬 빼어나거나 발전돼 있음을 발견하는 것이다. 북촌에게 있어 김중수가 그랬다.

오늘도 김중수가 김득수의 이름을 빌어 노 포교에 접근하기 위해서 와 있지만, 북촌은 목적이 꼭 그것만은 아님을 감지하고 있었다. 허나 남촌이 김수인 상전의 밀명을 직접 행하고 있는 것까지는 알 턱이 없었다.

김중수는 북촌과 헤어지자 성벽 쪽 부하들에게 가기 전 장흥동 정자나무로 갔다. 그가 정자 앞에 서자 침중한 목소리가 들려왔다.

"밤이 깊다."

"곧 밤이 샐 겁니다."

"새벽은 차다."

"곧 따뜻해질 겁니다."

김중수는 능숙하게 언적을 들이밀고 있었다. 행여 개어 올린 언적이 틀릴지 잠시 불안하였다.

"무슨 전갈인가?."

언적은 맞아떨어졌다.

"불령의 조직이 우릴 보고 있습니다. 새벽 별도의 지시가 있기 전에는 저들에 손을 쓰지 말라는 지시오."

의외였던지 잠시 말이 없다.

"그 외는?"

"계속 추적은 하되 선은 놓치지 말라는 것이요. 특히 노 포교는 놓쳐서는 아니 되오."

"알았노라."

김중수는 급히 자리를 떴다. 성벽으로 올라가며 턱에 붙였던 수염을 떼어내었다. 저들에게 드러나지 않기 위해 변장을 하였지만 반쯤은 얼굴이 팔렸으므로 조심을 하여야 하였다. 골목을 돌아가면서 그는 뒤를 따라오는 미행자의 발소리를 들었다. 패씸한 놈. 귀찮게 구는군.

김중수가 자리를 뜬 뒤 정자나무 안쪽에서 두 사람이 밀담을 나누고 있었다.

"저자는 믿을 수 없소."

청포 철릭의 목소리였다.

"허나 언적이 맞는데요."

곽 포교는 진중하였다.

"그럼 미행한 녀석이 돌아오면 다시 생각합시다."

"그러시지요."


자향은 여명이 트기 전에 잠에서 깼다. 유 지사님을 만나고 들어와 잠을 붙였을까 말까 했을 때 항슬이 문을 두드린 것이다.

"보욱이가 지금 출발하잡니다."

"벌써요?"

"네. 꽁보리밥이지만 요기를 하시지요."

"상길이는요?"

"걔는 업고 가다가 깨면 주먹밥을 먹이지요. 부엌으로 나오세요."

부엌에 들어가니 보욱이 된장국에 만 꽁보리밥을 홀홀 입에 퍼 넣다시피 하고 있었다.

어제 한밤에 언뜻 본 키가 작고 얼굴이 갸름한 아낙이 솥에서 된장국을 퍼서 자향에게 건넨다. 뚝배기에 담은 된장국을 받아들자 아낙은 소쿠리 속에 있는 꽁보리밥을 주걱으로 듬뿍 퍼서 뚝배기에 넣어준다.

자향은 숟가락을 받아들며 부엌을 살폈는데 석수와 욱자가 없다.

"욱이와 석수는요?"

"빨리 드세요. 걔들은 벌써 출발했습니다. 나도 뭐가 뭔지 모르겠어요. 보욱이 가면서 이야기하겠답니다."

항슬의 말에 자향은 의아한 눈으로 보욱을 보았다. 이 모든 조치는 보욱이 하고 있었으므로 그를 본 것인데 그는 알았다는 듯 고개만 끄덕이며 꽁보리밥을 입에 넣느라 정신이 없다. 빨리 밥을 들라는 눈짓이 급하다.

상길이는 자향이 등에 업을 때도 정신없이 잤다. 항슬이가 업고 갈까도 생각하였으나 상길이가 깨어나 요란하게 울까 봐 자향이 업기로 한 것이다. 자향은 아낙에게서 얻은 포대기로 상길이를 업었다. 그렇게 업고보니 이젠 훨씬 잘 걸을 것 같았다.

외딴 집을 나와 뒷산 숲을 들어갔을 때도 여명이 트지 않고 있었다. 숲은 그렇게 빽빽하지 않아서 등성이 하나를 쉽게 넘었다. 왼쪽 저켠에 초가 십여 채가 보였다. 아마 이 판서네 장원이 있는 동네인가 보았다. 그들은 초가와 거리를 두고 오른쪽으로 돌았다. 그렇게 반시진 가까이 걸려 뜸마을 뒤쪽 산허리를 넘어섰을 때 보욱은 걸음을 멈추었다. 큰 나무 사이에 듬성듬성한 바위가 앉아서 쉬기 좋은 곳이었다.

때맞추어 항슬이 물었다.

"보욱이, 이 밤에 갑작스레 어디로 가는 거야? 자초지종 좀 듣고 가자고."

"자초지종 좋지. 아까 전에 자다가 아씨 때문에 깼네. 한데 그때 삥하니 뭔가 생각이 오더라고. 야밤에 아씨는 어디 갔다 오셨소?"

그 말을 듣자 자향은 뜨끔하였다. 저 보욱이 혹 유 지사를 본 건 아닐까. 걱정이 된다. 하지만 시침을 떼고 후딱 대답하였다.

"가슴이 갑갑하여 밖에 나가 잠깐 바람을 쐬었지요."

"그러셨어요. 여하튼 아씨 덕분입니다. 아씨가 문 여닫는 소리에 잠을 깼는데 그 순간 뭔가 다급하면서 좋은 생각이 났습니다. 우리가 이렇게 늦게까지 자서는 안 된다는 생각이 말예요."

"왜요?"

"이유야 간단하지요. 함지박귀 일당이 지금 움직이고 있을 테니까 말예요."

그 말에 자향은 항슬을 쳐다보았고 항슬도 자향을 바라보았다. 둘은 똑같이 고개를 끄덕였다. 사실 그 생각은 아무것도 아니고 당연한 것이었다. 쉬운 생각일 터이었다.

보욱이 두 사람을 번갈아 보더니 바위에 걸터앉으라고 손짓하였다. 그러면서도 자신은 앉지 않고 두 사람 앞을 왔다갔다 하면서 입을 열었다. 그는 많은 청중에게 이야기하듯 말하였다.

그러면 우리가 왜 이렇게 서둘러야 하는가, 그리고 앞으로 할 일은 무엇인가를 설명하겠습니다. 간결하게 이야기합니다.

우리가 어젯밤 뽕나무숲에서 살수를 탄 시각은 해시 조금 넘어서. 북안 나루에 배를 내려 외딴집에 도착해 잠을 자기 시작한 게 자시 조금 넘은 시각. 자향 아씨가 마당에 나갔다가 들어온 게 축시. 그때 내가 깼고, 우리의 잘못을 느꼈습니다. 그래서 주인집 아낙을 깨웠습니다. 우리는 당장 빨리 움직여야 하고 두 조로 나눠 행동해야 한다고 생각했습니다. 갑조는 석수와 욱이, 을조는 우리 셋. 그렇게 나누는 게 좋을 것 같더군요. 갑조는 기왓골로 가서 상길이 외삼촌을 찾아내고 그분을 우리가 가는 곳으로 데려오는 역을 맡습니다. 둘은 축시를 한참 넘어서 출발하였지만 지금쯤은 와서 동네에 도착했을 거요. 왜 이렇게 두 조로 나누었는가 하면 우리가 전부 와서로 갔다가 만에 하나 포교들과 부닥뜨릴 경우 위험천만이기 때문이요. 지금 시각은 인시를 조금 넘었겠죠. 우리 셋은 여기서 북쪽으로 앞산 너머의 둔지산 서쪽 줄기에 있는 와요현(瓦窯峴)의 와요로 갑니다. 와요 동쪽 오십여 장쯤 떨어진 곳에 약간 높은 소나무숲이 있는데 그 오른쪽 가장 높은 곳에 숨어서 갑조가 오는 걸 기다립니다. 거기는 사방을 환히 내다볼 수 있어서, 바로 새골 비궁처럼 위치가 좋고 피할 방향이 많아서 선정했습니다.

여기서 와요는 반시진이면 도착할 수 있는데 아씨의 보행 능력에 따라 조금 늦어질 수도 있습니다. 갑조는 지금 도착해 외삼촌을 찾고 있을 터인데 밥 한 동자 지을 시간이 필요할 거구 외삼촌을 찾으면 거기서 북쪽 이태원 가는 길로 가라고 했습니다. 물론 마을서 바로 오른쪽으로 산줄기를 타면 금방 와요현의 우리와 만날 수 있지만 혹시 포교가 잠복해 있거나 뒤에 행선지를 알고 추적해올까 봐 빙 돌아오게 지시한 겁니다. 그 사이 추적자가 있는지 확인도 할 수 있게.

자연히 우리는 한참 늦게 출발하였어도 와요에 먼저 도착할 거고 여유가 있기 때문에 여기서 자세히 설명도 드리는 겁니다. 우리들이 만날 예정 시각은 묘시를 약간 넘이시인데, 욱사와 석수가 뭔가 일이 있어 늦을 수도 있겠지요.

그럼 다시 묻습니다. 왜 이렇게 서두르는가. 그것은 함지박귀 일당이 한강물에 빠진 것과 옷을 말려야 하는 시간 그리고 저들이 배가 없으므로 당분간은 안전하다고 생각한 우리의 안일함을 반성한 때문입니다. 입장을 바꿔 생각하면 이해가 쉬울 겁니다. 저들이 우리를 강물 위에서 놓치고, 배를 잃고, 옷을 말려야 하고, 배를 구하기 위해 헤매고, 겨우 배를 얻어서 한강을 건넌다면, 저들도 상길이의 외삼촌이 기와동네로 이사한 것은 훤히 알 터인데, 아이구 지쳤다 하고 잠을 자겠습니까? 우리 누구라도 그럴 경우 이를 악물고 밤행군을 강행하겠지요.

그러면 함지박귀 일당의 움직이는 시간을 예측해 봅시다. 그들은 기수 아저씨한테 박살이 나서 강물에 빠졌고 수영해서 접안할려면 우리보다 적어도 밥 한 동자 지을 시간은 걸려야 할 겁니다. 익사한 사람이 있거나 수영 능력이 부족해 물을 너무 많이 먹고 기절하는 등 소동을 피우는 사태가 있다면 그 두 배 정도의 시간이 걸리겠지요. 그러나 우리는 만사 최단시간을 계산해야 하니까 그 예외는 뺍니다. 그렇게 늦어졌다면 우리의 추리가 틀렸어도 상관이 없으니까. 그리고 가장 중요한 옷을 말리는 시간 역시 밥 한 동자 지을 시간쯤 계산할까요. 그래서 그들이 뽕숲에 도착하는 시간은 우리보다 한 시진 가까이 늦은 자시 못 미쳐서. 그때는 우리가 이미 강을 건너온 뒤지요.

그 다음, 어젯밤 우리가 어디서 배를 탈 건지 저들이 알아내는데 조금 헤맬 테니까 약간의 시간이 걸릴 거라고 내가 주장한 바 있는데 그것은 수정합니다. 상대방이 재깍 알아낸 경우를 가상해야 한다는 뜻이지요.

한데 뽕숲 근처에는 우리도 대충 보았듯이 근처 동네가 사는 걸로 보면 배가 없습니다. 그들은 결국 미놀나루까지 와야 배를 구할 수 있을 겁니다. 미놀나루까지 냅다 달리고 그곳서 배를 구하는 데 드는 시간은 얼마나 들까? 반시진과 한 시진 사이쯤? 그렇다면 미놀나루서 배를 타는 시각은 가장 빨라야 축시 못 미쳐서일 거고 거기서 기왓골로 가는 직선 행로는 바로 동작나루로 가는 방법밖에 없으니까 동작나루 도착은 축시 조금 넘어서일 겁니다.

그래서 우리 욱자와 석수의 출발 시각과 저들이 동작나루서 출발하는 시각이 거의 같다는 추리가 나옵니다. 거리는? 우리 쪽이 조금 가깝습니다. 그러나 그것도 불안하여 욱자보고 석수보다 단 일각이라도 먼저 가서 상길이 외삼촌 집을 찾으라고 했습니다. 나의 추리로는 욱자와 석수가 단 한 걸음이라도 먼저 기와동네에 도착할 것이라는 결론이요. 그래서 이렇게 서두르는 겁니다. 설명은 이상이요.

보욱의 장황한 열변은 순수한 설명이 아니라 하나의 강의 아니 강론이었다. 그것은 지리, 두뇌 회전, 인간 행동 능력, 환경의 영향을 합친 복합

강론이었다. 보욱의 논리가 재미도 있었지만 그 치밀한 생각과 조리정연한 추리 때문에 항슬은 물론 총기 어린 자향도 망연자실할 지경이었다.

이 보욱이는 그동안 생각했던 것보다 훨씬 치밀한 사람이군. 내가 지쳐서 쓰러지고 모두들 피곤해하니까 한숨 쉬어도 좋다고 할 때는 언제고, 두 시진도 안 돼서 이런 기막힌 추리로 우리의 위기를 직시할 수 있다니! 항슬이 말대로 언젠가 부자가 되는 건 확실하겠군.

항슬이 말하였다.

"질문이 있네."

"뭔데."

"어제 우리가 출발한 보강리나루 근처에는 포졸들이 한 덩어리 더 남아 있었지 않은가. 우리가 배를 타기 전 뒤쪽 물가에서 우리 쪽으로 더듬으며 정탐해 오고 있던 포졸들 말이야. 그들은 아무것도 안 할까. 저희 배가 한강 중심에서 격침당하는 걸 보지 못했을까. 틀림없이 보았을 것이라 난 믿네. 비상수법으로 어떤 연락을 취하려고 노력했을 것이고."

"그걸 생각하였어? 항슬이는 역시 대단하군. 나도 두 가지를 생각하였지. 우선 함지박귀 일행에 합류하지 않은 최윤보라는 포졸을 생각하였네. 욱자 못지않게 잘 달린다는 포졸 말이네. 그가 어쩌면 북쪽에 남은 포졸의 우두머리쯤 될 터인데 그가 할 수 있는 조치가 두 가지란 생각이지. 첫째, 동료의 배가 살수에 격침당하는 것을 보고 급거 어딘가에서 배를 구해 접응하는 것하고, 불빛 같은 것으로 연락하여 우리가 북으로 건너갔다는 것을 알고 우릴 추적해 오는 것, 두 가지일세."

"잘도 생각하였군."

"칭찬은 고맙네. 허나 내 생각은 그렇게 걱정할 게 없다는 결론일세. 전자는 배를 구하는 시간, 배를 저어서 남쪽으로 건너와 함지박귀와 접선하는 시간이 오히려 함지박귀 일행이 그냥 쫓아오는 시간보다 더 늦을 수밖에 없지. 그리고 후자는 최윤보가 무진장 빠르니까 우리가 넘어온 곳으로 정신없이 달려오면 위험할 수가 있네. 허나 불빛 같은 것으로 신호를 하는데 '기왓골로 간다'는 자세한 내용은 알려줄 수 없지 않은가. 다만 우리가 서쪽으로 간다는 정도는 알려줄 수 있겠고 무작정 이쪽으로 달려올 때 우연히 만날 가능성은 있지. 허나 시간으로 봐서 욱자를 따라잡을 수는 없고 약간 늦게 움직인 우리가 저 앞산을 넘을 때 행여 조우할 수는 있을지 모르네. 그 만일이 불안하다면 오른쪽을 잘 살피면서 가세."

자향은 보욱이의 섬세한 추리와 대응을 귀담아 들으면서 그의 동그란 얼굴을 정신없이 쳐다보았다. 그런 자향의 태도를 눈치챈 보욱이,

"아씨, 뭐 잘못된 거라도 있습니까?"

"아니요. 너무 치밀하고 완벽해서 무섭습니다."

"뭐가 무서워요?"

"함지박귀 일당이 보욱이의 예측대로 번개같이 나타나서 우리 욱자와 석수를 냉큼 잡지는 않을까 겁도 나고, 그렇게 영리하게 추리해내는 보욱이도 무서운 사람이라는 생각이 난단 말이지요."

"아씨, 그 말 칭찬하는 겁니까, 비아냥거리는 겁니까?"

"무슨 비아냥이니? 아씨가 그런 사람 아닌 건 잘 알잖아. 칭찬해줘도 찡짜를 놓는 건 뭐야?"

항슬이 옆에서 퉁박을 주었는데,

"호호호!"

"호호호."

보욱과 자향은 동시에 웃었다.

"자, 가자!"

항슬이 채근하자 보욱이 앞장 서고 자향이 그 다음을 따르고 항슬이 맨 뒤를 맡았다.

## 55. 효자의 눈

노린내는 달리면서 생각하였다. 그 목소리는 누구일까. 왜 도와주는 걸까. 귀에 익은 목소리 같기도 하고 생소한 목소리 같기도 한데 가늠이 잡히지 않는다. 하도 경황이 없어서 사실 목소리의 음색을 구분하기도 힘들었다.

이백여 보를 달려 내려간 뒤 노린내는 굵직한 나무 사이로 몸을 숨겼다. 숨을 죽이고 소리를 청탐하여 보았다. 멀리서 가끔 나무 부러지는 소리는 들려왔으나 사람 발자국 소리는 들리지 않는다. 인가가 보일 때쯤 되었다고 생각하였으나 나타나지 않고 있었다. 조금만 더 내려가면 인가가 나오겠지.

목소리는 저들이 성벽을 넘었다고 귀띔해 주었다. 그렇다면 이제 그들은 성벽 이쪽에 있다. 그럼에도 발자국 소리 하나 나지 않는다. 무서운 자늘이다. 연지와 장시후만을 노리는 것은 아닐 터이고 틀림없이 어제 안가의 복수도 겸할 속셈일 터인데 왜 성벽을 뚫고 나오기 전에 공격을 하지 않았는지. 이상함을 넘어 불가사의다.

정말로 생각할수록 이상하였다. 성벽에 붙어 있을 때 우리는 아주 취약한 상태였다. 한데 왜 망설였으며 그런 유예의 노림은 무엇일까. 그리고 저 목소리는 누구의 것인가.

방향을 어림잡아 보았다. 최대목은 성곽을 왼쪽에 두고 동쪽으로 산을 오르라고 하였다. 복숭아골을 오른쪽으로 보고 산을 바라고 옆으로 흐르면 백양나무가 우거진 숲이 있다는 것이었다. 하늘로 쭉쭉 뻗은 백양나무 군 안쪽이 그들이 약조한 갑자 지역이었다.

노린내는 천천히 움직였다. 성곽 위에서 조감하여도 볼 수 없게끔 나무 밑으로만 이동하였다. 차 한잔을 마실 시간을 움직였는데 백양나무숲은 보이지 않았다.

맞아, 최대목 같은 큰목수나 백양나무가 잘 보이지 우리 같은 사람이 백양나무가 잘 보일 턱이 있나. 복숭아골이 어딘지도 알 수가 없고. 경황없는 중에도 노린내는 피식 웃었다.

그 시간, 집으로 가고 싶다던 최대목은 정염한테 머퉁이를 먹고 있었다. 그들이 노린내의 지시에 따라 성벽을 내려와 숲길로 오백여 보를 갔을 때 최대목이 정염을 불러 세웠다.

"사결이, 난 그만 집에 돌아가 봐야겠어. 우리 안사람과 애들 그리고 잡혀간 여종이 어떻게 되었는지 영 걱정이 되어."

그 말에 정염이 눈을 부릅뜨고 퉁명스레 말하였다.

"최대목, 그대는 하나는 알고 둘은 모르십니까?"

"그게 무슨 말인가, 사결이."

"지금 상황에서 저들의 목표가 누구요?"

"그야 이 두 분하고 노 포교 아니겠나."

최대목은 옆에서 두려움에 조심조심하는 연지와 장시후를 가리키며 말하였다.

"알기는 잘 아시누만. 허면 최대목이 여기서 빠져나가는 건 좋소. 우리들이 어디 있으며 어디로 가고 있는지 그걸 저들은 알고 싶어할 것 아니요. 그럴 경우 당신이 나타나면 가만 두겠소?"

"글쎄?"

"글쎄가 무어요. 저들이 최대목을 보는 즉시 잡아다가 주리를 틀지 않겠소. 어디로 갔느냐구 말이요. 그럴 때 그 고문을 당해낼 수 있겠소이까?"

우직한 최대목은 말이 막혔다.

"최대목이 가지 않는 게 외려 집안이 안전한 거요. 아무것도 모르는 가족들을 저들이 잡아다 어따 쓰겠소? 그리고 세종조에 말이요. 평안도 자성군에 원나라 잔당이 시도 때도 없이 쳐들어왔을 때 누가 그곳 백성을 지킨 줄 아시오?"

"그걸 내가 알 수 있나."

"그곳에도 군사가 주둔하였지요. 허나 그곳 방위를 책임진 무관들은 여
진놈들만 보면 줄행랑을 놓고 우리 백성은 맨날 도륙을 당하여야 했소. 이
에 분개한 머슴 여덟 명이 나무창을 만들고 쇠스랑과 몽둥이를 들고 저들
과 싸워서 마을을 지켰다오. 바로 의병인데 그들의 분전에 온 고을 사람이
뭉쳐 적을 무찔렀다 하오. 어떻소, 장하지요?"

"장하구만."

"그들 팔용사는 나중 알고 보니 힘깨나 쓰는 자도 있었지만 비리비리한 머
슴도 여럿 있었다고 합디다. 하기야 머슴이라고 다 힘이 좋을 리 없지. 제
대로 못 먹은 놈이 힘이 있으면 얼마나 있겠소. 그럼에도 그들이 용맹하였
던 것은 목숨을 던지고 의기로 싸운 때문이었지요. 무술을 알아서만 싸우
는 게 아닌 거요. 죽기 바라고 싸우면 그 어느 누가 감당하겠소. 그들이 훌
륭해 보이지요?"

"훌륭하네."

"거봐요. 그렇게 잘 알면서 지금 이 두 분, 어려운 지경에 빠진 사람을
두고 힘이 장사인 최대목이 가버리려 하니 내가 이렇게 장광설을 펼치는
거요. 그리고 저 노 포교만 해도 그래요. 혼자서 저 많은 포졸 관군 자객들
과 어떻게 싸워 이기겠소. 그래도 저분은 굴하지 않고 싸우는 걸 보시오.
눈물이 날 지경이요. 이럴 때 힘이 없어도 애써 도와주면 그것같이 힘되는
게 어디 있겠소!"

"알았네. 사결이, 나도 따라감세. 여러분을 돕겠네."

최대목은 갑자기 사기가 툭 떨어진 목소리로 대답하였다. 정염은 그렇
게 축 늘어진 덩치 큰 목수가 알쓸하여 용기를 북돋우었다.

"역시 우리 최대목은 마음이 깨끗한 분이셔. 대목수님, 근사한 집만 짓
는 게 인생의 전부는 아니지 않습니까. 집만 있으면 뭐합니까. 집 안에 들

어가 사는 사람도 있어야지. 그렇다고 저 더러운 놈들만 좋은 집에서 잘 살면 되겠어요? 우리같이 순박한 사람들도 잘 보살피고 돕고 살려서 좋은 집 짓고 같이들 잘 살아봅시다."

"알았네. 가세. 내가 너무 이기적이었네. 내가 앞장 서지!"

최대목은 갑자기 의병같이 힘을 내더니 곡괭이는 아까 통로에 버리고 왔으므로 몽둥이를 하나 집어들고 앞장 서서 백양나무숲을 바라고 걸어갔다.


욱자는 마을 입구에서 들은 대로 네 번째 집을 세면서 가까이 갔다. 삽짝이 닫혀 있어 밀어 보려는데 왼켠 옆집 개가 왈왈 짖어댔다. 개 짖는 소리에 깜짝 놀란 욱자가 멈칫할 때 오른쪽 집 울 너머로 시커먼 사람 윤곽이 얼씬거렸다. 여명이 트기도 전에 일어난 할배 하나가 밖을 내다보며 욱자를 응시하고 있었다.

욱자는 모른 체하기가 머쓱하여 말을 붙였다.

"얼마 전 강 건너 사평리에서 이사 온 강씨네가 이 집 사십니까?"

오른손으로 왼쪽 집을 가리키자,

"그 집은 맞소만 웬일로 이렇게 새벽이 오기도 전에 찾아오시었소?"

할배는 쓸데없는 것까지 물었다.

"급한 전갈이 있어서요."

욱자는 적당히 주워대고 삽짝을 밀고 들어갔다. 삽짝은 지쳐놓았는지 쉬이 열린다. 옆집 할배가 보고 있으니 외려 들어가기가 편하다.

기역자 집이었다. 안방임직한 방문 앞에 섰다. 옆집 개가 계속 짖어댄 탓에 잠을 깨었는지 방안에서 기척이 있다. 욱자는 잘 되었다 싶어 문을 툭툭 두드리며,

"강씨 댁이시지요? 사평리서 이사 오신."

"누구 찾으시오?"

목소리가 아직 잠에서 덜 깼다.

"강씨를 찾습니다. 주인장 어른요."

"어디서 오셨소?"

"상길이네 집에서 왔습니다."

"네?"

문이 벌컥 열렸다. 시커먼 삼십대 사내가 놀란 눈으로 쳐다보며 물었다.

"샛별네가 무슨 일 있소?"

"샛별이라니요?"

"상길이 애미 말이요. 내가 샛별이 오빠요."

"아, 상길이 외삼촌이시군요. 그 일 때문에 왔습니다."

욱자는 밑도 끝도 없이 대꾸하곤 마음이 약해 더 말을 잇지 못했다. 당신 누이가 죽었습니다, 하는 말을 할 수가 없었던 것이다.

그때 멀리서 개 짖는 소리가 들려왔다. 저 건너편 동네에서 들려오는 소리다. 욱자는 대답보다 먼 데 개 짖는 소리에 가슴이 철렁하여 뒤를 돌아보았다. 자기들이 온 방향과는 다른 쪽이다. 바로 동작나루 가는 쪽이다.

그렇다면 혹시 포교놈들이 오고 있는 건 아닐까. 석수는 왜 이리 늦는 거야. 굼벵이처럼.

"여보쇼, 우리 동생네에 무슨 일이 있냐니까?"

"그렇습니다. 잠깐 저랑 같이 가십시다."

"이 꼭두새벽에 어딜 가잔 말이요. 우리 동생이 어떻게 되었소?"

"가면서 이야기할 터이니 옷 입고 빨리 나오십시오."

두 사람이 이상한 실랑이를 하는 것을 보자 옆집 할배는 울바자 가까이 다가와 묘한 눈초리로 바라본다.

상길이 외삼촌도 이상한 생각이 들었던지 옷은 주워 입고 있었으나 쉬이 나오지를 않는다. 아내를 깨우고 뭔가 두런두런 이야기를 하며 시간을 끈다.

외삼촌과 이야기를 하면서부터 옆집 개 짖는 소리는 멎었는데 건너편 동네에서 들려오는 개 짖는 소리는 더 요란해진다. 한 마리가 아니고 두세 마리가 짖는 모양이었다. 그렇다면 포교들이 요란하게 뛰어오는 소리에 짖어대는 건 아닐까.

욱자는 다급하였다.

"외삼촌, 빨리 나오시라니까요!"

"무슨 일인지 먼저 알려주시오!"

강가는 등 뒤에 아내를 세우고 위세를 하며 응수한다. 그때, 시커먼 그림자가 방안으로 신발을 신은 채 펄쩍 뛰어들어가더니 강가의 멱살을 덥석 움켜쥐고는 덜컹, 소리도 요란하게 내며 문 밖으로 강제로 끌고 나왔다. 석수였다. 석수는 왼손에 든 삼인검을 품밖으로 슬쩍 강가에게 내보이고는,

"가자는 대로 빨리 따라오쇼. 안 따라오면 단칼에 버히겠어!"

"이게 무슨 짓이요?"

"당신 동생이 급하다구!"

석수는 칼날 끝으로 강가의 배를 쓰윽 찔렀다. 강가는 깜짝 놀라 대번 공순해졌다. 석수는 강가의 저고리를 잡고 집 밖으로 끌고 나갔다.

"오마나, 사람 살려! 화적이 우리 서방 잡아간다!"

방안에서 갑자기 여인네의 비명이 터졌다. 방 중에는 서방이 제일이고 집 중에는 계집이 제일이라더니 사랑하는 서방을 보는 눈은 역시 계집이 날카로웠다. 석수가 강가를 강제로 끌고 나가고 검으로 위협하는 것을 계집은 여우같이 보았고 서방의 목숨을 살리고자 본능적으로 소리를 질러댄 것이다. 물론 울 너머 할배가 있는 걸 알아 믿는 바도 있었다.

욱자는 강가 뒤를 따라가다가 되쳐서 방 앞으로 와서,

"아주머니, 우리는 화적이 아니요. 상길이한테 무슨 일이 있어 급히 외삼촌을 모셔가는 거요. 알았지요? 조용히 하시오!"

상길이 외숙모되는 강가 아내는 동그란 눈으로 욱자를 보며 뒷걸음질쳤다. 한데 화적이 말하는 품이 화적 같지가 않다. 약간 어두운 속에도 울상이 된 욱자의 얼굴이 눈에 들어오는데 순박해 보였다. 여자는 고개를 끄덕이면서도 반신반의하며 고개를 젓고 있었다.

울 너머에서 강가의 목소리가 들렸다.

"여보, 걱정 말고 있소. 내 잠깐 다녀오리다."

아마도 석수의 위협을 받은 강가가 할 수 없이 아내를 다독이는 모양이었다.

그들 셋이 동네 왼켠의 한길로 사라지자 할배와 상길이 외숙모는 뒤를 따라나오다가 동구 앞에서 멈추었다. 동네 사람 두엇이 멀리서 뭔일인가 하고 내다보고 있었다.

할배가 말하였다.

"화적 같지는 않소."

"하지만 한 사내가 칼로 우리네를 협박하였는 걸이요."

"뭔가 급한 일이 있이시 그랬는가 보오."

"정말 화적은 아니까요?"

"화적이 댁 서방을 데려다 어따 쓰겠소?"

"하긴 그렇지만. 어쩌나, 할배어른 어쩌면 좋다요?"

그렇게 둘이 이야기를 나누고 있을 때 아랫동네 쪽에서 급한 발걸음 소리가 들려왔다. 시커먼 장정 두 사람이 빠른 걸음으로 다가오고 있었다. 아낙과 할배는 놀란 가슴을 다시 쓰다듬으며 그들을 바라보았다. 가까이 다가왔을 때 살펴보니 그들은 포교였다. 강가 마누라에게 포교는 화적 못지않게 무서운 존재여서 가슴이 부들부들 떨렸다.

둔쇠는 오른 어깨에서 왼팔 아래로 비스듬히 형낭을 메고 오른팔엔 몽둥이를 들고 있었다. 그는 아까부터 최대목이 든 몽둥이와 자기의 몽둥이를 비교하고 있었다. 누구 것이 큰가 자꾸 대비하는 것이다. 내가 아무리 힘이 없어도 나이 마흔이 넘은 사람보다 작은 몽둥이를 들어서야 쓰나.

그렇게 오기를 부리고 있었지만 사실 몽둥이보다는 차라리 손에 익은 농기구를 드는 게 나을 것이었다. 쇠스랑이라면 아주 좋고 하다못해 따비나 고무래도 몽둥이보다는 낫지, 하고 중얼거렸다.

최대목은 달빛이 비친다 해도 어둑한, 산허리를 발씨가 익은 길처럼 잘도 걸었다. 돌무더기 옆을 돌아 소나무 숲을 지나자 최대목이 앞쪽을 가리켰다.

달빛에 번쩍번쩍 빛나는 백양나무숲이 보였다. 그들은 백양나무숲을 보자 공연히 기분이 좋았다. 여하간 이곳이 그들이 여차해서 헤어질 경우 만나기로 한 장소였기에 괜시리 정이 갔을까. 어려움을 겪는 그들의 입에 올랐다는 그 자체가 정이 들었던가 보았다.

최대목은 그 중에서도 가장 큰 백양나무를 가리키며 그 안쪽으로 들어가자고 신호하였다. 일행은 그동안 걸어온 순서대로 최대목, 장시후, 연지, 정염, 둔쇠의 순으로 백양나무숲으로 들어갔다.

안쪽에는 풀이 무성하여 푸근하긴 하였으나 연지같이 문안에서만 살고 야산을 걸어보지 못한 처자에게는 뱀이 나오지나 않을까 저어되어 겁이 더럭 나는 풀밭이었다.

"저기 앉을까요?"

최대목이 바위들이 있는 풀밭을 가리킬 때 정염은 뒤늦게 뭔가 잘못됐음을 느꼈다.

달이 우릿하게 비추는 야밤에 번쩍번쩍 빛나는 백양나무숲은 저 멀리서도 훤히 보이는 저명 지형지물이었던 것이다.

세상 이치는 뻔하여서 잘생긴 사람, 좋은 말, 시원하게 뻗은 나무, 큰 바위는 낮이건 밤이건 사람 눈에 잘 띄게 되어 있는 것. 달이 훤하게 뜬 월야(月夜)에 하얀 백양나무숲으로 들어왔으니 추적자의 눈에 안 띌 리가 없었다.

"최대목, 여기서 나갑시다. 저 어둑컴컴한 곳으로 빠져 왼켠 소나무숲으로 들어갑시다."

"왜?"

"여긴 너무 눈에 띕니다. 우리가 들어올 때 혹 누가 보았는지도 모르오. 빨리 옮겨요!"

정염이 그렇게 말하고 먼저 왼켠 소나무숲으로 가려는데 오른쪽에 시커먼 그림자 두 개가 그들의 앞에 우뚝 다가서는 것이었다.

"흐흐흐, 늦었다 이놈들아. 그 자리에 가만히들 있거라!"

오른켠에 서 있는 자의 목소리는 갈퀴가 소나무 껍질을 긁는 소리처럼 들렸다. 그 듣기 거북한 목소리가 어찌나 무섭게 들렸던지 연지는 장시후의 팔을 붙들고도 그만 쓰러질 듯이 허청거렸다.

"귀하는 누구신가?"

정염이 당차게 물었다.

"히히허, 어린놈이 뱃포는 좋구나!"

"고이얀 놈, 어디다 대고 어린놈이라고 하느냐! 이름을 대기 싫걸랑 썩 물러가라!"

최대목은 평소 정염을 존경하고 있었지만 오늘 이 무시무시한 순간에 눈 하나 깜짝하지 않고 자객한테 호통하는 어린 동자 사결에 대해 새삼 감탄하고 있었다. 그 턱에 자기 자신도 용기가 솟아 몽둥이를 단단히 쥐어잡았다. 여차직하면 내가 먼저 저자를 박살내리. 삼십 년 톱질과 대패질에 단련된 이 손목 힘을 한번 보여주리라.

최대목 못지않게 둔쇠도 몽둥이를 끌어 쥐고 있었다. 그는 오 년 전 정도령의 할아버지 정탁 어른이 세상을 뜨기 전 자기를 은밀히 불러 당부 겸 훈시한 것을 회상하고 있었다.

사결의 조부는 부친보다 훨씬 학문이 깊고 온화하고 강직한 분이었다.

벼슬은 헌납에 머물렀지만 마을이 사간원이요 정오품에 청직으로 손꼽히는 벼슬이라 탁 어른은 이를 큰 영광으로 알았다.

둔쇠야, 정염이가 길러보니 어떻던? 머리가 천재고 착하지요. 아니다. 정확히 이야기해봐라. 네, 천재긴한데 좀 되바라진 데가 있습지요. 맞다. 잘 보았느니라. 저 앤 그 성깔 때문은 아니지만 재주는 있으되 그 재주가 세상에 받아들여지지 않을 게 뻔하니라. 오래 살지도 못할 거구. 내 부탁하노니 저 애를 보살펴주겠느냐? 그러문이오. 영감마님 분부신데 소인이 진충갈력해야지요. 고맙다. 내 사주를 보니 저 애가 이십을 넘기면 마흔 중반까진 살겠는데 이십을 넘기는 게 문제더구나. 네가 도와줄 수 있겠느냐. 물론입니다. 제 목숨을 걸고 도령님을 지키겠습니다. 장하다. 사내 대장부 약속은 지켜야 하느니라. 영감마님 걱정 마십시오. 그래 둔쇠야, 내 꼭 부탁한다!

지금 생각하니 정탁 영감어른은 오늘의 위기를 일찍이 예견했던 것 같다. 아, 그렇구나. 우리 영감마님은 오늘이 있을 줄을 알고 계셨던 거다. 그렇다면 오늘 이놈이 목숨을 걸고 우리 도령님을 지켜야 하는군!

둔쇠는 몽둥이를 잡은 손에 불끈 힘을 넣었다.

"무엇이! 어린 것이 뵈는 게 없구나!"

오른켠 야행인 복장이 호통과 함께 펄쩍 뛰는 듯하더니 정염의 앞으로 달려들었다. 둔쇠는 그와 동시에 몸을 날려 몽둥이를 휘둘렀다. 둔쇠보다 최대목이 더 빠르게 야행인 앞을 가로막았다. 야행인의 칼과 최대목의 몽둥이 그리고 둔쇠의 몽둥이가 동시에 한데 엉겼다.

몽둥이와 칼이 부딪치니 묘한 탁음이 울려퍼졌다. 그러나 둔탁한 부딪침보다 무서운 것은 날카로운 칼의 버힘. 칼은 몽둥이와 부딪치는 순간 슬쩍 위로 날더니 둔쇠의 머리를 향해 날아왔다. 둔쇠는 후딱 머리를 숙였으나 칼이 더 빨랐다. 야밤을 수놓는 퍼런 칼날이 둔쇠의 머리통을 날리려는 순간 최대목의 몽둥이가 야행인의 허리를 후려쳤다. 그것은 정말 전광석

화의 일격이었다.

야행인은 왼쪽 허리에 일격을 맞자 칼을 회수하면서 옆으로 날았다. 온몸이 결리는 충격에 한다하는 야행인도 간담이 서늘하였다. 그 바람에 둔쇠의 목이 간발의 차이로 위기를 면하였다. 야행인은 몽둥이의 일격이 센 것에 놀라 경각심이 크게 이는 모양이었다. 그때,

"둔쇠야, 아씨를 구해라!"

정엽의 외침에 둔쇠는 번개같이 뒤를 돌아보았다. 역시 칼을 든 다른 자객이 연지와 장시후를 덮쳐가고 있었는데 목표는 연지였다. 둔쇠는 생각할 것도 없이 몽둥이를 자객의 오른팔을 바라고 휘둘렀다. 둔쇠가 몽둥이를 휘두르는 솜씨는 법도가 없었으나 힘이 워낙 강맹하였으므로 사내는 뒤로 펄쩍 물러났다. 둔쇠는 그 기세를 타고 세 차례 마구 몽둥이를 휘둘러 사내를 뒤로 물리쳤다.

그렇게 몇 차례 자객을 몰아세우고 나니 둔쇠는 기세가 올랐다. 아까 세종조에 자성군에서 머슴들이 의병으로 용맹을 떨쳤다는 말까지 들은 바라 둔쇠는 더욱 힘이 솟는 것이었다.

연거푸 뒤로 물러난 자객은 분기가 솟았다. 이따위 머슴놈의 몽둥이에 뒤로 물러나다니! 허나 놈이 워낙 힘꼴이 좋게 생겨 잘못 몽둥이에 맞았다가는 허리나 다리가 부러질 게 번연한지라 자객은 머리를 굴렸다.

자객은 느닷없이 칼을 휘익 돌리더니 정엽을 후려쳐 갔다. 놀란 둔쇠가 정신없이 쫓아가 칼을 몽둥이로 막아치고 왼손으로 자객을 부여잡을 듯이 대들었다. 그러나 자객은 한다하는 무사. 왼발을 핑그르르 돌리더니 칼 손잡이로 둔쇠의 뒤통수를 힘차게 밀어쳤다. 왼쪽 뒤통수를 얻어맞은 둔쇠는 으악, 비명과 함께 앞으로 넘어졌다. 둔쇠는 몽둥이는 놓치고 두 손을 허우적대며 넘어지다가 앞에서 최대목과 실랑이를 벌이고 있는 야행인의 허리를 부여안았다.

"요놈이!"

허리를 잡힌 야행인은 칼 손잡이로 둔쇠의 머리통을 짓이겼다. 둔쇠의 이마에서 피가 철철 흘러내렸다. 하지만 그 바람에 몸이 운신이 안 되는 야행인은 최대목의 몽둥이를 머리에 맞고 있었다.

그것은 상상이 안 되는 일격이어서 날렵하던 야행인은 왼쪽 귀때기가 짓이겨지는 동시 머리의 뇌수가 쏟아지며 풀썩 고꾸라졌다. 야행인의 허리를 끌어안고 있던 둔쇠도 야행인의 몸뚱아리와 함께 철퍼덕 풀밭에 쓰러졌다. 하지만 소주인을 보호해야 한다는 일념밖에 없는 둔쇠는 얼굴이 온통 피범벅이 되었음에도 벌떡 일어났다.

이 광경은 말이 길지 순식간에 일어났고 처참한 결과로 끝나 싸우는 사람 모두가 어리벙할 정도의 큰 이변이었다.

연지와 정염을 공격하던 자객은 동료가 머리가 박살나서 죽는 것을 보자 너무나 놀란 나머지 잠시 멍하니 서 있다가 뒤로 주춤주춤 물러났다. 무슨 놈의 머슴과 목수가 이토록 힘이 세단 말인가.

기세가 오른 최대목이 '어딜 도망가느냐!' 벽력같이 소리치며 쫓아가자 자객은 펄쩍 몸을 퉁기며 백양나무 사이로 사라져 버렸다.

최대목이 백양나무 근처까지 쫓아갔을 때 정염이 소리쳐 불렀다.

"최대목, 돌아와요!"

정염의 부르는 소리에 최대목은 무슨 일이 있을지 겁이 나 후딱 돌아왔다. 전장터로 돌아와 보니 아까 벌떡 일어났던 둔쇠가 재차 쓰러져 있고 장시후는 언제 일격을 당하였는지 풀밭에 누워 있다. 장시후는 연지가 보듬고 있고 둔쇠는 정염이 치료하고 있는데 왠지 경황이 없다.

최대목은 먼저 연지에게 물었다.

"장 상경이 많이 다치셨소?"

"아니어요. 칼을 맞고 쓰러졌을 뿐 괜찮습니다. 저분 둔쇠를 돌봐주세요."

정염은 둔쇠가 메고 있던 형낭에서 무언가를 꺼내 열심히 얼굴을 치료

하고 있었다. 언제나 자신 있고 낙관파이던 정염의 얼굴이 어느 때와 다르게 엄숙하였다.

"사결이, 둔쇠가 어디 크게 다쳤는가?"

"네. 좀 다쳤는데요."

"어딘데?"

그때,

"아니, 무슨 일이 있었소?"

노 포교의 목소리가 들려왔다. 최대목은 너무 반가워 소리나는 곳을 보았다. 노린내가 날렵하게 풀밭을 건너오고 있었다.

"노 포교, 왜 이렇게 늦으셨습니까? 적과 접전이 있었소이까?"

"약간 있었지만 대단한 건 아니요. 여기가 대단했던 모양이네."

"그래요, 포교님. 둔쇠가 용맹하게 싸우다가 크게 다쳤습니다."

장시후를 보듬고 있는 연지가 오랜만에 인정미 넘치는 목소리로 울먹이며 말하였다. 노린내는 연지가 입을 연 게 좋고 고마워서 후딱 물었다.

"연지 아씨, 장 상경도 다쳤소이까?"

"아닙니다. 칼이 등짝을 스쳐 잠깐 정신을 잃었지요. 지금은 괜찮습니다."

치료에 정신이 없던 정염이 노린내를 슬쩍 올려보고 아는 체를 하고는,

"둔쇠, 이제 정신이 나나? 눈이 많이 아프오?"

하고 물었다. 하늘을 보고 누워 있던 둔쇠는 예의 장작개비 찢어지는 소리로 대꾸하였다.

"도령님, 너무 걱정 마요. 이 둔쇠는 멀쩡합니다. 놈들이 또 오면 마저 오른쪽 눈을 잃더라도 용맹히 싸울 겁니다!"

노린내는 그 말에 깜짝 놀라 둔쇠의 얼굴을 자세히 들여다보았다. 왼쪽 눈 위에 헝겊을 드리웠는데 시커멓고 퀭하게 보인다.

"사결이, 둔쇠의 눈이 어떻게 되었는가?"

"자객이 칼로 뒤통수를 너무 세게 쳐서 왼쪽 눈이 튀어나갔는가 봅니다."

"으이크, 머리는 이상 없구?"

"머리도 크게 다쳤지요. 허나 큰 탈은 없겠는데 애꾸가 되겠어요."

"도령님, 걱정 마요. 오른쪽 눈 하나로도 세상 천지와 도령님이 잘 보입니다요. 노 포교님, 제가 애꾸라고 업신여기지는 않겠지요?"

얼굴이 피범벅이요 통증이 클 터인데도 둔쇠는 늠름하게 여유를 부리며 말하였다.

"업신여기기는! 자네 용맹하게 싸웠는가 봐! 저 자객 시체를 보니까 말이야."

"저자는 우리 최대목 어른의 한방을 먹고 저승으로 도망갔지요."

그 말에 최대목이 약간은 민망한 미소를 지으며 설명하였다.

"노 포교님, 저자는 우리 둔쇠가 허리를 부여잡는 바람에 꼼짝없이 저승으로 갔답니다. 둔쇠가 용감하게 몽둥이를 휘두르는 걸 보았으면 아마 놀라 자빠졌을 거요."

"으흠, 우리 둔쇠가 과연 힘만 센 게 아니라 용기도 있군그래!"

"용기는요. 우리 도령님의 돌아가신 조부께서 절보고 도령님을 꼭 지키라고 하셨지요. 제 눈알 하나로 소주인의 목숨을 지킨다면 언제든지 남은 오른쪽 눈도 바칠 각오가 되어 있습니다요."

"그래, 자네는 진정한 혈기남일세! 훌륭하이!"

노린내는 길을 빨리 못 찾고 사방을 살피다가 너무 늦게 온 게 적이 미안하였다. 왼쪽 눈을 잃은 둔쇠를 계속 추켜올려 줘야겠지만 지금 사태는 그렇게 한가하지가 않았다. 노린내가 정엽에게 속삭였다.

"사결이, 치료는 대충 끝냈는가?"

"응급조치는요."

"그럼 여길 빨리 뜨세. 여긴 너무 노출돼 있어."

"그렇지요."

정염이 그렇게 대답하고 둔쇠를 일으켜주자 둔쇠가 엉거주춤 일어서며 말하였다.

"소주인님!"

"둔쇠, 왜?"

"제 왼쪽 눈을 찾아주십시오. 부모님이 주신 눈을 잘 달고 다니다 도령님을 구하는 참에 잃은 것은 좋은데 풀밭에 버리고 갈 수는 없잖습니까."

"아, 그렇지!"

정염은 둔쇠의 말에 감탄하였다. 효경의 공자 말씀에 신체발부는 수지부모이니 불감훼손*이라는 말이 있는데 효경은커녕 천자문도 한번 읽지 않은 둔쇠가 어찌 이런 충효 어린 말을 한다는 말인가. 상놈인 주제에 생각하고 행동하는 건 논어 효경을 죽자사자 읽은 선비보다 낫지 않은가.

정염이 작은 소리로 말하였다.

맞다 맞아. 몸과 머리털과 피부는 모두 부모님한테 받은 것, 감히 손상해서는 아니 되지. 그거야말로 효도의 근본이구말구. 따라서 우리 둔쇠가 잃은 눈을 버려서도 아니 되지! 아니 되어요! 효자가 따로 있나. 성현의 말씀을 몸으로 실천하면 효자지!

정염은 그렇게 중얼거리며 둔쇠가 싸우던 주변 풀 위에 엎드려 둔쇠의 눈을 찾았다. 정염이 중얼거리는 걸 제대로 못 들은 노린내가 물었다.

"뭐하고 있나. 이 급한 판국에?"

"둔쇠의 왼쪽 눈을 찾고 있습니다."

"뭐야? 빨리 여길 떠야 하지 않는가?"

"물론입니다만, 효자의 눈을 버리고 갈 수는 없는데요."

뒤늦게 상황을 안 최대목과 연지도 둔쇠의 눈을 찾았다. 노린내만 사방

---

**신체발부 수지부모 불감훼손** 身體髮膚 受之父母 不敢毁損 신체와 머리카락과 피부는 부모에게서 물려받은 것이니 감히 훼손해서는 안 된다. 효경에 나오는 명구. 효경은 공자와 증자가 효도에 관하여 문답한 것을 기록한 책. 공자의 저술로 여겨왔으나 지금은 증자 문인들의 저술로 보는 견해가 강력하다.

을 정탐하며 주변을 살폈다. 그렇게 이상한 풍경이 한동안 풀밭에서 이뤄지고 있었는데,

"찾았어요. 효자의 눈이 여기 있습니다."

연지가 둔쇠의 눈을 차마 직접 집지는 못하고 정염에게 손으로 알려주었다. 동그란 눈이 핏덩이가 되어 풀 위에 얹혀 있었다. 정염이 눈을 가까이 대고 살피더니,

"눈이 멀쩡하네. 둔쇠의 눈이 나를 쳐다보고 있는걸. 도루 끼우면 쓸 수 있지 않을까?"

혼잣말 비슷이 하다가 둔쇠가 가까이 와서 들여다보자 말하였다.

"둔쇠, 이 눈을 다시 한 번 눈 속에 넣어볼까? 혹시 제대로 볼 수 있을지 알 수 없잖아."

"에이 도령님도, 한 번 빠진 눈이 어떻게 되살아날 수 있겠습니까. 그만두슈. 이 눈은 내가 보관할 거요. 부모님이 주신 거니까."

"그렇게 말하고는 둔쇠는 눈을 덥썩 잡아서 자기 품에 고이 집어넣었다.


# 56. 울지 않을 수 없는 상길이


소대규는 간이 콩알만한 공 나장과 함께 맨 뒤쪽에 있었다. 그들과 함께 있는 사람은 검은 야행복을 걸친 세 사나이였다. 그들도 어쩌면 도총부나 의금부 소속 무관일 터인데 한 번도 본 적이 없는 무부들이었다.

코가 넙적하고 구레나룻이 좋은 자가 우두머리였는데 그는 다른 두 사람보다는 눈빛이 덜 사나웠다. 그들은 보지 못하던 고급칼을 차고 있었다. 특수칼인 듯하였다.

소대규는 자기가 일개 나장이라 하여 이렇게 홀대하는 곽 포교가 미웠다. 홀대당하는 것만이 아니라 아무 공을 세울 수 없는 허름한 일을 맡기는 게 정말 섭했다. 빼어난 칼잽이 하나하고 짝을 지워 지휘를 맡겨준다면 자기의 궁술로 노린내 포교를 멋지게 고꾸라뜨릴 수 있는데 그런 작전을 못 짜는 곽 포교가 어느 면 한심하였다.

더군다나 저들이 성벽에 붙어 무슨 꿍꿍이 속을 펴고 있는데도 아무 대책 없이 밍밍하게 있는 게 갑갑하였다.

그렇게 불평을 중얼거리고 있을 때 전령이 나타났다. 전령은 구레나룻 우두머리에게 차가웁게 따졌다.

"왜 빨리 일을 끝내지 않느냐고 문책하십니다."

"무슨 말을, 우리는 대기하라는 지시를 받고 있는걸."

"대기라니요? 축시 이전에 일을 끝내라 하지 않았습니까?"

"처음에는 그랬지. 한 시진 전에 특수전령이 와서 대기하라는 지시를 받았소."

"특수전령은 뜬 석 없습니다."

"뭐야?"

그들은 한동안 서로를 응시하였다. 야행복 셋은 머리를 맞대고 수근대더니,

"그럼 우리는 엉뚱한 명령을 받았다는 이야길세?"

하고 되다짐하였다.

"여하간 특수전령이 지난 두 시진 동안 뜬 적이 없습니다."

전령도 되뇌었다.

"저 앞쪽 성벽에 잠복한 자들도 우리와 마찬가지로 대기하고 있던데. 저들도 우리 조직 아닌가?"

"그건 우린 모릅니다."

"그럼 이야기가 다르지 않은가. 뭔가 차질이 있는 거로군. 저자들은 그

럼 누구지?"

"우리들은 그런 자들을 모릅니다."

"그래? 그럼 저들은 누굴까?"

구레나룻은 그렇게 묻듯 말하면서 느닷없이 전령의 가슴팍을 주먹으로 쳤다. 전령은 펄쩍 뛰어 뒤로 물러나며 코웃음을 쳤다.

"흥, 목숨이 두 개인가? 감히 특수전령에게 손을 대다니!"

"우리도 그대를 확인할 권리가 있네!"

"흥, 권리. 나는 가오. 그대들이 반란을 일으키고 있다고 보고하겠소."

"잠깐만!"

구레나룻은 이번엔 느물거리며 전령에게 다가갔다. 둘은 서로를 경계하며 노려보았다. 구레나룻이 뭐라 작은 소리로 말을 건네자 전령이 뜨뜨름하게 응대했다. 소대규는 그들이 내분이 있는 듯 싸울 때는 언제고 재차 숙의하는 게 묘하였다.

"그럼 그렇게 보고를 하리다."

전령은 조금은 삽삽하게 말하고는 성벽을 내려갔다. 전령이 가자 구레나룻은 다른 두 동료와 뭐라 이야기를 나눈 뒤 소대규에게 말하였다.

"두 분은 나랑 같이 갑시다."

소대규는 고개를 끄덕이고 그의 뒤를 따랐다. 두 야행인은 위로 올라가고 구레나룻은 오른쪽 성곽의 낮은 곳으로 내려가 성 밖을 내다보았다. 다시 사오 장쯤 아래로 내려가 좌우를 살피더니,

"우리 이 성벽을 타고 내려갑시다."

소대규가 물었다.

"성 밖으로 나가시자는 말씀이지요?"

"그렇네."

구레나룻은 목소리가 서른은 넘어 보였다. 그들은 성벽 옆에 나 있는 나무들을 이용해 성벽을 탔다. 소리가 나지 않게 하기 위해 무던히 애를 썼다.

성벽 아래는 작은 돌무더기가 많아서 발을 디딜 때마다 조심하여야 했다. 구레나룻은 허리를 굽히고 조심하며 숲 사이를 뚫고 나아갔다. 소대규가 가까이 가서 속삭이듯 물었다.

"저들도 성 밖으로 나온 겁니까?"

"그렇네. 저들은 성벽 밑의 비밀통로를 알고 있는 것 같애."

성벽 밑의 비밀통로? 소대규로서는 이해가 되지 않는 이야기였다. 그렇다면 해탈문하고도 무슨 연관이 있는 건가? 오늘은 별 희한한 경험을 다 하는구나.

"귀댁은 그걸 어떻게 아시는지요?"

구레나룻은 대답대신 왼손으로 방향을 가리켰다. 오십여 보를 갔을 때 그들은 풀숲으로 들어가 몸을 숨겼다. 구레나룻은 손으로 입술을 가리키며 말을 못하게 하였다.

차 한잔 마실 시간이 지나자 발자국 소리가 들렸다. 이내 빠르게 달리는 소리로 변해 가까이 오는 듯하더니 동북쪽으로 사라졌다. 구레나룻은 여간해서 움직이지 않았다. 퍽 신중한 자다. 소대규는 새삼 구레나룻을 관찰하였다. 키는 자기보다 약간 컸고 어깨는 넓적하였다. 왼쪽 허리의 칼자루에 가 있는 손이 뼈대가 굵고 각이 져 있다. 힘이 온축돼 있는 사내였다.

동쪽으로 뒤를 쫓았다. 삼백여 보를 갔을 때 앞쪽에서 소리가 났다. 셋은 허리를 낮추고 풀섶에 숨었다. 공 나장은 또 바들바들 떨고 있다. 못 말리는군. 이 양반은 보탬은커녕 외려 짐이 되겠는걸.

발자국 소리는 가까이 와서 멎었다.

"김 형인가?"

구레나룻이 물었다.

"오, 성님이요?"

사내는 반가운 목소리를 가지고 가까이 다가왔다. 아까 야행인 중 한 사내였다.

"이 형은 어떻게 되었나?"

구레나룻이 물었다.

"당하였소."

"뭐야, 누구한테?"

"머슴과 목수놈요. 두 놈 다 어찌 힘이 센지 미쳐버릴 지경이요."


목멱산 정상 남쪽에서 산줄기 두 개가 동과 서로 흐른다. 왼켠으로 흐르는 긴 산줄기는 서빙고까지 연결되는 둔지산 산맥이고 오른켠으로 뻗은 짧은 산줄기는 배다리서 끊어져 평지가 된다.

노린내들은 지금 목멱과 배다리를 잇는 짧은 산맥을 가로질러 가고 있었다. 이 얕은 산을 넘으면 전생골이 나오고 바로 전생서 못 미쳐 그들이 을축 지역으로 약조한 초가가 있는 것이다. 그들은 장시후가 국보급이라고 칭한 초가로 가고 있었다.

한데 그 오른쪽 산허리에도 은밀히 움직이는 일행이 있었다. 청포 철릭과 곽 포교였다. 그들 뒤에는 포교 복장 하나와 평복 차림의 무사 둘이 따르고 있었다. 모두 날렵한 몸매에 눈빛이 승냥이였다.

청포 철릭이 발을 멈춰서며 말하였다.

"여기서 잠시 쉽시다."

"그러시죠."

"자네들은 사방으로 나눠 청탐을 하게!"

무사들이 사방으로 흩어져 나무 사이로 사라지자 둘은 풀밭에 앉았다. 청포 철릭이 나즈막하게 입을 열었다.

"내 뭐랬소. 그자가 수상하다고 하였지 않소."

"하지만 언적이 맞고 얼굴도 본 적이 있는 자였습니다. 수염을 달긴 하였지만요."

"그렇소? 어디서 보았는데?"

"그자는 어디 소속인지는 모르지만 친군위 일을 보는 건 확실하였소이다."

"정말이요?"

"물론입니다."

"한데 어째서 그자가 우릴 속였단 말이요. 함 부총관이 알면 날벼락이 날 일입니다. 어젯밤 일은 그녀석으로 해서 모두 망가졌소. 시간이 없다는 것 아니요."

"왜 시간이 없다는 것이지요?"

"그걸 낸들 알 수 있소. 박배근 사안 때문에 무인이 이번 사화에 끼어드는 걸 상이 싫어하시는 모양이요."

"상께서도 박배근이 주장을 이용한 건 사실 아닙니까?"

"그야 그렇지만 이젠 그 이용도 더 효용이 없는 거겠지. 조광조 놈들을 때려잡는 건 다 끝났으니까."

곽 포교는 입을 꽉 다물고 뭔가를 깊이 생각하는 표정을 지었다.

"곽 형, 뭔가 긱정되는 게 있소?"

"하나가 있습니다. 아까 우리 애가 보고한 바에 의하면 성벽 위쪽에 서너 명이 얼씬거렸다고 합니다. 애들은 우리 지원 세력인 줄 알고 괘념치 않았다고 하는데 그들이 어떤 자들인지 궁금합니다. 그들은 우리의 행동을 감시하고 있는 듯하다고 하였습니다."

"바로 우릴 속인 녀석들이 아닐까."

"그야 물론입니다만 어디서 나온 자들이냐는 거지요."

그 말에 청포 철릭은 응대하지 않았다. 답변할 생각이 나지 않은 때문이다. 그는 직급이 한참 낮은 곽 포교를 상당히 대접하는 눈으로 보고 있었다.

"혹시 삼호 쪽 사람일까요?"

"삼호?"

"네."

"허면?"

"성명의 조직이지요."

청포 철릭은 다시 한 번 입을 다물었다. 중상을 입은 조 천총과는 의리의 관계. 그의 복수를 위해 이 밤을 세우며 추격전을 벌이고 있지만 성명의 세력과 부딪치고 싶은 마음은 추호도 없다. 친군위의 조직은 없는 듯 있고 있는 듯 없는 것이니, 어느 날 날벼락이 떨어지는 날에는 꼼짝없이 당할 밖에 없는 것이다. 청포는 한참 뒤에야 입을 열었다.

"도총관 어른은 삼호와 어긋나는 걸 싫어합데다."

"그렇지요. 삼호는 이호와 일호의 화신이니까요."

"한데 저들이 그 초가로 가는 건 확실할까?"

"현재 상태로는 확실하겠지요. 다만 그들이 우리의 추적을 아는 순간, 또는 해탈문과 최소목의 관계를 연결시키는 순간, 뭔가 잘못됐다는 걸 알아내고 딴 곳으로 도피할 수는 있을 겁니다."

"한데 곽 포교, 자네도 함지박귀를 알지?"

"물론입니다."

"그가 이번에는 영 엉망이야. 큰 문책이 내려갈 모양이더라구."

곽 포교는 청포를 슬쩍 쳐다보았다. 눈빛이 이쁘지가 않다.

"왜 그 처자를 갖고 그 난리인지요?"

"건 나도 모르겠네. 문제는 성 포교가 우리 도총부 소속에 계집 하나 잡는데 포졸이 연신 죽어가고 있고 물론이 일 위험이 있다는 거지."

"제가 보기에 그 처자는 잡기가 난망일 것 같습데다."

"어째서?"

"많은 사람이 그 애를 돕는데다 새우젓패까지 끼어들어 있잖습니까."

"새우젓패가 무슨 큰 문젤까."

"새우젓패는 별게 아니지만 그 우두머리가 요즈음 친군위 어느 조직과

연계가 있다는 설이 있습니다."

"우리와는 상관이 없는데."

"글쎄 말입니다."

"참, 오천래 경력이 어제 긴급히 보낸 보고에 의하면 자객의 실력이 대단하다더군. 성 포교 갖고는 해결이 안 된다는 진단이데."

"그 보고서는 저도 보았습니다. 그 전에 해동응시도 무서운 화살이었구요. 원 천총께서도 해동응시를 갖고 계시지요?"

"에이, 그런 소리 지금은 고맙지 않네. 그 해동응시를 쏜 범인은 되고 싶지 않소."

곽 포교가 빙긋이 웃을 때 평복 입은 무사가 조심스럽게 다가왔다.

"무슨 일이 있습니까?"

곽 포교가 겸허하게 물었다.

"왼쪽 산허리에 사람들의 움직임이 있습니다."

"그들인가요?"

"그런 것 같습니다."

그 대답에 원 천총이라 불리운 청포 철릭이 거칠게 말하였다.

"그러면 쫓아야지!"


자향과 보욱은 여명이 터오는 와요현 산허리 소나무숲의 우뚝 솟은 물푸레나무 밑에 앉아 있었다. 북쪽을 바라고 앉아 있어서 이태원 쪽에서 올라오는 사람을 잘 관측할 수 있었다.

어둠이 시간따라 조금씩 걷히고 있는 산천은 너무나 아름다웠다. 시시각각으로 바뀌는 안개 어린 산천이 맑고 시원하게 눈앞에 다가왔다.

햇살 같은 여자 자향은 그런 아름다움에 한껏 매료돼 있었다. 그녀는 쌕쌕 자고 있는 상길이를 품에 안고 호수 같은 눈을 크게 뜨고 밤이 어둠을 벗는 풍경을 눈여겨보고 있었다. 항슬은 보욱과 석수가 오는지 살피기 위해 아래쪽으로 내려가 있고 보욱이 그녀 옆에 앉아 있었다.

보욱은 아까부터 자향을 흘깃흘깃 쳐다보았다. 뭔가 묻고 싶은 게 있는 듯하였다. 그러나 자향이 하도 여명의 풍경에 몰입해 있어서 말을 꺼내지 못하고 있었다.

"보욱이 저기 보아요. 새벽 안개 속에 뽀오얗게 떠오르는 게 뭐죠?"

"새벽 안개의 중심인가 보지요."

"아름답지요?"

"정말 아름답네요. 그렇지만……."

보욱이 말꼬리를 흐리자 자향은 고개를 돌려 그를 바라보았다. 보욱과 눈이 마주치자,

"무슨 말씀할 게 있어요?"

"있지요."

"뭔데요?"

"아름답기로 한다면 어제 저녁 계희가 아씨한테 한 말이 정말 아름다웠죠."

그 말에 자향은 천진난만하게 웃었다. 마냥 기분 좋은 표정이다.

"계희 맹주는 정말로 말을 이쁘게 잘 해요. 그렇게 사람을 기분좋게 해주고요. 그렇지요?"

"맞습니다. 계희는 평소에도 슬쩍 지나가면서 하는 말이 정말 이쁘답니다. 허지만 어제같이 그렇게 이쁜 단어들을 마구 주워섬기는 건 처음 보았습니다. 사랑 진실 정성 순수 소박 순결 영혼 미소 용기 감동 겸손…… 정말 많이도 주워대요. 난 더 이상 생각이 안 나네요."

자향은 손으로 입을 가리며 웃었다.

"보욱이는 계희 맹주를 사랑하지요?"

느닷없는 질문에 보욱은 어쩔 줄 몰라했다. 그러나 자향이 빙긋이 웃으며 바라보고 있어서,

"하긴 좋아는 합니다. 그것이 사랑이고 사랑을 어떻게 하는 건지는 잘 모르지만요."

"그게 바로 사랑이지요. 계희 맹주도 보욱이를 아주 좋아하는 것 같아요."

"절 좋아해 주지요. 거실거실하지만 좋은 여자라고 생각합니다."

"두 분은 열심히 사랑하세요. 행복하시구요. 이번에 항슬이랑 보강무당의 죽음 직전을 목도하였는데, 그분의 사랑은 절절하데요. 사랑이 그렇게 애절한 줄은 몰랐어요. 사랑이 우리들 사람의 중요한 항목인 것도 알았구요."

보강무당의 이야기가 나오자 보욱의 눈빛이 반짝이었다.

"그분은 어쩌면 죽어서 그 사랑을 잘 끝맺음할지 모르지요."

"그렇게 생각하세요?"

"네. 한데 아씨한테 물어보고 싶은 게 있습니다."

"뭔데요?"

보욱은 묻기 전에 침을 꼴깍 삼켰다. 두서를 챙기는 것이었다.

"항슬이는 지금 큰 걱정이 있습니다."

"뭔데요?"

"다름 아니라……."

"내가 신들릴까 봐서요?"

"맞습니다."

보욱은 큰 짐을 던듯이 대답하였다. 그리고는 자향을 빼꼼히 쳐다보았다.

자향은 웃으며 흐릿한 안개바다를 쳐다보았다. 하긴 보욱이도 눈치채고 있겠지. 내가 검은 환영에 부대끼고 있는 것을. 허지만 내가 이처럼 깊게 헤매고 있는 것은 모를 거야.

"두 분 걱정이 맞아요. 난 지금 이상한 신기에 시달리고 있습니다. 그 강도가 세다고 할까요. 하지만 뭔가 해결할 방도가 있을 것 같아요. 그걸 해결하고 자세히 말씀드릴 게요."

"아, 그렇습니까. 그렇다면 다행이군요. 아씨, 조심하십시오."

"고마워요."

그렇게 말한 자향은 하늘에 우뚝 솟은 물푸레나무를 바라보며 말을 이었다.

"이렇게 큰 물푸레나무는 처음 보는군요."

"물푸레나무도 아세요?"

"서당의 훈장님이 회초리로 쓰는 나무라서 알지요. 나무 껍질을 벗겨서 물에 담그면 푸른 물이 우러나와서 물푸레나무란다지요. 그 물 색은 정말 아름다워요. 몇 년 전 시골 가서 그 색을 보고 얼마나 감동하였는지 모릅니다. 하지만, 물 색이 아무리 아름답다 해도 사람의 따뜻한 마음보다 더 할까요. 여러분들이 저를 도와주시는 그 고마운 마음은 물푸레나무 물 색보다도 더 아름답다고 생각합니다."

"그래요?"

보욱은 자향의 아름다운 말이 계희를 능가함을 느꼈다. 두 여자가 어쩌면 이렇게 말을 이쁘게들 하는지. 세상 모두가 이들처럼 아름다운 마음과 이쁜 언어를 지녔다면 얼마나 좋을까. 언어는 행실의 씨앗이니까 말이야.

보욱이 그렇게 감탄하고 있는데 아래쪽에서 항슬의 목소리가 들려왔다.

"그들이 오고 있습니다. 일루 내려오세요!"


김수인 상전은 문 소리에 민감하게 눈을 떴다.

"뉘신가?"

"저 북쪽마을입니다."

"들어오게."

김 상전은 일어나 앉았다. 새벽 밝음이 창호지 사이로 우러들어 사람 얼굴을 어지간히 살필 수 있었다. 북촌은 눈이 약간 붉게 충혈되어 있었다.

"밤을 꼬박 새웠지? 수고가 많네. 좀 늦었구만."

"네, 남산 성벽까지 올라갔습니다. 한데 놀라운 것을 알았습니다."

"무언데?"

"성벽 밑에 비밀통로가 있는 것을 발견하였습니다."

"무엇이야?"

북촌은 말을 빠르게 하며 세목을 빠뜨리지 않고 자세히 이야기하였다.

"그래? 궁궐의 시정비록에 그런 기술이 있는 것도 같은데 저들이 그런 극비사항까지 안단 말인가. 허, 별일이로다! 저들을 주지하는 자가 확실히 노 포교가 아니군. 그 애 정엽이란 도령이 모든 것을 좌지우지하는 건가?"

"그렇습니다. 노린내 포교는 항상 뒤쪽에서 적을 끊는 역할만을 하였습니다."

"그건 그렇다 치더라도 저들은 왜 그들이 성벽 밑으로 사라지기 전에 기습을 안 했을까?"

"저들은 우리들을 삼지한 것 같습니다."

"그래? 어떻게 알았을까?"

"윤가가 혹시 끼어든 건 아닐까요?"

"그럴 수도 있지. 한데 저들은 시한이 오늘밖에 없는데, 그렇게 여유를 부릴 시간이 없을 터인데. 그리구……."

"시간이 없다는 건 무슨 말씀이십니까?"

"그렇지 시간이 문제야. 그건 나중 이야기하세."

김수인은 옷을 주워 입으며 고개를 갸우뚱한다. 관복이 아닌 평복이어서 금세 옷을 다 입고 바른 자세로 반듯이 앉는다.

"북촌이, 자네 같은 무부는 이런 말을 하면 이해를 하겠는가?"

"무슨 말씀이신데요. 상전 어른도 칼 솜씨가 현현한 경지 아니십니까?"

"추켜올리지 말게. 칼을 놓은 지 오 년일세. 저 노 포교 말인데, 저자가 하루가 다르게 무술이 세어지고 있다, 하면 믿어지겠는가?"

"그렇습니까. 거기까지는 생각을 못 하였는 걸이요."

"노 포교가 무슨 무술을 연마하고 있는지 모르지만 하루하루 세어지고 있어. 자네가 만나는 경우가 있으면 조심하게. 조 천총이 경적해서만 당한 게 아닌 것 같으네."

"그렇습니까. 그걸 어떻게 알았습니까?"

"밤에 잠이 안 와 뒤척이다가 들어온 보고들을 되새기는 도중 거기에 생각이 미쳤네."

"그렇습니까."

북촌은 계속 그렇습니까, 라는 말만 되뇌는 게 김수인의 말을 건성으로 듣고 있는 것 같았다.

"그럼, 저들은 지금 어디로 가고 있는 건가."

"어쩌면 그 초가집입니다. 상전 어른께서 말씀하신."

"그 초가집?"

"네. 지금쯤은 도착하였을 겁니다."

"흐음, 묘한 일이로다. 헌데 어느 순간 그들이 그 집으로 안 들어가고 숲속 어딘가로 숨어버리면 종적을 놓칠 수도 있네. 그 점 조심하여야 하네."

"그래서 이대정 조를 오늘 아침 발동키로 하였지 않습니까. 전생골 어름에 새우젓패 이팔수 일당을 집합시키자는 제 의견도 동의하신 거죠?"

"좋네, 자네 생각이 맞아떨어지기를 빌어보지. 그들과는 긴밀히 연락이 되고 있겠지?"

"물론입니다."

"오늘 여차할 경우엔 긴급 파발마를 쓸 수도 있네."

"그렇습니까?"

뭔가 기분이 좋아진 듯한 북촌은 그러나 갑자기 얼굴을 근엄하게 고치며 묻는다.

"새벽에 누가 왔다가 갔습니까?"

"그랬네. 그럼 이렇게 해야겠군."

김수인은 한동안 방략을 지시한다. 고개를 끄덕이던 북촌이 다시 물었다.

"새벽에 누가 왔다가 갔습니까?"

"김득수가 왔다 갔네."

"그분이 왜 왔습니까?"

"그 애긴 긴치 않고 빨리 나가보게. 시간을 아껴야지."

"알겠습니다."

북촌은 대답은 빠르게 내었어도 일어나는 발길이 가볍지가 않다. 자기의 물음에 김 상전이 자세히 알려주지 않는 게 두 가지나 된다. 마음에 들지 않는 모양이었다.

북촌이 나가자 김수인의 얼굴이 차갑게 변했다. 문 밖을 나간 북촌의 멀어져 가는 뒷모습을 그리며 싸늘한 눈빛을 쏟아내고는 옆방 문을 살짝 친다. 냉엄하지만 이쁜 복점 주모의 대답이 들려왔다.

"부르셨습니까?"

"그러네. 그 애를 들라하게."


아이는 꿈을 꾸었다. 형아들이 밭 사이를 마구 헤집으면서 뭔가를 꺾고 자르고 벗기고 하더니, 단수수 단수수, 외치며 쪽쪽 빨아 먹고 잘라서 나누고 하더니 집으로 달려갔다.

상길이도 그 뒤를 따라갔다. 형아가 마루에 앉아 있는 어머니한테 단수수를 내밀었다. 엄마, 이거 먹어봐 맛있다. 이걸 어디서 났니? 밭에서 꺾었다. 조목이네 단수수를 꺾어 왔잖니. 난리가 날라. 그래도 엄마 드시라고 가져왔어. 그래? 우리 정길이는 정말 맘이 고와. 엄마 생각도 하고. 아이고 이뻐라.

어머니는 형아를 꼬옥 껴안아 주었다. 상길이는 그 옆에 있었다. 엄마가 껴안아 주지 않았다. 슬펐다. 엄마는 똑똑한 형아만 이뻐한다. 나는 이뻐 하지 않아. 엄마를 다시 쳐다보았는데 엄마는 상길이를 쳐다보지도 않는 다. 섭섭하였다. 가슴이 아팠다.

문 밖에서 아줌마가 손짓한다. 이쁜 아줌마다. 나를 불구덩이에서 꺼내 준 마음씨 고운 아줌마다. 밥도 많이 준 아줌마다. 상길이는 너무나 좋았 다. 보기만 해도 좋은 아줌마. 마당을 가로질러 이쁜 아줌마한테 달려갔 다. 안겼다. 아줌마는 나를 꼬옥 껴안아 준다. 정말로 너무 좋다. 한데 너 무 좋아서 꿈에서 깨고 말았다.

항슬이 외삼촌하고 이야기하며, 이 애요, 하고 상길이를 가리키고, 아 그래요, 하고 상길이를 건너다보고, 알았습니다 고맙습니다, 하며 슬쩍 바 라볼 때 상길이는 아름다운 꿈속에서 갓 깨어 있었다. 상길이는 그들의 말 이 무슨 뜻인지 모르지만 다 듣고 있었다. 그는 지금 문 밖에서 손짓한 이 쁜 아줌마의 등에 업혀 있어서 좋았다. 엄마는 정길이 형아만 좋아하지만 이 아줌마는 날 이뻐해! 상길이는 자기도 모르게 두 손으로 아줌마를 꼬옥 껴안았다.

한데 어린 상길이는 이 순간, 자기에게 중요한 일이 일어나고 있는 걸 알아채고 있었다. 아이의 감각은 예민하였다. 어른들이 내 이야기를 한다. 나를 이 아줌마한테서 뺏어가려고 한다. 무언가 무서운 일이 있다.

그런 두려움은 어른들의 눈길이 잦아지고 바라보는 눈에 애련한 정이 담길수록 커졌던가 보았다.

상길이는 처음 눈을 멀뚱멀뚱하며 이 사람 저 사람 눈치를 보더니 급기 야는 수상한 것을 확인하고 자향의 등짝을 더욱 껴안기 시작하였다.

한 살 난 아이 때 보고 지난 이년 가까이 보지 못하였다는 삼촌의 얼굴 이 상길이에게 익을 리 없다. 더구나 이 며칠 어머니처럼 돌봐준 자향은 아이에게 어머니 이상일 밖에 없었다.

이야기 끝에 항슬이 외삼촌한테 말하였다.

"그러면 아이를 넘겨드리겠습니다."

"네."

삼촌의 대답에 자향도 말하였다.

"외삼촌, 상길이를 잘 돌봐주세요. 당신의 아이처럼요. 아셨지요?"

"그럼요. 걱정 마세요."

"정말 잘 길러주셔야 해요!"

"네. 명심하겠습니다."

그렇게 선선히 대답한 얼굴이 시커먼 기와굽이 강가는 두 손을 들고 자향의 뒤로 돌아 다가왔다. 항슬이 자향의 옆에 서서 포대기의 끈을 풀자 상길이 눈을 화등잔만하게 뜨고 자향의 등에 찰싹 들어붙는다.

"상길아, 상길아. 외삼촌 알지. 외삼촌이 너 이쁘단다. 널 보러 오셨어요!"

항슬이 그렇게 얼렀으나 상길이는 죽을 둥 살 둥 자향의 등짝만 파고 든다. 얼굴을 돌리고 나는 몰라, 하는 식으로 막무가낸다. 보지 않아도 자향은 상길이의 마음을 알 것 같았다. 가슴이 아팠다. 상길이를 달랬다.

"상길아, 외삼촌 좋지. 외삼촌한테 인사해야지. 안녕하세요, 하고."

항슬이 상길이를 보듬어 올렸다. 아이는 떨어지지 않으려 버둥거리다가 자향의 등에서 번쩍 들려나오자, 으앙! 하고 소리지르며 울기 시작했다.

"상길아, 삼촌이다. 일루 온, 이쁘지."

강가는 시커먼 얼굴과는 달리 말씨가 아주 부드러웠다. 그러나 상길이는 그런 것과는 아무 상관 없이,

"으앙, 앙, 어무마 어무마, 앙앙앙, 아아아!"

천지가 진동하게 울었다. 저쪽에 떨어져 사방을 살피고 있던 욱자와 석수가 불안한 눈초리로 이쪽을 본다.

"울지 않게 좀 해요. 밤 소리는 십 리 간다 했잖수!"

"그래, 알았어!"

보욱이 손으로 알았다고 흔들어 대고 항슬이 포대기째 상길이를 외삼촌에게 건네자 강가는 아이를 앞가슴으로 안아들었다. 강가의 품에 안기자 상길이는 더욱 크게 울어재꼈다. 두 팔은 외삼촌 얼굴을 때리고 머리는 자향을 향해 마구 흔들며 발버둥쳤다. 어린 눈에 눈물이 범벅이 되어 흐르고 눈동자는 자향을 향해 금방 죽을 듯이 애처롭게 쳐다본다. 언니야, 나는 안 갈래, 날 버리지 마요, 버리지 마요! 하는 하소연이 아이의 눈망울 속에 그득하였다.

아이는 흐르는 눈물 때문에 자향이 보이지 않을 정도인데도 자향이 있는 방향을 잘도 알아내고 있었다. 강가가 조카를 달래느라,

"상길아, 상길아. 착하지 삼촌이야."

하고 얼르며 몸을 움직일 때마다 아이는 눈길을 자향이 있는 곳으로 바꾸었다. 자향을 바라보는 눈길이 그렇게 애절할 수가 없다. 그악스럽게 울며 발악하는 상길의 온 얼굴은 시뻘겋게 상기되고 있었다.

자향은 상길이의 울음과 눈초리가 참을 수 없이 안타까웠지만 그보다 금방 경기가 나서 죽을 것만 같은 생각에 더럭 겁이 났다. 저러다 아이가 기절이라도 하면 어쩌나! 그 생각을 하자,

"안 되겠어요, 안 되겠어요. 애를 일루 주세요!"

자향이 달려들 듯이 강가에게 다가가 우는 상길이를 다시 안아들었다. 산천이 떠나가게 울던 상길이 자향의 품에 안기자 거짓말처럼 뚝 울음을 그쳤다. 그리고는 자향의 품에 꽉 안기면서 어어어어, 하며 못내 분하다는 듯 숨이 넘어가게 씩씩거렸다. 가슴이 경기가 난듯 벌떡였다. 어린아이지만 나름의 생각이 있는 건 분명하였다. 안기자마자 다시는 떨어지지 않겠다는 듯이 두 팔로 자향의 품을 꽉 껴안은 상길은 머리까지 젖무덤 위에 밀착한다. 울음은 그쳤으되 눈물은 계속 흘리고 있었다.

그런 상길이를 내려다보는 자향도 아까부터 눈물을 흘리고 있었는데 아

이의 상상도 안 되는 두 팔의 힘이 숨을 못 쉴 정도로 가슴을 옥죄어 오자 감격과 함께 뭐라 형언할 수 없는 서러움이 엄습해온다. 더욱 애틋한 마음에 아이의 눈동자를 들여다보고, 그래 상길이 상길이 이쁘지, 하면서 계속 눈물을 흘리는 것이었다.

자향에게 조카를 내어준 시커먼 삼촌도 분해서 씩씩대는 조카를 보며 눈물을 찔끔거리고 있었다.

자향 외삼촌 항슬 보욱은 잠시 그런 상태로 서 있을 수밖에 없었다. 아이는 여전히 분하다는 듯 숨을 격하게 쉬었고 자향은 연신 상길이를 토닥이며 꼬옥 안아주었다.

한데 이번엔 눈물을 훔치며 조카를 멍하니 쳐다보던 시커먼 외삼촌이 이상하였다. 흐르는 눈물 때문에 고개를 들고 하늘을 멍하니 보더니 혼자 뭐라고 중얼거리고는,

"흐윽!"

흐느끼는 것이었다. 자향과 항슬 보욱은 그런 외삼촌을 놀란 눈으로 쳐다보았다. 어쩌면 슬퍼하는 조카를 보다가 젊은 나이에 죽은 여동생을 생각하고 우는지도 몰랐다. 잠깐 그렇게 흐느끼던 외삼촌이 갑자기 자향 앞으로 다가오더니,

"아씨, 너무 고맙습니다. 거우 이틀밖에 안 되는 시간에 어쩌면 이렇게 잘 대해주셨는지요. 우리 상길이가 이처럼 따르는 걸 보니 훌륭하신 걸 알겠습니다!"

갑작스런 외삼촌의 감사에 자향은 대꾸하기가 민망하여,

"아니어요. 아이가 어머니가 그리워서 그런 거지요."

하고 적당히 얼버무렸다.

"그렇지 않다는 거 저 잘 압니다. 아씨, 고마웠습니다. 제가 이렇게 감사드리겠습니다."

그 말과 함께 외삼촌은 땅바닥에 엎드려 넙죽 절을 하는 것이었다. 자향

이 갑작스런 외삼촌의 행동에 놀라 뭐라 응대를 못하고,

"오마나! 이러지 마세요."

나직이 민망해하는데 외삼촌은 벌떡 일어나서는 울먹이는 소리로 말하였다.

"제가 상길이를 안고 집으로 막 뛰어갈 테니까 아씨는 다 잊구 떠나가 주십시요. 언제 인연 있으면 다시 만나고 그때 재차 감사 말씀 올리겠습니다. 정말로 고마웠습니다."

그렇게 말한 외삼촌은 돌연 단호한 표정이 되더니 자향의 품에서 상길이를 낚아채듯이 우악스럽게 빼앗아 안고는 언덕 아래로 마구 달려갔다. 정말 순간적인 일이었다.

상길이는 아까처럼 다시 악악대며 울고 두 팔로 외삼촌을 마구 치는데 외삼촌은 아랑곳하지 않고 달려갔다.

상길이가 거리가 멀어지는 것과 반비례로 천지가 무너지듯 더욱 세차게 울어재꼈으므로 자향은 어쩔 줄을 몰랐다. 아이가 불쌍한 것만 아니라 저 자신도 슬펐다. 그녀는 자기도 모르게 외삼촌이 달려간 길로 경황없이 쫓아가며 상길이 못지않게 외쳐댔다.

"상길아, 상길아!"

자향이 사오 장도 가기 전에 보욱의 신호를 받은 욱자가 앞을 막아섰다. 그러나 이성을 잃은 자향은 팔을 휘두르며 우는 상길이만 보여 그냥 달려갔다. 욱자도 비키지 않고 두 손으로 자향을 막아섰으므로 그 바람에 자향을 덥썩 안고 말았다. 그래도 자향은 '상길아, 상길아!' 외치다가 자기가 욱자의 품에 안겨 있는 것에 정신이 들어,

"외삼촌, 애를 잘 돌봐줘요!"

크게 한차례 소리치고는 고개를 숙이며 오열하였다. 가까이 다가온 보욱이,

"아씨, 그동안 정말 수고 많았습니다."

위로 비슷한 말로 분위기를 바꾸며 욱자에게 눈짓하였다. 욱자가 자향을 놓아주자 자향은 허청거리다가 항슬이의 부축에 겨우 서서는 상길이 안겨 간 쪽을 멀건히 쳐다보며, 상길아 상길아, 외삼촌…… 상길아, 묘한 중얼거림을 자기도 모르게 내뱉고 있었다.

이제 아이의 울음소리는 꿈결같이 작게 들리다가 그것도 잦아들고 작은 점으로 변하는 외삼촌과 두 팔을 흔들고 있는 것 같은 상길이가 보일 듯 말 듯하였다.

## 57. 찬란한 빛살 속으로

그들은 초가의 뒷문으로 해서 도둑처럼 숨어 들어갔다. 일행은 정지로 들어가 부엌문을 통해 안방에 들어갔다. 노린내만 부엌에서 앞뜰과 그들이 들어온 뒤쪽을 살폈다.

방에 들어가자 둔쇠는 방바닥에 누우며 신음소리를 삼키고 있었다. 충격을 받은 순간은 엉겁결에 아픈 줄을 몰랐다가 시간이 흐르자 통증이 엄습해온 것이다. 핏자국이 얼룩덜룩한 얼굴은 밤귀신처럼 시커멓고 왼쪽 눈엔 하얀 헝겊을 덮은데다 아직 서툰 외눈으로 엉기적거리며 행동하는 모습은 마치 강시 같았다.

정염이 그 옆에 다가가 형낭에서 콩알만한 환약 세 알을 꺼내 둔쇠에게 주었다.

"둔쇠, 이걸 침으로 씹어서 삼키오. 위통환이란 걸세. 통증이 많이 숙을 게야."

둔쇠는 환약을 오물오물 씹어 삼켰다. 그런 둔쇠를 살피던 정염이 바로 옆에 앉아 있는 장시후를 보고 깜짝 놀라는 표정을 지었다.

"아니, 장 상경도 오른쪽 어깨를 다쳤네!"

그러고 보니 장시후의 오른쪽 어깨 위 옷이 찢어져 있고 피가 은은히 배어나오고 있었다.

"이거야 별거 아니네. 둔쇠는 눈을 잃고도 의연한데 이까짓 상처가 뭐 대수겠소."

"아니요. 그렇다 해도 치료는 해야지요."

정염이 장시후를 치료해주고 있을 때 최대목은 방과 마루를 연신 돌아보며 흡족한 표정을 짓고 있었다.

얼마 전 최대목은 정염과 함께 이 초가를 탐문하러 온 적이 있었다. 그러나 다시 보니 조상의 얼이 담긴 집 안 구석구석이 새삼 감격스러웠던 것이다.

어젯밤부터 최대목의 장인정신에 반한 장시후는 그런 최대목의 동태를 유심히 보고 있었다. 정염이 치료를 끝내자 장시후는 고맙다는 인사를 하고는 최대목에게 물었다.

"최대목님, 이 집이 그렇게 좋은 명품입니까요? 보기만 해도 너무 좋으신지 입이 하 벌어져 있습니다요."

장시후의 찬사를 겸한 질문에 최대목은 기다리고 있었다는 듯이,

"그러문요, 그러문요."

즉각 대답을 하고는 신이 난듯 말을 이었다.

장 상경, 여길 보십시요. 종이가 너풀너풀 해졌지만 이 도배(塗褙)가 멋있지요. 그러네. 종이가 아주 고급이요. 멋이 있는 벽질세. 이런 종이는 궁중에나 있는 건데? 그렇습니다. 궁중을 아는 분이라 대변 이해를 하시는군요.

옛날의 도배는 궁실과 사원 등에서 권위를 상징하기 위해 기둥과 보에 비단을 감아 장식한 겁니다. 종이가 발전하고 보온성 있는 질긴 종이가 나

오면서부터 값싼 종이로 바뀌었지요. 도배의 배(褙)자에 옷 의(衣) 변이 들어가 있지 않습니까. 한자가 모든 사물의 역사를 말합니다. 역사가 한자 속에 있어요.

오호, 최대목은 한학에도 조예가 있으시오. 장시후의 감탄에, 뭘요 우리 목수일에 관련된 글자나 좀 알지요. 한데 이 종이는요 잘 살펴보세요. 자, 보시라구요. 특별히 도배용으로 만든 겁니다. 그렇지요? 그냥 한지하고는 틀립니다. 어떻게 틀리요?

도배용 종이는요, 첫째 질기고 둘째 두툼하고 셋째 문양이 아름다워야 합니다. 그리고 종이의 재질은 습기의 흡수성과 보온성이 좋아야 합니다. 습기의 흡수성은 뭐요? 아, 그 있잖습니까. 습할 때는 습한 공기를 흡수하여 대기를 온화하게 만들고 건조할 때는 흡수했던 물기를 내뿜어서 방 안을 시원하게 만들어주는 거 말입니다.

그 말에 옆에서 장시후와 함께 귀를 쫑긋하던 연지가 이쁜 입술로 끼어들었다. 종이가 습기를 먹어요? 그럼요. 종이는 대기의 조절자입니다. 대기 속의 물기를 먹기도 하고 내뿜기도 하고, 더운 기를 흡수하기도 하고 추워지면 따스한 기를 내뿜기도 하고 말이요. 그래서 좋은 종이로 도배한 집에 살면 감기는 물론이고 해소 기침 없고 추위나 더위에 시달리지 않습지요.

그 말에 장시후와 연지는 무슨 말인지 잘은 이해가지 않고 아리송하였지만 최대목의 말에 거짓이 없을 것은 확신하는 바라 감탄한 듯 고개를 끄덕였다.

그리고 이걸 보십시오. 이 장판지는 각장집니다. 각장지(角壯紙)는 기름을 잘 먹는 종이지요. 두툼하잖아요. 기름만 잘 먹는 게 아니라 보온 능력도 좋은 종이지요. 구들장이 따뜻해지면 그 온기를 오래 보존할 뿐더러 불을 때지 않는 여름이나 불을 못 때는 추운 겨울에 습기와 찬기가 아래에서 쳐와도 끄떡없이 밀막아버리지요.

이런 각장지는 본 적이 없는 걸이요. 장시후가 감탄하자, 그러문요. 이 건 아마 궁중에서 조달했을 겁니다. 조지서*에서 가져왔을 거예요. 자하문 넘어에 있는 조지서 말이요? 그러문요. 왜 조지서가 자하문골 탕춘대에 있는 줄 아십니까? 그걸 우리가 알 턱이 없지요. 그렇겠지요, 제 말을 들어보십시오.

종이는 재료가 중요합니다만 그 못지않게 제작할 때 쓰는 물이 좋아야 하고 종이를 완성 직전 말릴 때 좋은 넙적바위가 있어야 하고 거기에 맑은 공기가 있어야 합지요. 물과 공기가 좋아야 한다구요? 그럼요. 아니 물과 공기쯤은 우리 조선 천지 어디라고 안 좋겠습니까. 그렇지 않습니다. 사소한 차이라도 물과 공기에도 좋고 나쁨이 있지요. 좋은 물과 좋은 공기로 만든 종이는 그 품질이 틀립니다. 우리들 집을 만드는 사람은 그렇게 사소한 것도 필히 따지지요. 하긴 따질 법도 하군요. 훌륭하셔요. 연지는 감탄의 대가로 고개를 끄덕였다.

이렇게 최대목이 들은 풍월과 아는 지식을 신나게 읊어대고 장시후와 연지가 감탄하고, 이야기가 창문과 나무 질의 좋고 나쁨으로 넘어가려는 참에 부엌문에 노린내의 얼굴이 나타나 속닥였다.

"사결이, 초가 앞뒤로 이상한 그림자들이 얼씬거리네."

그 말에 조용히 최대목의 신명을 즐기던 정염이 깜짝 놀라며 노린내를 바라보았다.

"그래요? 여러 놈입니까?"

"앞에는 두 놈인데 멀찌감치서 초가만 살피고 있고 뒤쪽은 조금 많아. 확인되는 숫자만 네댓 명일세."

두 사람의 대화에 최대목 장시후 연지는 초가의 아름다움보다도 불안한 마음이 뭉게구름처럼 일어서 노린내와 정염 옆에 다가앉았다. 드러누워

---

**조지서** 造紙署 조선시대 종이를 만들던 관청. 지장(紙匠) 팔십일 명 차비노(差備奴) 구십 명이 소속된 규모가 큰 제지소였다. 조선의 우수한 제지 기술자들을 총망라하여 종이 질이 당시 세계 최고였음. 중국 궁실에서도 우리 종이, 즉 한지를 얻어갈 정도였다함. 우리나라 서적 간행에 지대한 공헌을 하였음.

있던 둔쇠도 벌떡 일어나 정염 옆으로 다가왔다.

정염이 눈쌀을 찌푸리며 물었다.

"앞뒤 놈들이 다른 패들 같습디까?"

"그런 거 같기도 하고 아닌 것 같기도 하고."

"그래요? 잠깐만 가만 있어 봐요."

정염은 오른손을 들어 노린내를 진정시켜 놓고 갸웃 하더니,

"아하, 그렇구나!"

하며 오른손으로 자기 이마를 철썩 쳤다.

"왜 그러는가, 사결이?"

"제가 너무 쉽게 생각하였습니다. 노 포교의 수법이 좋아서 우리가 미행자를 확실히 따돌릴 수 있다고 자부한 것은 좋은데 이 집에 대해서는 너무 주의를 하지 않았군요."

"그게 무슨 말인가. 이 집을 저들이 어떻게 알았다는 게야?"

"이 집이 목수비책에 실려 있지 않습니까."

"그래서?"

"저들은 해탈문도 알고 있고 최대목과의 관계와 최대목 집도 훤히 꿰고 있었잖아요. 그렇다면 초가도 알고 있다고 봐야 하지 않겠습니까. 아, 그렇구나. 팔백 냥으로 값을 올린 자도 바로 저들 속의 인물일지 모릅니다. 이런 젠장, 인제사 그게 생각나다니!"

정염은 자기 머리를 오른손으로 마구 쳤다.

"너무 자책하지 말게, 사결이!"

옆에서 열심히 귀를 기울이던 최대목이 끼어들었다.

"여보게 사결이, 그럼 이 집에서 한판 싸움이 일어날 것 같은가?"

"그럴지도 모르지요."

"그러면 안 되네. 이 집은 국보급이야. 절대로 다쳐서는 안 되네. 둔쇠는 부모가 주신 신체 다친 걸 가슴 아파했지만 나 소목수는 우리 조상이 지은

이 집을 다치게 보고만 있을 수는 없네!"

정염은 그렇게 말하는 최대목을 빤히 쳐다보았다. 여명이 트고 있어서 호롱불이 없어도 얼굴을 훤히 알아볼 수 있었다.

오늘은 참 여러 가지를 겪는군. 상놈인 둔쇠가 어느 선비보다 부모가 주신 신체발모를 아끼더니 이 최대목은 초가집을 금이야 옥이야 하는군. 하긴 그럴 법도 하지. 대목수가 조상이 만든 멋진 집을 아끼지 않을 수 있나.

얼굴이 길쭉하고 채수염을 기른 도총관은 새벽 공기처럼 싸늘한 표정을 짓고 있었다. 밤을 꼬박 샌 얼굴치고는 또릿또릿한 눈망울이다. 눈을 감았다 떴다 하는 품이 뭔가 중대한 결심을 곱씹고 있는 태도이다. 그와는 대조적으로 얼굴이 뭉툭한 부총관은 무인답지 않게 두려운 표정을 짓고 있다.

채수염이 입을 열었다.

"부총관, 그러니까 우리 애들은 그저 대기하고 있었을 뿐 손을 쓰지 않았다는 말입니까."

"그렇습니다. 어느 놈이 이상한 훈령을 우리가 내린 것처럼 전달해 농락하였습니다. 단, 별기대 일개조가 성 밖으로 쫓아나갔고 기습조가 미행중이랍니다."

"그들로 처치가 되겠습니까?"

"장흥동에 대기하고 있던 별기대의 남은 조도 이미 성 밖으로 나갔습니다."

"그럼 이렇게 정리합시다. 우리는 성명의 조직이요. 줄은 하나요. 성명과 심 대감이요. 그들 명령을 오늘로 끝내는 겁니다."

"저는 그렇지 않은데요."

"뭐가요?"

"저의 명령선은 성명과 도총관 어른입니다."

"그렇소? 그럼 부총관 대감은 심 대감과는 최근 이번 일로 거래가 없었소?"

"없습니다. 도총관 대감이 말씀하거나 성명의 전갈이라는 연락만 받았는 걸이요."

"성명의 전달을 받았다구요?"

부총관이 말없이 고개를 끄덕이자 도총관은 입을 다물고 가만히 있다.

"허, 참. 무슨 말인지 잘 모르겠군."

"그럼 도총관 대감은 성명과 심 대감의 명령을 받으신 겁니까?"

"나는 성명의 명은 직접 받은 적이 없소."

"이런!"

둘은 망연히 서로를 바라보았다. 이게 어떻게 된 일일까. 혼란은 벌써 고위층인 두 사람 사이에도 있는 것 아닌가.

"그러면 도총관 대감. 대감이 저한테 연지와 장 상경을 꼭 없애야 한다고 하신 것은 심 대감의 지시였나요?"

"그렇소."

"그것은 주초위왕 때문이니까 이해가 됩니다만……."

"부총관 대감이 성명의 지시라며 직접 전달받은 것은 무엇이었소?"

"포교 노동팔을 빨리 없애고 자향이란 애를 산 채로 데려오라는 지시였지요."

"노 포교와 자향이? 그 사람들 사안을 성명이 어찌 직접 관여하셨을까."

"저도 그게 좀 의아하였습니다. 그래서 대감께 제가 직접 여쭈어 보았잖습니까. 노 포교 일이 쉬이 풀리지 않는가 봅니다 하고요."

"그거야 들은 바가 있지만 지나가는 이야기로 생각하였는걸. 우리 임무로 생각한 것은 아니었소이다."

"허허, 친군위 일이 하도 은밀해야 한다 하여 저희가 말을 아끼다보니 착오가 있었군요. 허나 두 명령이 위에서 내려온 것은 틀림이 없잖습니까."

"그렇소. 지금은 우리가 이렇게 방황할 여가가 없소이다. 우리 둘일망정 뭉쳐야 하오."

"그 말씀 천금으로 여기겠습니다."

"그럼 우선 우리한테 내려온 명령을 검토해 봅시다."

"진위도 따져봐야 합니까?"

"그렇소. 그리고 딴 명령도 있으니까요."

"딴 명령요?"

"특히 함지박귀 포교를 필히 처치하라는 지시오."

"그자는 왜요?"

"비밀선이 그자에게 내려가 있다는 이야기요."

"그래요? 그게 뭔데요?"

"너무 많은 것을 알고 위험한 인물이라는 뜻 같은데 그것 말고도 뭔가가 있는 것 같기도 하오."

"그렇습니까."

"그리고 모든 일을 오늘 새벽 안으로 끝내라는 엄명이었소."

"그렇습니까. 그렇다면."

"문제가 커져 있소."

두 사람은 서로를 살피며 비밀지령을 나누기 시작하였다. 그런 중에도 서로가 서로를 살펴야 하는 이상한 현실에 두 사람은 당혹해 하고 있었다.

보욱은 처음 당마루(堂峴) 가는 아랫길을 택할까 했다. 즉 만초천을 따라 서북쪽으로 올라가다가 만리창 옆을 지나 효창묘를 스쳐 문안으로 들어가는 궁리를 할 참이었다. 그러나 그 길은 지금은 포교가 한둘은 목을 지킬 것 같은 생각에 영 불안하였다. 욱자와 석수가 온 길을 포교들이 더듬어 오고 있는 것 같다는 보고였다. 그렇다면 당고개 가는 길도 위험할 터이었다.

포교들이 생각하지 못할 역으로 가는 길은 어디일까, 하는 생각에 골똘하다가 혼자 손뼉을 쳤다. 앞서 가던 욱자가 손뼉 소리에 뒤를 보고 기다렸다.

"날 기다렸어?"

"그럼요. 왜 손뼉을 치셨수?"

"방향을 왼쪽으로 틀어."

"어어, 그러면 기왓골로 되돌아가는 건데."

"그건 나도 안다."

"왜 그 길로 가는 거요?"

"가장 안전할 것 같아서."

"그러면 문안으로 가는 반대 방향으로 가는 건데."

"그렇지. 여하튼 그쪽으로 가자구. 돌아가는 방법이 어느 땐 좋을 수도 있는 거니까. 길에서 한참 벗어나서 산길로 가. 알았지?"

"알았어요."

욱자는 엉성하게 대답하고는 자향을 살피며 뒤따라오는 항슬이를 바라보았다. 자향은 아직도 상길이를 잃은 슬픔을 떨치지 못해 망연해하며 걷고 있고 항슬은 고개를 끄덕였다. 욱자는 기왓골 쪽으로 길을 바꿨다.


외삼촌 강가는 정신없이 달렸다. 상길이는 외삼촌을 두 팔로 치고 그악하게 울어댔으나 그것도 한동안. 힘도 팽기고 그 좋던 아줌마가 보이지 않자 이제는 허탈감에 떨어졌는지 으으으, 우는 건지 신음하는 건지 소리가 이상하게 변하면서 눈동자도 한곳에 고정되었다.

삼거리가 나오자 강가는 왼쪽으로 방향을 틀었다. 이제는 달리지 않고 속보로 걸었다. 품에 안겨 묘한 소리로 우는 조카를 내려다보았다. 얼굴은 벌겋게 달아 있고 콧물 눈물이 범벅이 되었고 눈동자는 고정되어 세상만사 모두를 무시하고 있는 투였다.

이것 봐라. 이녀석이 혹 실성한 건 아닐까. 강가는 멈추어 서서 아이를 들어 올려 얼굴을 자세히 들여다보았다.

"상길아, 상길아. 이쁘지. 조금만 있으면 집에 가서 맛있는 곶감 줄게."

그래도 아이는 멀그러미 있을 뿐 아무 반응이 없다. 강가는 상길이를 툭툭 두드리고 손등으로 얼굴을 훔쳐주고는 자기 왼뺨으로 아이의 오른 볼을 부비며 말하였다.

"상길아, 집에 가면 이쁜 옷도 입혀줄게. 외숙모 시켜 인절미 떡도 만들어 주마. 알았지."

상길이는 여전히 반응이 없다. 외삼촌 강가는 애가 달았다. 상길이가 그렇게 좋아하는 아씨라는 처자에게서 너무나 매몰차게 떼어내 데려와 뭔가 크게 잘못되었나, 마음이 영 불안하였다.

아까 흐르는 눈물을 참느라 하늘을 보다 강가는 샛별을 보았다. 그 별을 보자 돌림병으로 죽었다는 여동생 생각이 났다. 여동생의 어렸을 적 이름이 샛별이었다. 그렇게 눈이 이쁘고 초롱초롱하여 할머니가 '아이구 우리 애기, 어쩌면 샛별처럼 그렇게 눈이 이쁜고!' 하고 감탄한 뒤로 본이름은 젖혀지고 이쁜 샛별이라 부르게 되었다.

시커먼 젊은 놈이 여명도 트기 전에 장지문을 두드리며 상길이 외삼촌을 찾을 때 강가는 여동생의 죽음을 직감하였다. 한데 육자가 하는 짓이 수상하고 칼 가진 자가 불한당처럼 방안으로 쳐들어와 협박공갈을 할 때는 큰 사단이 나는 줄 알았다.

한데 와요현으로 빙 돌아올 때 들은 이야기는 역시 여동생의 죽음이었다. 슬픈 소식에 눈물도 제대로 뿌릴 사이 없이 조카를 데리러 가는 길은 만사 경황이 없었다. 이자들은 누구이며 어째서 조카를 데려다 주는 건지, 왜 집으로 아이를 데리고 오지 않는 건지.

와요 근처에서 만난 키 큰 사내는 싹싹한 모습에 인심 좋은 목소리로 간결하게 상황을 설명해 주었다. 입장이 곤란한 일이 있어 외삼촌을 일루 오시게 하였다고 미안해하기도 했다. 여하튼 고마운 마음에 여동생을 잃은 슬픔을 잠시 잊었다.

한데 조카가 선녀처럼 고운 처자한테서 안 떨어지려 할 때부터 가슴이 애렸다. 그렇게 아끼던 여동생 샛별의 아들이 엄마 잃고 저러는구나 생각하자 가슴이 미어지고, 밤 하늘의 샛별을 보자 동생을 잃은 슬픔은 드디어 큰 파도가 되어 밀려왔다. 슬픈 파도가 그를 휩쓸자 아이의 우는 소리가 더욱 서러웠다. 아픔이 두 배 세 배로 증폭되어왔다. 그 못지않게 뭔지 모를 아집에도 빠지는 것이었다.

샛별의 아들을 저 처자한테 빼앗겨서는 안 된다. 저 처자가 상길이를 잘 대해줘 저렇게 따르는가 보다만 그래도 상길이는 샛별의 유일한 핏줄. 삼촌인 내가 길러야 해. 아무리 가난해도 상길이를 길러줘야 해. 저 처자한테 빼앗겨서는 안 돼!

그렇게 갑작스레 이상하게 마음을 굴린 강가는 느닷없이 자향한테서 상길이를 빼앗았다. 자향한테 넙죽 절을 한 것은 자기도 모르게 감사한 마음이 시킨 것이었다.

그렇게 쟁취한 상길이가 지금 영판 이상한 게 아닌가. 너무나 큰 충격에 정신을 잃고 바보가 되었는지 아이는 어떠한 말에도 반응이 없다.

강가는 온갖 말로 상길이를 얼러 보았다. 상길이는 여전히 반응이 없다. 사실 가랑이가 찢어질 정도로 가난한 집에 곶감이 있을 리 없고 아이의 새 옷은 언감생심이었다. 그러나 목전이 급해서 있는 말 없는 말로 아이를 달래보건만 아무 소용이 없으니 정말로 폭폭할 일이었다. 공연히 더욱 슬프기도 하다.

인석아, 정신 좀 차려라. 이 삼촌이 아무리 가난하다 해도 너는 열심히 길러주마. 내 자식 이상으로 아껴주마. 절대로 차별대우하지 않으마. 응, 너는 이 삼촌이 동생 중에서도 젤 이뻐한 샛별의 아들이잖니. 넌 애미 닮아서 머리도 좋을 거야. 이 삼촌 닮았으면 힘도 셀 거구. 응, 정신을 차려라, 상길아. 그 이쁜 처자는 이제 다시 못 만날 터이니 잊어버리거라.

그렇게 중얼거리며 상길이를 꼬옥 안고 집 쪽으로 빠르게 걸어갔다. 그런 외삼촌 앞에 통통한 사내가 우뚝 막아섰다.

"누구십니까?"

놀란 강가는 옆으로 몸을 피하며 주춤거렸다. 새벽이 훤히 밝아서 통통한 사내가 포졸복을 입고 있는 걸 확인할 수 있었다.

으윽, 포졸이다. 환두도 차고 있고. 입고 있는 복장이 문안 포졸 같은데.

"당신이 그 아이의 삼촌이오?"

포졸이 묻자 강가는 공연히 가슴이 떨렸다. 겸손하게 말하였다.

"그렇소이다."

"그 아이는 누구한테서 받았나?"

"어느 여자한테서 받았습니다."

"그래? 이쁘게 잘생긴 여자였지?"

"그렇습니다."

"어디서 만났지?"

그때서야 강가는 눈치가 붙었다. 이 포졸은 나한테 뭔가를 따지려는 게 아니라 그 처자가 목적이구나. 맞았어, 처자는 포졸한테 쫓기는 신세인가 보다. 상길이가 울 때 한 사내가 조용히 하라고 불안해하였지. 말 못할 사연도 있다고 하였고. 그렇다면 그 여자를 만난 곳과 간 곳을 이야기해줘서는 안 될 일이었다. 우리 상길이를 그렇게 잘 돌봐준 은인이니까.

"글쎄요. 저기……."

말을 느리면서 어물거리던 강가는 진실이건 거짓이건 말해주는 것도 빨리 하면 안 된다는 생각까지 하였다.

"빨리 말해!"

"그게 잘 모르겠는데요."

강가는 머뭇거리는 것은 좋았는데 내뱉은 말이 어수룩하였다.

"이 짜식이 어디서 흉물을 떨어. 갈비뼈가 부러지고 복사뼈가 으스러져야 정신을 차리려나!"

그 말과 함께 독랄한손은 오른발로 강가의 왼발 복사뼈를 냅다 찼다. 복사뼈를 얻어맞는 순간 뼈대 있는 강가도 대뜸 자지러진다. 풀썩 쓰러졌다.

포졸이 신는 가죽신은 앞쪽에 두툼한 가죽띠를 대는 게 보통이다. 허나 질이 나쁜 포졸은 가죽 안쪽에 쇠줄을 테 두르는 수가 종종 있었다. 싸울 때 무기로 쓰기 위해서이지만 기실은 불쌍한 백성을 치는 데 쓸 뿐이었다. 더러운 포졸들의 천박한 짓거리인데, 독랄한손이 바로 그 축에 끼었다.

"아악!"

쇠줄에 복사뼈를 얻어맞은 강가는 단박에 주저앉으며 비명을 질렀다. 그 바람에 상길이를 땅바닥에 동댕이칠 뻔하였다. 아이를 겨우 안고 주저앉은 강가는 그러나 그따위 아픔에 두 손 드는 시골 물렁이는 아니었다. 몸은 잘 못 먹어 호리호리하지만 힘꼴 쓰는 장사 축에 든다고 자부하는 강가였다. 은근히 화도 났다.

그는 상길이를 안은 채 독랄한손을 올려다보며 툭 쏘았다.

"왜 사람을 치쇼?"

"뭐 임마, 이게 사람 친 거야. 이자식이 정말루 맛좀 봐야 알겠네!"

"왜 괜히 사람을 치냐 이거요."

"허, 이놈 봐라."

그 말과 함께 독랄한손은 오른손을 강가의 면상을 바라고 우충권으로 번개같이 후려쳤다. 그러나 이번에는 강가도 준비가 되어 있었다. 뒤로 펄쩍 물러나며 포교의 주먹을 상큼하게 피했다. 생각 밖으로 빠른 솜씨였다.

"이놈이!"

화가 난 독랄한손은 펄쩍 뛰며 이단옆차기로 강가를 돌려찼다. 그러나 강가는 역시 외삼촌. 그냥 막았다가는 가슴에 안은 상길이가 포교의 발길질에 챌 게 분명하였으므로 뒤로 피함과 동시 몸을 옆으로 잽싸게 틀었다.

그 바람에 옆구리를 독랄한손의 오른발에 무참하게 얻어 채이고 왼쪽으로 허청거리며 넘어진다. 그 뒷덜미에 독랄한손의 큰 주먹이 날아가 박혔다.

"악!"

소리도 밭게 강가는 길가 풀섶에 널브러졌다. 상길이도 길가 웅덩이에 떨어졌다. 그동안 으으으, 하다가 정신을 잃은 듯하던 상길이는 웅덩이에 떨어지자 재차 으앙, 하고 밤 하늘이 흔들리게 울어댔다.

기와굽이 강가는 조카가 소리내어 울자 갑자기 살맛이 났다. 그는 포교한테 얻어맞은 것은 금세 잊어버리고 아이한테 달려갔다. 고랑에 박혀 우는 상길이를 고이 안아올리며,

"그래 그래, 상길이, 아프지. 삼촌이 안아줄게 울지 마라, 응!"

평상심이 있는 사람이 그런 정경을 보았으면 아이를 사랑하는 외삼촌의 마음에 감동이 되어 잠시라도 무춤해졌으련만 독랄한손은 그렇지가 않았다.

저놈이 나를 무시하네. 지금 촌각이 바쁜 판에 짜식이 불지는 않고 무슨 능청을 떨어. 이놈 맛 좀 봐라!

쓸데없이 화를 돋운 독랄한손은 환도를 뽑아들었다. 시퍼런 환도를 본 강가는 아이를 달래다 너무 놀라 뒤로 주춤주춤 물러나며 소리쳤다.

"아니, 포교가 사람 죽일려고 하네!"

"이놈아, 빨리 불어! 그 처자를 어디서 만났느냐?"

"난 모르오. 난 이 애를 데려다 잘 기를 거라요. 내가 사랑하던 여동생의 하나 남은 혈육을 내 자식처럼 잘 기를 거라요."

"그걸 내가 알게 뭐냐 이놈아! 빨리 대! 어디서 만났느냐니까?"

"난 갈 거요. 우리 집으로 가서 애를 밥 먹여야 해요. 애가 배 고프다고 울지 않소."

새벽부터 이상하게 끌려와 묘한 해후를 한 강가는 이제 머리마저 이상하게 돌아가고 있었다. 사나운 포졸이 칼을 뽑아들었으면 그에 대해 적당

히 잘 대처해야 할 것을 그런 생각보다는 불쌍한 조카인 상길이를 데려다 잘 길러야겠다는 생각만 하고 있었다.

"이 짜식이!"

드디어 화가 꼭두까지 오른 독랄한손이 환도를 매섭게 후려쳤다.

옆 산 쪽을 훑고 가던 이대치는 멀리서 들려오는 아이 울음소리에 길 쪽을 내려다보았다. 워낙 멀어서 잘 보이지는 않았으나 대충은 볼 수가 있었다.

길 중앙에 서 있던 독랄한손이 길가에 쓰러져 있는 사내를 들어올려 매우 치는 게 보였다. 몹시 얻어맞은 사내는 뒤로 허청허청하며 쓰러지더니 옆 웅덩이 쪽으로 내려간다. 뭔가를 찾으려는 태도인데 독랄한손이 뭐라 큰 소리 치며 환도를 뽑아들고 있었다.

맘씨 고운 이대치는 저런, 칼을 뽑아들고 뭐하는 거야! 얼굴을 찌푸리며 길가로 내려가기 위해 바위 옆을 훌러덩 훌러덩 뛰어넘었다. 아이의 울음소리가 더 요란하게 들린다. 이대치는 내려가던 풀숲에서 다시 길가 쪽을 내다보았다.

길가 웅덩이에 내려갔던 사내가 길로 올라와 있었는데 독랄한손이 칼을 휘두르는 것이었다. 사내는 뒤로 물러나다가 풀썩 칼을 맞고 쓰러지고 있었다.

어, 독랄한손이 사내를 버혀버렸나. 저런 짓을 왜 하지! 왜 사람을 공연히 죽이는 거야! 성 형만 없으면 저자는 꼭 저렇다니까.

그때 이상한 그림자가 어른거리는 게 보였다. 땅에 떨어진 아이의 울음이 크게 들려오는 가운데 키 큰 사내가 독랄한손 가까이 다가가는 듯하더니 검광이 퍼렇게 새벽 공기를 가르고 있었다.

앗! 큰바보는 달려가던 걸음을 우뚝 서서 눈을 비볐다. 키 큰 사내는 오연한 걸음걸이로 독랄한손 옆을 지나가고 있고 독랄한손은 쓰러지고 있었다.

독랄한손이 저자의 칼을 맞았다!

사내는 칼을 들고 있는 것 같지 않았는데 어느 결에 검광이 번득이고 독랄한손은 쓰러져버린 것이다. 무서운 놈이다. 그날 밤 그 자객이다!

이대치는 오른손에 칼을 뽑아들고 발에 힘을 주어 달리기 시작하였다. 거리가 상당히 떨어져 있었으므로 이대치가 현장에 도착하는 데는 시간이 걸렸다.

달리는 사이에도 이대치는 현장을 직시하고 있었다. 독랄한손과 사내는 여전히 쓰러져 있고 아이는 계속 울고 있고 자객은 슬슬 걸어가고 있다. 자객은 빠르게 걷는 것 같지 않은데 벌써 저쪽 삼거리를 돌아가고 있었다.

이대치가 도착했을 때는 자객은 흔적도 없이 사라졌고 독랄한손은 벌건 피를 흠씬 흘리며 드러누워 있었다.

"이 형, 이 형!"

이대치는 독랄한손의 목을 더듬어보았다. 숨은 살아 있다. 허나 중태다! 살리기가 힘들다. 그는 길가에 쓰러져 있는 사내 쪽으로 갔다. 숨이 끊어져 있다. 이런! 이대치는 땅바닥에서 울고 있는 아이를 안아 살폈다. 아이는 어디 크게 다친 것 같지는 않았으나 설움을 넘어 한 맺힌 듯 울고 있었다.

이대치는 아이를 독랄한손 옆에 내려놓고 동료의 상세를 자세히 살피기 시작하였다.


경복궁의 밤은 은밀하다.

옷 스치는 소리, 종종걸음, 소곤거림, 보초번들의 뚜벅뚜벅, 군호 교환하는 소리, 황심박이 촛불 혀는 소리, 그리고 밝은 달을 보고 지우는 궁녀들의 한숨까지.

연지는 접송정 소나무 사이에서 기다렸다. 장시후 상경은 산보를 하는 듯이 걸어와서 주변을 슬쩍 살폈다. 연지는 소나무 사이로 손을 흔들었다.

장시후는 그녀의 하얀 손을 보았다.

무명에 아청색(鴉靑色) 물을 들인 치마 저고리. 투박한 무수리의 옷이 언뜻 보아서는 우중충하였으나 인물이 환한 연지는 볼품없는 옷과는 달리 달빛 속에서 아름답게 빛나고 있었다. 아, 연지!

장시후는 소나무 사이로 들어갔다. 연지는 두 팔을 벌렸고 장시후는 연지를 안았다.

오셨나이까. 으응. 일찍 왔소? 금방요. 밤이 시원해요. 벌써 그렇지? 엊그제만 하여도 찬기가 있었는데요. 그렇지.

장시후는 연지를 꼬옥 안았다. 볼에 입맞추었다. 연지는 눈을 감고 있었다. 낭군의 따뜻한 입술이 볼에 닿자 짜릿한 황홀감에 온몸이 떨렸다.

아, 님. 장시후님! 존경하는 내 님! 그녀는 더욱 세차게 님을 안았다. 이 님과 궁 밖에서 만나 사랑을 하였다면 오죽 좋을까. 얼마나 좋았을까. 그 얼마나 좋았을까. 정말로 좋았을 것을!

그들은 소나무 사이 풀 위에 앉았다. 장시후는 왼팔로 연지를 껴안고 오른손으로 그녀의 오른손을 꽉 끌어쥐었다.

오늘은 바빴소? 네, 정신없었지요. 희빈을 모시는 것보다 왕비 모시는 게 어렵소? 그러문이오. 물 한 사발 올리는 일도 격조차리고 맵씨 따지고 번거롭사옵니다. 노상 가슴이 떨리어요. 얼마 안 있으면 익숙하리다. 그렇지만 왕비는요 눈초리부터가 무섭사옵니다. 그래? 그러문요. 홍 희빈은 앙팡져도 부드러운 데가 있는데요 왕비는 처음부터 끝까지 칼날이와요. 밑에 것들을 한없이 숨을 조이게 하는 걸요.

상경님! 왜에? 제가요, 만일 왕비라면 그렇게 하지 않겠습니다. 어떻게 할 건데? 저는요. 밑에 것들 맘 편하게 해줄 거예요. 어떻게? 그래, 잘 했다. 물러가들 쉬어라. 날씨가 따뜻한데 뜰에 나가 꽃들도 보구 나비도 보구 나무들도 벗해 보구. 밤에는 무엇을 하니? 너무 쓸쓸하지 않게 책들도 읽고 다정하게 이야기도 나누고, 사옹원*에 맛있는 밤참도 부탁하거라, 내 말을 해두마. 수유(휴가) 받는 애들에겐 꼭 구절판이랑 의차로 무명을 챙겨주고, 부모님 드릴 약재도 가져가게 하구, 들어올 때 무슨 선물 같은 건 절대 들이지 말구, 새 철이 되면 옷들도 새것으로 다 마련해주고, 제조상궁은 아래 애들을 부리지만 말고 이뻐해줘야 하느니 그들의 애로사항을 다 들어줘야 한다, 알았느냐! 뭐 이렇게요.

연지의 장황한 사설에 장시후는 하하하, 웃었다. 우리 연지가 왕비마마가 되면 궁궐이 화기애애해지고 나라가 잘 풀리겠네. 그렇겠습니까. 그럼, 그 이상이 어디 있겠는가. 상경님, 너무 감사하옵니다.

둘은 꽉 껴안았다. 장시후는 자기의 입술을 그녀의 입술에 접문했다. 따뜻하고 부드러운 두 입술이 맞닿자 그들의 사랑은 봄눈 녹듯 녹아내리는 것이었다. 영원히 영원히, 둘은 이렇게만 있어도 좋을 것이었다.

낭군 입술의 달콤함이 은은해지자 연지는 슬그머니 눈을 뜨고 장시후를 살폈다. 그러다 생각난 듯 이쁜 입을 연다.

상경님, 오늘도 통을 받으셨다면서요? 그걸 어떻게 알았소? 다 아는 수가 있지요. 그래 통을 받았지. 정말로 훌륭하셔요. 별감님들 중에 상경님이 제일로 머리가 좋으시다면서요. 그렇지야 않지. 나 못지않게 통만 받는 사람이 여럿 있지. 그래두 상경님이 제일이라고 소문이 자자한 걸요. 그래? 그럼요!

조선시대 궁궐의 내시들은 자질 향상을 위해 사서와 소학 삼강행실을 교육받고 매달 시험을 치뤄야 했다. 자기가 읽은 서적을 강(講)하여 통(通 잘 통한 것)이면 별도로 근무일수 이틀을 더해주고 약통(略通, 대략 통한 것)은 하루, 조통(粗通, 조악하게 통한 것)이면 반나절을 보태주는데, 불통(不通)이면 거꾸로 삼일을 빼는 벌을 주었다.

지금 연지가 말하는 것은 장시후가 통으로 이틀의 상을 받은 것을 칭송하고 있는 것이다.

---

**사옹원** 司饔院 조선시대 왕의 식사나 궁중의 음식 공급에 관한 일을 맡아보던 관청. 주원(廚院) 상식사(尙食司)라고도 한다.

상경님, 그렇게 계속 통만 받으시면 금방 상문(종팔품)으로 승진하시겠네요. 아니야. 이까짓 통으로야 쉽게 승진이 되나. 그러면요? 매년 네 번씩 엄한 시험이 있지. 그 시험에서 높은 고과점수를 받아야 승진이 앞당겨져요. 아, 그래요. 하지만 상경님은 그 시험에서도 일등을 할 거 아니어요? 우리 연지, 날보고 일등하라는 이야길세. 그러문요! 하하하. 연지가 그렇게 하라면 그렇게 해야지!

둘은 그 말을 하면서 정답게 두 손을 그러쥐고 다시 입맞춤을 하였다. 아까보다 더 정겹고 열정적인 입맞춤이었다. 짜릿하고 황홀한 감촉이 그들의 몸 전체를 전류처럼 흘렀다.

아, 그렇게 아름다운 순간 황홀한 순간 잊을 수 없는 순간, 연지는 눈을 떴다.

자신은 벽에 기대 졸고 있었고 그런 자기를 장시후 상경이 내동 지켜보고 있었던 듯 눈을 뜨자마자 빙긋 웃어준다. 고마웁고 미안한 마음에 몸을 추스리고 님을 다시 보니 장 상경은 여전히 웃고 있다. 내가 그렇게도 좋으신가. 고마워라. 나도 상경님이 그렇게, 정말로 정말로 좋은데.

상사(相思)하는 마음을 갈무리하며 방을 둘러보니 바로 오른쪽에서 둔쇠가 졸고 있고 아랫목 쪽의 정염 도령은 방바닥을 내려다보며 뭔가를 생각하고 있다.

정염은, 왼쪽은 그들, 오른쪽은 저들, 뒤는 다른 한 패. 그는 손으로 방바닥에 바둑을 두듯 사방을 살피며 고개를 끄덕였다. 건너편도 산, 왼쪽도 산, 오른쪽은 평지 그리고 저 끝은 냇가.

"뭘 생각하며 그렇게 우물우물하는 건가?"

오른켠에서 지켜보던 최대목이 물었다. 정염은 쳐다보지도 않고 대답하였다.

"최대목이 이 집서 나가라고 하니까 집을 나갈 궁리를 하는데 잘 안 됩니다. 날이 훤히 밝아서 우린 완전 노출이라 행동이 어렵지요."

"난 나가라고는 하지 않았네. 이 집서 싸우지는 말자는 거였지."

"그게 그거지 뭐요."

"그래도 다르지."

"말은 달라 보이지요. 허나 결과는 같다 이거요. 최대목같이 우직한 목수가 말장난하는 건 아니겠지요."

"에이, 사결이. 무슨 말을 그렇게 하는가."

정염은 최대목의 말에는 신경을 쓰지 않고 방을 휘이 둘러본다.

앞쪽 장지문 옆에 애꾸눈이 된 둔쇠가 몽둥이를 들고 벽에 기대어 졸다 눈을 부비고 있고 건넛방 입구에 장시후가 연지와 함께 앉아 있다. 두려움도 있지만 걱정 못지않은 믿음 어린 눈으로 정염을 바라보고 있었다.

그들 셋은 정염과 최대목의 대화를 말 한마디 놓치지 않고 열심히 경청하고 있는 것이었다. 노린내는 부엌 정 중앙에 앉아 집의 앞과 뒤를 동시에 노려보고 있을 것이다.

지금 저들은 모든 기대가 정염이 한 사람에 걸려 있었다. 그걸 모를 정염도 아니다. 그러나 그는 당황하고 있지 않았다. 책임감을 느끼고 있는 것일까.

정염은 고개를 들고 천장을 올려보았다. 도배한 장지가 너풀너풀 찢어져 있다. 집이란 사람이 살지 않으면 금세 망가지는 법. 어쩌면 집 귀신조차 사람 없는 집이 재미없어 떠나가 버리고 없을 것이었다.

처음 초가에 들어왔을 때 일행은 경황없는 도망길에도 이 집이 얼마나 좋게 지었는지 이것저것 둘러보았다. 그러나 괴이한 적들이 꾸역꾸역 나타나자 국보급 집이고 잣이고 정나미가 뚝 떨어져 긴장과 초조 속에 파묻히고 있었다.

"둔쇠, 아직도 아프오?"

정염이 물었다.

"이제는 조금 괜찮아요. 싸울 수 있어요."

"싸울 수 있소?"

"그럼요!"

정염은 웃었다. 둔쇠가 한 번의 성공에 고무되어 싸울 의사를 확연히 드러내는 게 안쓰러웠다. 어젯밤의 대결은 어쩌다 요행으로 자객이 최대목의 몽둥이를 맞았을 뿐이었다. 그런 요행이 계속되리라는 보장을 그 누가 할 수 있을까. 저들은 날고 기는 자객이다. 이젠 경각심도 높을 터. 더구나 지금은 어느 순간 무섭게 쳐들어올 기세라고 노 포교는 진단하고 있다. 어젯밤의 우유부단하고는 전혀 다른 흐름이었다. 한데 성벽에서 노 포교에게 빨리 성을 떠나라고 귀띔해 준 사람은 누구일까.

여하간, 어젯밤 저들의 행동은 이해가 가지 않는 대목이 많다. 친군위의 두 개의 조직이 따로따로 논다고 해도 좋다. 왜 우리를 처절하게 공격을 안 하였는지.

정염이 머리를 들고 가까이에 있는 장시후에게 물었다.

"장 상경님, 어깨는 움직일 수 있습니까?"

"이 정도야 뭐. 원래 힘꼴을 못 쓰는 약골이라서 문제이지."

"하긴 그렇습니다. 허나 죽음을 초월하고 기를 세우면 안 될 일이 없지요."

거기까지 말한 정염은 연지한테는 한번 씨익 웃어주고는 부엌문으로 머리를 내밀고 노 포교에게 신호하였다. 노린내는 문 가까이 부서진 세발솥 옆에 와서 앉았다.

"저들이 금방 쳐들어 올 것 같다더니 왜 또 소강상태요?"

"그것 참, 묘하네. 나도 알 수가 없네. 사결이가 한번 추리해 내게."

"제가 귀신입니까?"

"자네의 머리는 귀신도 혼낼 수 있지 않은가."

"이런 어려운 판에 노 포교같이 여유라도 있으니 위안되는군요. 그나저나 노 포교님, 우리가 밖으로 도망나갈 수는 없겠소이까?"

"못 도망갈 건 없지만 어렵겠는걸. 이 집으로 안 오는 걸 잘못하였어."

"후회는 늦었구, 시도는 해보아야지요."

"그래?"

"한 번 나가서 시위를 하며 도망나갈 곳으로 어디가 좋은지 살펴봐 주시겠어요? 이젠 날이 밝았으니까 사방 지형을 살펴봐야 알 거 같아서요."

"그거야 할 수 있지."

노린내는 아까부터 왼쪽 얕은 언덕 쪽을 눈여겨보고 있었다. 언덕만 넘어가면 두툼한 작은 등성이가 두 갈래로 뻗어 있었다. 숲도 있다. 문제는 숲이 깊지 못한 것이다. 그게 조금은 아쉬웠다.

노린내는 뒷문으로 나가 번개같이 몸을 놀렸다. 이곳저곳을 살펴보았다. 오른쪽에서 사람 그림자가 얼씬거렸다. 후익, 바람 가르는 소리가 들려왔다. 화살이다. 몸빠진살! 흠, 놈이 여기까지 쫓아왔군. 몸을 급히 숙이고 빠른 속도로 옆으로 달렸다. 화살은 저 뒤쪽으로 날아가 사라졌다.

잣나무 사이를 빠져서 오른쪽으로 한바퀴 돌았다. 화살이 온 곳이다. 놈은 안 보인다. 활을 쏘아놓고 은폐된 곳으로 숨은 모양이다. 녀석이 겁은 되게 먹고 있군. 호현동혈전 때 나의 무서운 관포검을 구경한 놈이 분명하였다.

좀더 오른쪽으로 가면 세 녀석이 숨어 있는 곳이다. 그쯤해서 노린내는 집으로 돌아왔다.

"파악이 됐습니까?

뒷문 입구서 기다리던 정염이 물었다.

"우리가 가고자 하는 곳은 조금 보고 왔네. 저들이 있는 위치도 대충 알겠고."

"그래요?"

정염은 왠지 벙글벙글 웃고 있었다.

"왜 웃나? 내가 허둥지둥하며 돌아오는 게 우습나?"

"아니요. 노 포교는 무관이 되면 선봉부대의 좋은 장수가 되겠어요. 우리나라가 사람을 쓸 줄 모른다더니 노 포교를 보니까 더 절실하군요."

"유능하면서 버림받은 인재 많지. 나 정도야 뭐."

"하긴 그제 홍가주막에서 벼슬 못한 선비와 입씨름을 하였는데 말하는 품이 학문이 깊습디다요. 정말로 나라가 엉터리요. 한데 노 포교는 왜 왼켠으로 나가셨소?"

"언덕이 있고 숲이 있잖는가. 도망간다면 그쪽밖에 갈 곳이 있나."

"언덕 저켠에는 뭐가 있습디까. 숨을 만한 곳이?"

"숲이 있는데 깊질 못해. 오른쪽으로 돌아서 앞산으로 도망가야 할 것 같애."

"우리 도망자 신세가 처량하군요. 노 포교님, 그렇지요?"

"그래도 사결이 자네가 있으니 다행일세. 의연하고 배짱도 좋구. 꾀도 있구."

"꾀가 있으면 뭐합니까. 중과부족인걸. 노 포교만한 무사가 한 사람만 더 있으면 좋은데."

"내가 이렇게 정탐한 걸 저들은 어떻게 생각할까?"

"바로 그겁니다. 저들을 헤매게 할려고 나갔다 오시라고 한 거지요."

"그래? 한데 사결이, 왜 얼굴이 싱글벙글인가?"

"제가 그렇습니까."

"그런걸."

"이런! 저자들이 안 본 게 천만다행이네. 역시 어린 값을 해요. 제가!"

"무슨 말인가?"

"자, 일루들 오시오. 비상사태요. 작전을 짭시다."

정염은 부엌으로 나오는 문에 걸터앉더니 방에 있는 둔쇠와 장시후, 최대목, 연지를 다 불러모았다.

"노 포교는 냄새학을 발동하세요. 누가 가까이 오는지."

"알았네."

정염은 쓰윽 고개를 돌리며 전부를 쳐다보고는 빠른 말로,

"자 여러분, 간단히 이야기합니다. 최대목 조상께서 왜 여기에 집을 지었겠습니까. 저는 여기 와서 뭔가 좋은 게 없을까, 사소한 거라도 이용할 게 없을까, 생각을 하다가 거기에 생각이 미쳤습니다."

정염의 서두에 모두가 갑자기 찬란한 햇빛을 보는 느낌이 들었다. 뭔가 있구나. 살 길이, 좋은 방법이 있는 거다! 거의 절망 속에 빠져 있던 그들은 영리한 정염의 말투에 전원 눈치가 붙었다.

정염이 빠르게 말하였다.

"집을 지을 때는 땅을 보고 위치와 방향을 보고 습한가 건조한가를 보고 우물 팔 데가 있는가 보고 그 물이 좋은가 보고 공기가 좋은가 보고 그리고 대처와 먼가 가까운가를 봅니다. 이웃이 좋은 사람들인가도 보지요.

그러나 이 모든 것들이 지금 우리에게는 아무 상관이 없습니다. 하지만, 우리 최대목 조상은 여기에 집을 지었습니다. 초가이긴 해도 정말로 귀한 재목들로 작으나마 멋진 집을 지었습니다.

그럼 이 집은 왜 지었고 누구를 위해 지었을까요. 그 생각을 하자 궁리가 됩니다. 이 집은 어느 귀한 사람이 몸을 피신하기 위해 와 있던 곳이 아닐까. 그러기에 간소하나마 규모 있게 집을 지었다. 그렇게 생각하였습니다. 즉 이 집은 잠깐 동안의 대피처였다는 뜻이죠. 어떻습니까. 그 추리가 괜찮아 보이지요?

더구나 이 집은 울바자 대신 흙담입니다. 물론 흙담도 넘어오면 그만이지만 여하튼 앞문과 뒷문으로 들어오는 외에는 불편하게 담이 처져 있습니다. 방어적이다 하는 이야기죠. 허면, 유사시 이 집에서 피신해 나갈 뭔가가 있을 것 아닌가. 바로 한양 성벽의 비밀통로가 저한테 영감을 준 겁니다.

최대목 조상은 한양 성벽에도 출입구를 만든 분입니다. 여기에 그런 안

배를 안 해놓았을까요? 그렇지요? 아까 제가 저 토방의 벽을 째려보았지요."

정염은 부엌 벽에 있는 두툼한 황토벽을 가리켰다. 황토벽은 이중으로 되어 있었다. 언뜻 보아서는 겨울에는 따뜻하고 여름에는 시원하게 하기 위해 두툼하게 만든 황토벽으로 보였다. 허나 수상하다고 볼라치면 그렇게 두터운 벽이 이상할 터이었다. 노린내들은 정염의 말을 따라 한동안 황토벽을 쳐다보았다.

그들 눈 모두가 반짝반짝 빛났다. 이렇게 사소한 희망이 그들을 엄청 기쁘게 만들고 있었다.

"저 황토벽이 바로 비밀문이었습니다. 해탈문처럼 저 위에 있는 말고지를 좌로 두 번 우로 세 번 돌리고 안쪽으로 밀면 지하도가 나타납니다. 지하도는 땅 밑으로 나 있습니다. 노 포교가 나간 사이 제가 확인하였습니다."

사람들은 입이 헤 벌어졌다. 장시후가 제일 좋아하였다. 그는 연지의 손을 꼭 그러쥐었다. 그녀를 보호하고 싶은 마음이 그녀를 살리고 싶은 마음이 그녀를 어딘가로 안전한 곳에 데려다 주고 싶은 마음이, 그의 착한 심장속에서 이 순간에도 펄펄 뛰고 있었던 것이다.

"자, 즉시 저 비밀통로로 나가겠습니다. 허나 노 포교는 시간을 벌어줘야 합니다. 차 한잔 마실 시간 동안 부엌에 남아 저들을 지켜보십시오. 약간씩 몸을 드러내는 게 좋겠지요.

맨 앞은 최대목이 곡괭이나 삽 같은 것을 갖고 가세요. 혹 허물어진 곳이 있으면 길을 뚫어야 하니까요. 바로 뒤에 제가 따르겠습니다. 그 다음은 연지 아씨와 장 상경, 맨 뒤에 둔쇠가 따르고. 둔쇠는, 홰를 하나 빨리 만들어요!"

그 말이 떨어지기 무섭게 최대목은 부엌 모퉁이에서 다 녹슬은 삽을 주워 들었고 둔쇠는 형낭에서 시커먼 헝겊 쪼가리를 꺼내더니 나무 부지깽이에 감아 홰를 만들었다. 유사시 홰를 만들기 위해 갖고 다니던 기름헝겊이었다. 둔쇠가 메고 다니는 형낭이 과연 어제 오늘 형통한 실력발휘를 하고 있었다.

"몽둥이는 제가 들지요."

장시후가 최대목의 몽둥이를 대신 들었다. 정염이 토방 황토벽 위의 말고지를 건들더니 힘을 들여 안쪽으로 밀었다. 스르르 오른쪽으로 비스듬히 열리는 앞에 지하통로가 드러났다.

통로는 어둑컴컴했다. 그러나 이 지하도는 그들에겐 찬란한 빛살이 환하게 비치는 삶의 지름길이었다. 사방에 포위되어 갈 곳 몰라하던 그들에게, 저 어두운 길은 그렇게도 멋진 생명의 길이었던 것이다.

"자 갑시다. 최대목이 앞장 서시고 노 포교는 이 비밀문을 닫고 오세요. 잠깐이라도 시간을 벌어야 하니까요."

"알았네."

노린내는 대답을 하고는 그들이 지하도로 내려가는 것을 지켜보았다.

최대목은 둔쇠가 부싯돌을 켜 불을 댕긴 홰를 건네주자 왼손으로 들고 씩씩하게 지하통로로 내려갔다.


함지박귀는 만초천 북쪽까지 진출하였다가 급보를 받았다. 독랄한손이 중태라는 말을 듣는 순간 함지박귀는 어젯밤 꿈을 생각하였다.

함지박귀는 꿈속에서 왠지 모르게 고향집을 빙빙 돌고 있었다. 울바자에 최윤보가 고개를 내밀고 묘한 표정을 짓고 있었다. 자신은 헤매고 최윤보는 슬픈 표정. 뭔가 기분 나쁜 꿈이었는데 독랄한손의 소식을 듣는 순간 그 꿈 생각이 난 것이다.

함지박귀는 만초천 갯가 주막서 뛰쳐나와 한달음에 기왓골 위쪽으로 달려왔다.

그는 달려오며 생각하였다. 놈들이 문안으로 들어가려는 의도는 맞으나 만초천 쪽은 아니다. 그렇다면 둔지산 계곡을 따라 동진하여 홍인지문으로 들어가려는 것은 아닐까. 맞아, 그게 순리다. 숨기가 좋지 않은가. 길로 갈 필요가 없으니까. 그 생각을 못했다. 이런 빌어먹을! 사람이 더 필요해, 사람이 더 필요한 판에 독랄한손은 무슨 짓을 하다가 이 꼴을 당하누. 포위의 틀도 다시 짜야 한다!

지나올 때 잠깐 쉰 기왓골 안가에 도착해보니 독랄한손은 그곳 의술을 아는 할매의 치료를 받고 있었다.

"괜찮은가?"

이대치를 보는 순간 함지박귀는 독랄한손이 죽느냐 사느냐를 물었다.

"죽지는 않겠습니다. 그러나 한동안 기동이 안 되겠는데요."

"그놈이지?"

"네."

틀림없다. 그 자객임이 확실하다. 녀석은 지난 번에도 송골매와 두 포졸을 죽지 않을 정도로만 버혔다. 적의 능력을 없애는 동시 기동력과 손을 묶어놓는 고등수법이다.

이대치의 보고와 상황을 파악한 함지박귀는 여러 생각으로 헷갈렸다. 자객이 거기에 있다는 것은 부근에 자향과 그 일당이 있다는 증거, 그 아니고 무엇이겠는가. 자객은 그녀를 보호하는 자이니까. 그렇다면 저들은 지금 이 부근 어딘가에 있는 게 뻔하였다. 만초천까지 올라간 자신이 너무 앞서가고 있었던 것이다.

두 번째 보는 아이는 멍한 눈초리로 앞만을 바라보고 있었다. 소리내어 울지는 않고 있었지만 아이는 속으로 울고 있었다. 함지박귀는 대번 알 수 있었다. 이 아이는 엄청난 슬픔 속에 자지러지고 있다. 자칫 큰일날 수가 있겠다.

아이의 얼굴은 이틀 전보다 훨씬 살이 올라 있고 때깔도 좋았다. 다만 아이 나름대로 분기가 솟았는지 얼굴이 창백해 보였다. 어쩌면 자향이란 처자가 잘 먹이고 힘껏 돌보아서 아이의 건강상태가 급격히 좋아진 것이리라. 한데 그 좋아하는 엄마 같은 언니를 잃어 아이는 정신을 잃고 있었다. 저러다가 머리가 아예 가 버리는 것은 아닐까.

경황없는 중에도 함지박귀는 아이가 신경 쓰였다.

"여보게 이 형. 이 아이를 빨리 외숙모한테 데려다 줘야겠는데."

"그렇지요. 지금 동네 머슴 셋을 징발하여 외삼촌 강가 시신을 옮기게 했으니 함께 보낼까요?"

"자네가 함께 가게. 가서 설명을 잘 해야 하네. 자객에게 덤비다가 칼을 맞았다고 하게."

"거짓말인데요."

이대치는 역시 우직하였다.

"그럼, 우리가 죽였다고 말할 텐가?"

"알았습니다."

함지박귀는 오 경력이 준 돈에서 일부를 이대치에게 주었다.

"부비로 쓰라고 주고, 미안하지만 거짓말을 좀 그럴싸하게 해보아. 좋은 거짓말은 삼신할매도 권장한다고 했네. 공무집행하다가 이렇게 된 거 아닌가."

"알았습니다."

이대치는 알았다고는 했으나 마음속까지는 승복하지 않고 있었다. 그는 그런 사람이니까. 함지박귀는 그렇게 치부하였다. 그나마 저렇게 깨끗한 놈이 우리 포졸 속에 있는 것도 복이라면 복일까. 젠장, 별걸 다 위안삼고 있군. 함지박귀는 어처구니없었다.

새벽이 가고 낮으로 접어들고 있었다. 함지박귀는 안가 마루에 앉아 아낙이 대접해주는 동동주를 기울였다. 조금 전까지 열심히 들여다보던 지도는 품안에 집어넣었다.

지도를 보며 궁리를 하면 할수록 화가 난다. 자신한테도 화가 나고 부하들한테도 화가 나고!

함지박귀는 가슴팍 위로 솟아나오려는 분기를 억지로 참아내었다. 참아야지, 참아야지. 참지 않아서는 안 된다. 참을 인자 백 번을 외우라던 할아버지의 교훈을 잊지 말아야 해!

이럴 때 노동팔이 있으면 얼마나 좋을까. 그의 냄새학만이 아니라 개제한 자세, 그리고 객관성을 넘어서 비관적으로도 볼 줄 아는 현실 파악, 그게 큰 도움이 될 텐데. 녀석은 궁중에 들어가 잘 하고 있겠지. 포졸 십여 년 사이에 만난 동료 중 가장 나은 놈이었다.

노동팔 생각을 하자 마음이 가라앉는 한편 서운한 생각도 난다. 좋은 동료는 다른 데로 가고 구질구질한 놈들 땜에 마음 고생하는 자기가 불쌍하였다. 왠지 섭하였다. 장작눈썹 방기포 송골매 독랄한손, 요것들은 일은 엉터리로 하면서 세상 더러운 것은 죄 구비하고 있는 녀석들 아닌가. 비자를 잡으라고 하였지 그 애를 강간하고 아무 죄 없는 기와굽이를 죽이고, 무얼 어떻게 하겠다는 거야. 우리들 포졸이란 백성의 어려움을 보살피는 종에 불과한걸, 저들은 무슨 권한이나 잡은 양 행세한단 말이야! 어처구니 없는 일이로다.

함지박귀는 대포잔을 들어 벌컥벌컥 반잔을 들이켰다. 차디찬 동동주가 뱃속으로 꼬르륵 흘러 내려가니 조금은 기분이 가라앉는다.

홍, 그래. 새우젓패 놈들이 외려 우리들 포졸놈들보다 나아. 고녀석들이 내 부하라면 더 좋겠구만.

생각해보면 새우젓패 놈들과의 어젯밤 실랑이는 산전수전 다 겪은 그로서도 상상을 절하는 것이었다. 그 빠른 배를 어디서 얻어왔는지 제때에 대령해서 한강을 건너가고 우리를 수장하려고 덤비고 또 배와 만날 곳을 약조해 놓았다가 번개같이 한강을 다시 건너와 버리고.

삼개의 왈패짝급은 아니야. 수백 명 부하를 거느리는 장수를 해도 충분할 놈 아닌가. 녀석들을 이끄는 사실상 우두머리가 보욱이라는 자라고 하였지. 놈의 상판대기를 보고 싶다.

포졸 하나가 들어와서 굽신하며 보고하였다.

"성 포교님, 세 군데 재배치를 하였습니다. 한강독사는 와요현 오른쪽으로 가면서 우리 골 포졸과 합류하기로 하였고 정가는 둔지산 서북쪽으로 빨리 달려가라 하였고 김가는 그 왼편 등성이를 타고 재차 깊은내 쪽을 한 바퀴 돌으라고 하였습니다."

"잘 하였소. 제때에 우리와 연결이 돼서 큰 도움이오그려."

"어려울 때는 서로 도와야죠. 금방 누가 왔다 갔습니까?"

"그렇네. 이대치가 갔다가 올려면 시간이 걸리겠지?"

"한 시진 내에 올 겁니다. 어젯밤 한 소금도 못 주무셨다니 그 사이 좀 쉬시지요."

"다들 잠을 못 잤는데 나만 자면 되겠소. 곧 출동해야지. 그 사이 대포나 한잔 하시오. 피곤할 때는 술 한잔이 약이니까."

"그럴까요."


# 58. 경혈지압술(經穴指壓術)


욱자는 이상한 느낌에 발걸음을 멈추었다. 뒤쪽에 손짓하였다. 뒤따라 오던 항슬과 동료가 동시에 풀숲에 숨는 게 보였다.

잠시 동태를 살폈다. 아무 소리도 나지 않는다. 그러나 적막 속에 수상함이 있다. 풀벌레가 울지 않을 때 더욱 수상한 것처럼. 그래, 풀벌레가 울지 않을 때가 중요하고말고. 적막도 수상하고. 이 세상의 모든 사물과 움직임에는 사소하나마 나름의 뜻이 있는 거니까.

264

그렇게 중얼거리며 한참 앞을 살피고 있는데 귓바퀴에서 석수의 목소리가 들렸다.

"뭔가 이상해?"

"응, 소리 죽이고!"

"아무것도 없잖아."

"그렇지 않아. 잠깐만 조용히!"

둘은 하나 둘 셋, 서른을 셀 동안 숨을 죽이고 앞을 주시했다. 역시 뭔가가 있다. 왼쪽 시커먼 숲 안쪽이다. 욱자는 눈동자 두 개가 번뜩였다고 생각하였다. 틀림없다. 여기서 뒤로 돌아가다 가는 저놈들한테 외려 노출당할 위험이 크다. 그러면?

욱자가 석수에게 속삭였다.

"내가 저들을 유인해 왼쪽 산을 넘어갈게."

"우리는?"

"오른쪽 등성이를 넘어 새벽에 온 기왓골 옆으로 빠져서 나랑 같이 쉰 소나무 있지. 큰 소나무 세 그루가 있던 곳. 거기서 반시진과 한 시진 사이에 만나지."

"그 사이 저들을 따돌릴 수 있어?"

"해봐야지."

"알았어. 영 따돌려지지 않거든 달고 와. 내가 처치할게."

"알았다. 내가 간 뒤 한참 있다가 움직여. 알았지?"

"그래."

욱자는 발소리도 내지 않고 풀숲을 헤치며 왼쪽 산으로 올라갔다. 석수는 째진 눈을 크게 뜨고 어둑한 숲을 노려보았다. 새벽이 다 새어서 세상은 이미 훤하였다. 이윽고 욱자의 가는 모습도 시야에서 사라졌다.

욱자는 미소지었다. 놈들이 따라오고 있었다. 두 녀석이다. 그들은 아주 조심스럽게 움직이고 있었다. 흐음, 내 뒤에 따라오는 사람이 있을까 봐

그걸 조심하는군. 허나 아무도 없다 인석들아. 잘들 따라와 보거라.

혼자 그들을 유인한다는 의심을 사지 않기 위해 처음엔 속도를 내지 않았다. 언덕을 두 개 넘어갈 때 욱자는 속도를 내었다. 바위 옆을 돌면서 최고속도로 질주하였다. 차 한잔 마실 시간을 그렇게 달렸을까. 쫓아오는 자가 없다.

그러면 그렇지. 저들이 날 어떻게 쫓아와. 그나저나 놈들이 사방에 깔려 있네. 어떻게 이렇게 신속하게 쫓아왔을까. 강을 건너온 건 네 사람일 터인데.

그렇게 혼자 생각하며 얕은 언덕 하나를 가로질러 가는데 어, 뒤에 누가 있다.

욱자는 있는 힘껏 달려 관목숲으로 들어갔다. 오른쪽으로 그가 자랑하는 욱자보법을 발휘하여 게걸음으로 가서는 나무 사이로 뒤를 훔쳐보았다.

포졸 하나이 번개같이 따라와 바위 옆쪽으로 흘러간다. 자기를 발견하지는 못하였어도 쫓아오는 품이 여간내기가 아니다. 대충 어림잡고 쫓아오는 모양이나 나를 놓치지 않고 있다. 접근하는 수완이 대단하다.

한데 아까는 둘이었는데 지금은 혼자다. 그러나마나, 욱자는 다시 백여 걸음을 잽싸게 달려서 깊은 나무숲으로 들어갔다. 이러다가 제때에 약속 장소롤 못 가게 되겠는걸.

한 녀석은 뒤로 쳐졌는 모양이니 석수 말대로 달고 가서 싹 없애버려? 하지만 항슬이 형도 그렇고 자향 아씨가 사람 해치는 것은 아주 싫어한단 말이야.

어, 저것 봐라. 벌써 따라왔다! 놈이 무진장 빠르다. 아이쿠, 혹시 윤보 형님이 아닐까. 윤보 형님은 보강리 쪽에 남았는데 어찌 여길 올 수 있을까. 그럴 리가 없지.

그 생각을 하며 보기 드물게 큰 철쭉나무 옆을 살그머니 돌아가고 있는데 무슨 소리가 들렸다.

"욱이야, 너지?"

옥, 저건 윤보 형님 목소리다. 틀림없는 윤보 형이다. 이크, 저 형님이
어떻게 여길 알고 나타났을까.

욱자가 그렇게 헤매며 어쩔 줄 몰라하는데 다시 최윤보의 목소리가 들
려왔다. 좀 더 가까이 왔는지 소리가 아까보다 크다.

"욱이야, 나 윤보 형님이다. 걱정 말고 얼굴을 보이거라. 나 혼자 있다!"

욱자는 소리가 난 곳을 향해 머리를 쑤욱 내밀고 바라보았다. 나무 사이
에 서서 이쪽을 살피고 있는 최윤보의 눈과 마주쳤다.

"윤보 형님, 형님이시군요!"

"그래, 나다."

날이 환하게 밝아서 둘은 서로를 훤히 볼 수 있었다. 최윤보가 다가왔
다. 그는 싱글벙글 웃고 있었다.

"욱이야. 처음엔 너 줄 몰랐구나. 한데 기똥차게 잘 달리기에 넌 줄 알았
다. 내 동료 하나는 뒤쳐지고 말았어. 하하하!"

욱자는 앞으로 나가 고개를 꾸벅 숙였다.

"형님 잘 지내셨어요?"

"그래, 잘 있었다. 너는 그만 집으로 돌아가지 왜 저들과 자꾸 어울리는
게냐?"

최윤보는 허리를 펴는 욱자의 등을 쓰다듬어 주었다.

"어쩔 수 없었어요. 항슬이 형을 도와줘야 하니까요."

"항슬이가 그렇게 좋은 사람이냐?"

"그러문요."

"훌륭한 사람이야?"

"네."

"목숨을 걸고 도와줘야 할 정도로?"

"네."

"그렇다면 할 수 없구나. 우리들 남자한테 인생에서 가장 중요한 게 뭘까? 의리겠지. 의리는 지켜야 하니까 말이야. 그렇지?"

"죄송해요. 형님 말씀 안 들어서. 원하시면 절 잡아가세요."

"뭐야?"

"절 잡아가고 싶으면 절 잡아가시라구요. 인젠 도망 안 갈게요."

"허허, 녀석. 내가 널 잡을려면 널 불렀겠니. 그냥 끝까지 쫓아가서 잡지."

"그런가요."

"한데 그 처자는 어떤 여자애냐. 너희들이 그렇게 도와주게."

"정말 훌륭한 처자여요. 얼굴만 이쁜 게 아니라 학문도 있고 마음씨가 그렇게 고울 수가 없어요. 남 생각을 그렇게 하는 사람 첨 봤어요. 어린애까지도 진심으로 아껴주고요."

"좋은 환경에서 편안하게 잘 살면 마음씨가 고울 수도 있지."

"그 정도가 아니어요. 사람을 아끼고 보살피는 게 그럴 수가 없어요. 우리 모두가 사실 그 여자한테 반했다고 해도 과언이 아니어요."

"그래? 놀랍다. 우리 여기 앉아서 이야기할까."

욱자는 최윤보가 가리키는 풀 위에 앉았다. 그곳은 은밀한 곳이었다. 최윤보는 행여 뒤처진 동료가 올 것을 감안하여 은밀한 곳을 괘념하고 있었다.

욱자는 최윤보를 유심히 살펴보았다. 큰 키에 긴 얼굴이 장자풍의 인상인데 너부죽한 입술과 뭉툭한 코가 사람 좋게 보였다.

"왜, 나를 자세히 보고 싶어서 들여다보냐?"

"예. 윤보 형님이 어떻게 생겼나 보고 싶었어요."

"나도 네 얼굴을 자세히 보구 싶었지. 녀석, 농부 아들답게 시커멓구나."

"그래요. 저는 아버지를 그냥 도상(圖像)했다고 그래요."

"아버지 닮는 것 좋지. 닮으면 불초가 아니고 초잖아."

"그게 무슨 말이어요?"

"그것도 모르니. 불초소생이라고 그러잖아. 초는 닮을 초자인데 불초소생은 아버지를 닮지 않은 못난 아들이라는 뜻이지."

"아, 불초소생이 그런 뜻이어요."

"그럼."

"허면 아버지를 안 닮았지만 더 잘생기고 똑똑하면 어떻게 되지요. 그것도 불초소생인가요?"

"에이 녀석아, 그만 좀 사람 놀려라."

"헤헤헤. 헌데 형님은 어떻게 여길 오셨어요. 우리가 여길 오는 걸 어떻게 알았습니까?"

"음, 아는 수가 있지. 너희들 참 무서운 놈들이더라. 아니, 한강 한복판에서 관의, 그것도 포교의 배를 전복시키구 아무 일 없는 것처럼 사라지다니!"

"그걸 보셨어요?"

"다 보고 있었지. 그러다가 퍼뜩 생각하였다. 저들이 새우젓패를 넘겨주고 어디로 갈까. 배를 전복시키는 걸 보니 어쩌면 다시 애들과 접선하는 것은 아닐까. 그래서 냅다 뛰었지. 배를 따라서 말이야."

"우아!"

"왜 놀랬어?"

"그러문 안 놀라겠어요. 정말 놀랄 일이네. 우리 보욱이 형도 생각 못한 일인 걸요."

최윤보는 욱자가 놀라는 걸 보자 기분이 좋아져서 욱이의 어깨를 툭툭 쳤다.

"뽕숲 건너편에서 보았지. 한데 배가 어쩌면 그렇게 빠르냐. 그놈의 늪지만 없고 웅덩이만 없었으면 배 대는 곳을 따라잡을 수 있었을 텐데, 아까웠네."

"그럼 우리가 내린 바돌섬 건너편까지 왔겠군요?"

"그렇지. 헌데 니들이 기똥차게 잘한 거야. 비스듬히 가서 그 나루에 내렸으니까 말야. 우린 웅덩이 피하고 길 찾고 빙 돌아가느라고 너희들을 제때에 쫓아갈 수 없었지. 그 나루에 가서 보니 발자국은 흔천으로 남아 있는데 사람은 흔적도 없이 사라졌더구만."

"그래서 어떻게 했어요?"

"왜, 우리가 헤맸다니까 좋냐?"

"그러문요."

"홍, 괘씸타!"

"화났어요? 죄송해요."

"아니다. 하는 말이지."

욱자는 정말로 윤보 형님이 화가 났나 걱정했으나 그렇지 않은 것을 보고 성긋 웃었다. 최윤보도 벌쭉하게 웃고는 다시 욱자의 등을 어루만져준다. 마치 귀여운 친동생을 보는 눈길이다.

"그래서 어떻게 했어요?"

"두 조로 나누었지. 한 조는 동작나루로 가서 함지박귀 형님과 접선하고 한 조는 바로 위로 올라 너희들 발자국을 찾기로 하였지."

"형님은 어느 조였어요?"

"동작나루로 갔지."

"하, 다행이었구나. 우리는 거기서 약간 왼쪽 숲에 있는 집에 가서 잤는데."

"그랬어? 그걸 몰랐다."

"제 꾄 걸요. 거기에 아는 사람이 있걸랑요. 아무도 모르는 은밀한 집이어요."

"홍, 괘씸쿤. 그럼 너 때문에 우리가 헛탕을 쳤단 말이잖아."

"미안혀요."

"아니다. 것도 또 하는 이야기지. 헌데 니들은 정말 잘도 도망가더라. 모든 게 아까 네가 말한 보욱이라는 애의 꾀냐?"

"그러문요. 보욱이 형은 꾀보여요."

"하지만 우리 함지박귀 형님도 그 애 못지않다. 번개같이 미놀나루까지 가서 배를 징발해 동작나루에 나타난 걸 보아. 무섭지. 그리구 지금 기왓골 부근엔 천라지망이 펼쳐져 있다. 이번에는 정말 조심해야 할 거야."

"그래요? 몇 명이나 숨어 있는데요?"

"그건 말할 수 없지. 내가 너는 도와주지만 우리 추적조 일을 누설할 수는 없다."

"아, 그렇겠네요."

욱자는 미안해서 머리를 긁적였다.

그때였다. 바스락 소리가 왼켠에서 나더니 음침한 목소리가 진동이 돼 날아왔다.

"최윤보, 자네는 잡으라는 범인은 안 잡고 포청의 비밀을 흘리고 있는 겐가?"

어, 둘은 동시에 놀라 서로를 바라보았다. 최윤보는 엉덩이를 살짝 들고 풀숲 사이로 소리나는 곳을 살폈다.

"최윤보, 왜 말이 없나. 내가 못 쫓아올 줄 알았나. 그자를 냉큼 잡아내게."

최윤보는 다시 욱자를 쳐다보고는 한일자로 굳게 다문 입을 열었다.

"송피, 잠깐 나랑 이야기하세!"

"무슨 이야기? 혹 그 애를 살려보내고 날 해치려는 거 아니야?"

"내 그럴 리가 있나."

"흥, 믿을 수 없네. 어쩐지 자네가 이 며칠 하는 행동이 수상하였어. 범인 잡을 생각은 안 하고 산속만 휘집고 다녔지. 놈들이 없는 곳으로만 말야. 저들과 내통하고 있었군그래!"

말이란 어 다르고 아 다른데 동료가 저렇게 말하고 보니 최윤보는 졸지에 간자(間者)가 되고 말았다. 송피란 자의 째진 목소리가 다시 날아왔다.

"허지만 그 애만 잡아 내오게. 그럼 내 아무 말 않고 애만 잡아가지."

일이 이상하게 꼬여간다. 욱자를 체포하든가, 아니면 간자가 되든가. 허나 그밖에 길은 없단 말인가?

최윤보는 얼굴이 울그락푸르락 변하더니 욱자에겐 가만 있으란 듯이 고개를 끄덕였다. 그는 숲을 나가며 굳센 목소리로 말하였다.

"여보게 송피, 잠깐 보세!"

"가까이 오지 말게. 올려거든 그 애를 체포해 갖고 와! 자네 허리에 맨 빨간 오랏줄은 어따 쓰나. 그 오랏줄로 꽁꽁 묶어서 나오라구!"

"얘기 좀 하자니까."

"애를 체포하진 않고 뭐하는 거야!"

욱자가 풀잎 사이로 내다보니 송피라는 포졸은 말만 험악한 게 아니라 창을 꼰아들고 잔뜩 긴장한 자세로 윤보 형을 노려보고 있었다. 여차하면 찌를 태세다. 윤보 형은 칼을 뽑아들지 않고 있었다. 안골 근처에서 만났을 때는 창을 들고 있었는데 지금은 환도를 차고 있었다. 창이 들고 다니기 불편하니까 칼로 바꾼 모양이었다. 윤보 형은 송피 가까이 다가가 우뚝 서서 진중하게 말하였다.

"송피, 세상에는 살다보면 별일이 다 있는 거네."

"흐흐, 별일? 죄인을 두호하고 나라를 배신하는 일 말인가?"

"무슨 말을 그렇게 하는가. 저 애는 죄인이 아닐세."

"허, 하는 말 좀 보소. 내 그럴 줄 알았어. 자넨 언제부터 간자가 되었나?"

간자라는 말에 순박한 최윤보는 부아가 났다. 이놈이 아까부터 말을 함부로 해! 평생에 착하다는 말을 들어오며 산 최윤보였다. 늘 말도 조심하고 선배를 위하고 후배를 아끼며 살아야 한다는 신조를 지닌 그였다. 한데 간자라니!

"여보게, 말을 함부로 하지 말게. 금방 이야기했지만 저 애는 죄인이 아니야. 그러니 그 창은 내리고 이야기하세."

"싫네. 난 나라를 배반한 사람하고는 거래 안 해!"

송피란 포졸은 생각이 단순한 사람인 듯하였다. 한 번 간자라고 찍은 최윤보는 다시 믿을 수 없는 배반자로만 생각하는 것이었다.

"정말로 그럴 건가?"

"정말이지. 저 죄인은 안 잡고 왜 나한테 윽박지르는가?"

송피는 창을 쥔 두 팔이 부들부들 떨리고 있었다. 금방이라도 찌를 것만 같다.

이제 일은 꼬일 대로 꼬였다. 송피의 단호한 태도로 판단한다면 길은 뻔하였다. 최윤보가 욱자를 체포하든가, 간자가 되든가. 한데 간자가 됐다고 해서 그냥 끝나는 걸까. 그건 아니다. 거기에도 길은 두 갈래가 있다. 최윤보가 욱자와 함께 도망가든가, 송피를 처치하고 욱자를 놓아주든가. 후자라 한다면 최윤보는 욱이를 살려주고 자기는 포졸 일을 계속할 수가 있다. 물론 송피는 새우젓패들한테 당한 셈이 되니까.

마주 서서 노려보고 있는 두 사람은 피차 그런 생각을 하고 있는 게 분명하였다. 어떻게 해야 할지 호상간에 어려운 입장이 됐다. 세상사로 논한다면 기본은 최윤보의 잘못이되 이런 외가닥의 긴박한 상황은 사건처리의 탄력이 모자란 송피의 잘못이기도 하였다.

"자네 정말로 피도 눈물도 없는 사람이군그래!"

"간자한테는 그렇지!"

"뭐야?"

계속되는 간자라는 말에 착한 최윤보도 꼭지가 돌았다. 얼굴색이 현저하게 바뀌었다. 착한 사람이 화를 내면 무서운 법. 최윤보의 얼굴이 달라지는 것을 살핀 송피는 창을 앞으로 쓱 내밀며 먼저 공격해 왔다. 버럭 화가 난 최윤보는 왼쪽 허리에 차고 있던 환도를 쓰윽 꺼내 들었다.

"내 그럴 줄 알았다!"

송피는 창을 휘휘 저으며 최윤보의 허리께를 겨냥한다. 최윤보가 휘익, 허초를 날리고는 오른쪽으로 번개같이 쳐갔다. 갑작스런 공격에 놀란 송피는 뒤로 주춤 물러났다. 그러나 송피의 창술도 법도가 있었다. 뒤로 살짝 물러나며 슬쩍 칼을 쳐내고는 왼쪽으로 잽싸게 돈다. 창을 횡으로 쓰는 듯 앞으로 푹 찔러왔다.

"송피, 이놈. 네가 죽고 싶어 환장하였구나!"

"흥, 무슨 소리! 나라를 배반한 자가 큰소리치기는!"

창으로 두 번 상대의 공격을 막아낸 송피는 갑갑한 생각과는 달리 입은 날카로웠다.

"간자놈아, 정의의 창을 받아라!"

"이놈이!"

화가 더욱 솟은 최윤보는 칼을 망나니처럼 휘두르다 갑자기 정면머리베기로 불쑥 쳐갔다. 빠른 발을 이용한 번개수법이었다. 더구나 좁은 데서 갑작스레 접근하니 긴 창의 운신이 어렵다. 그 순간, 최윤보의 칼이 송피의 옆구리를 훑었다.

"윽!"

송피의 신음은 깊이가 있었는데 상처는 깊지 않았다. 최윤보가 정을 둔 탓이다. 동료가 아무리 형편없는 자이긴 해도 죽일 수는 없었던 것이다.

그러나 송피는 최윤보가 봐준 따위는 생각도 하지 않는 우직한 무부. 피를 보자 분기탱천하여 멧돼지처럼 창을 휘두르며 최윤보한테 대들었다. 성깔만큼 창술도 일직선이어서 너 죽고 나 죽자는 수법이었다.

최윤보는 펄쩍 뒤로 물러나 창을 받기만 하였다. 송피는 그런 형세역전을 자기의 실력으로만 여겼다. 더욱 매섭게 창을 휘둘렀다. 최윤보는 연신 뒤로 물러났다.

두 사람의 검술과 창술은 엇비슷하였다. 목숨을 건다면 역시 발이 빠른 최윤보가 조금 나을 정도일까. 그러나 최윤보는 동료를 해치고 싶지 않고 송피는 무작정 죽일 듯이 대들고 있었으므로 형세는 완연히 한쪽으로 기울고 있었다. 더구나 운도 없었다. 최윤보가 왼쪽으로 돌 때 뾰족히 솟은 돌에 발이 채이고 말았다. 뒤로 주춤하다가 그만 뒤뚱 넘어졌다.

창은 애초없이 찔러왔다. 창은 최윤보의 왼쪽 허리 옆 기문혈 부근을 뚫고 옆구리 아래를 훑었다. 윽, 비명과 함께 최윤보는 왼켠으로 엎어졌는데 그 순간 환도는 송피의 오른팔을 격중하고 있었다.

한데 최윤보의 환도가 송피를 스치기 직전 큼지막한 돌멩이 하나가 후익 날라와 송피의 면상을 때리고 있었다.

"으악!"

송피의 신음은 그의 오기만큼 처절하였다. 최윤보의 옆구리를 찌르는 환희를 맛보는 것도 찰나, 그는 면상에 큰 돌멩이를 맞고 환도에 오른팔을 버티며 그 자리에 풀썩 쓰러졌다. 워낙 세차게 날아온 돌멩이는 왼쪽 눈을 짓이겨 놓았다. 돌멩이를 멋지게 던져 성공한 욱자는 오소리처럼 달려들어 송피가 놓친 창을 주워 들고 매섭게 찔렀다.

이놈이 우리 형님을 해치다니! 화가 꼭두까지 오른 욱자는 창으로 포졸의 배를 향해 힘차게 찔렀다. 그때, 최윤보가 외쳤다.

"멈춰라, 죽이지 마라!"

원래 몸이 날랜 욱자는 최윤보가 놀라 소리치는 사이 벌써 두 번이나 송피를 찌르고 세 번째에 손을 멈추었다. 형님을 쳐다보았다. 옆구리에서 피가 철철 흐르고 있었다. 오메, 큰일났다. 욱자는 송피를 잠깐 보고는 그가 쓰러져 움직이지 못하는 걸 확인하고 최윤보에게 달려갔다.

최윤보는 숨을 몰아쉬고 있었다. 상처가 깊었다. 피를 멈출 수가 없다. 헝겊이라도 있어야 하는데 그런 게 있을 턱이 없다. 머뭇거리던 욱자는 옆어져 있는 송피에게 달려가 그의 바지를 부욱 찢었다.

옆구리여서 동여매기도 힘이 들었다. 겨우 동이는 흉내만 내고는 최윤보를 업었다.

"어떻게 할려고?"

최윤보가 물었다.

"의원한테 가야지요."

"의원이 어디 있나?"

"있는 데까지 가야지요."

최윤보는 피식 웃었다. 욱자는 최윤보를 업고 몇 걸음 가더니 송피가 쓰러져 있는 곳을 흠칫 되돌아보았다. 정신을 잃은 송피의 얼굴은 피범벅이고 창에 찔린 복부에서도 줄줄 피가 흘러나오고 있었다. 역시 중태였다.

"저자를 아예 죽여야 하는데."

혼잣말처럼 중얼거렸다.

"아니다. 저자의 목숨도 생명이야. 함부로 죽이지 마."

"그러다가 형님이 곤란하잖아요."

"내가 곤란한 거하고 저자가 죽는 거하고 어느 게 더 고통스럽겠냐."

헷갈린다. 나한테 저자 죽는 것은 아무렇지 않고 형님이 고통받는 건 무지 가슴 아픈데. 잠시 망설이던 욱자는 '그냥 가!' 하는 윤보 형님의 힘없는 독촉에 발걸음을 떼었다.

작은 등성이를 하나 넘자 소로가 나왔다. 욱자는 길을 따라 걸었다. 아침밥을 먹고 남는 시간인데 길에 사람 하나가 없다. 약간 비탈진 길을 내려 걷고 있을 때 챙그렁, 하고 최윤보가 쥐고 있던 환도 떨어지는 소리가 났다. 뒤에 떨어진 환도를 쳐다보던 욱자는 업고 있는 형님을 돌아보았다. 머리를 어깨에 기대고 있다. 아이쿠, 형님이 정신을 잃었는가 보다.

욱자는 업고 있는 두 손으로 최윤보를 살짝 흔들며 물었다.

"형님, 힘이 없어 칼을 놓치셨어요?"

대답이 없다. 어, 이 형님이 정말 기절했는가 보다. 풀섶에 최윤보를 내려 뉘었다. 눈을 감고 있다. 얼굴색도 좋지 않다. 코에 대고 숨을 맡아보고 가슴에 귀를 기울여 보았다. 숨을 쉰다. 죽지는 않았어. 이럴 때 어떻게 한다지. 아이쿠, 응급조치를 모르니 환장하겠네. 이럴 때 보욱이 형이 있으면 얼마나 좋을까. 무슨 방법이 있을 텐데, 그 형만 있으면.

그렇게 어쩔 줄을 모르고 헤매고 있는데,

"그 사람 죽었는가?"

나이든 목소리가 들렸다. 쭈글쭈글한 노인이 뒤에서 들여다보고 있었다. 예순이 넘어 뵈는 할배였다. 오른손에 지팡이를 들고 등에 망태를 멘게 약초쟁이인가 보았다.

"아니요. 죽진 않았는데 피를 많이 흘려서 정신을 잃었는가 보아요."

욱자는 울먹이는 목소리로 말하고는 노인네를 우러러보았다. 자기도 모르게 눈으로 구원을 호소하고 있었다. 그 순간 노인네는 욱자, 물에 빠진 사람에겐 지푸라기 이상의 존재였다.

그래? 그럼, 머리를 몸체와 평평히 해주고 손을 배 위로 얹히고 상처난 곳에서 피가 흐르지 않게 매어주고 손발을 살살 주물러 줘야지. 노인네의 말에 네네, 대답한 욱자는 돌멩이 하나를 주워다 머리를 괴어주고 상처난 곳을 보았다.

다행히 피는 흐르지 않는다. 피가 흐르지 않는데요. 욱자의 말에 노인네는, 그럼 손발을 주물러봐. 네네, 욱자는 또 멀대같이 대답하고는 노인의 지시대로 손을 주무르기 시작했다. 노인네는 뒤에 서서 으흠 으흠, 기침을 해대며 돌아가는 것을 보고 있었다.

그렇게 최윤보를 주무르기 시작하는데 발자국 소리가 나고 아래쪽에서 사람 하나가 다가왔다. 욱자는 소리나는 쪽을 슬쩍 보다가 깜짝 놀랐다. 창을 든 포졸이었다. 오메나, 포졸이다. 큰일났다. 다행히 아까 그 포졸은 아니다. 하긴 그 포졸은 크게 다쳤으니 이렇게 나타날 리가 없지.

당황한 욱자는 번개같이 뛰어 도망갈까 하는 생각도 드는 것이었다. 그러나 어제 석수와 보욱이한테 머퉁이 먹은 생각이 났다. 맞아, 이럴 때일수록 의연해야지. 그리고 형님이 중상인데 버리고 달아날 생각을 하다니! 나는 비겁한 놈이야. 의리도 없이!

스스로를 반성한 욱자는 더 열심히 윤보 형의 손을 주물렀다. 그러자 노인이 인자한 목소리로 욱자를 가르치듯 말하였다. 됐네 됐어. 그렇게 마구 주무르는 것은 그만하면 됐고 이제는 손목과 아귀 그리고 호구를 주물러 줘야지. 법도 있게 주물러봐! 아니 아니, 그렇게 말고! 그게 뭔가! 노인은 포졸이 다가오는 것도 아랑곳하지 않고 욱자를 나무랐다. 그럼 어떻게요? 호구를 주무르라니까. 호구가 어딘데요? 호구도 모르나. 엄지와 사지 사이의 안쪽을 말하는 게야. 거길 주무르면 몸의 온 기맥에 연결이 돼서 기절한 사람도 깜짝 깨어나게 되어 있어. 그렇습니까? 욱자가 노인의 훈수 대로 최윤보의 손을 주무르는데 다가온 포졸은 의아한 눈빛으로 드러누워 있는 최윤보를 보더니,

"어, 최 형 아니요?"

하고 대번 달려든다. 그런 포졸을 노인이 옆으로 밀치며,

"여보쇼, 포교 양반. 지금 치료중이요. 이 사람 죽는 걸 볼려는 거요? 시간 없어, 비켜요!"

머퉁이를 주고는 욱자에게 또 지시하였다.

태릉과 양계를 세 번 누르고 신문과 양곡을 세 번 누르게. 그게 어딘데요. 허허 몇 번 이야기해야 아나. 손목 위와 아래 양쪽 혈을 말하는 게야. 여길 이렇게요? 그렇지, 그렇게 세 번씩 누르고 이번엔 네 손가락 끝의 십선을 역시 세 번씩 꼭꼭 눌러. 여기요? 그렇지. 무슨 힘이 그렇게 없나. 더 세게. 이렇게요? 그래 그렇게. 잘 하누만. 그 다음은요? 그 다음은 노궁혈을 꽉꽉 눌러. 손바닥 정 중앙 말이야. 그렇지. 잘한다. 맨 마지막에는 합곡. 합곡요? 아까 말했잖아. 호구 양쪽을 꽉 잡고 콱콱 눌르라고. 그렇지!

거기 거기. 계속 눌러, 힘차게!

노인이 아까 말한 적이 없는데도 아까 말했다고 자꾸 타박을 했지만 욱자는 아무 소리 없이 열심히 주물렀다. 우리 윤보 형님을 위한 것이니까.

그러나 욱자는 한편으로 자신이 지금 무슨 짓을 하고 있는지 암담한 생각도 났다. 이렇게 해서 윤보 형님이 살아날까? 끝끝내 눈을 뜨지 않으면 어쩐다지? 키는 쬐그만하고 코는 발갛고 눈은 개개비처럼 생긴 노인의 하는 짓이 너무나 괴기하지 않은가. 이 할배가 우리 형님을 살리러 나타났는지 아니면 나를 골탕먹이려고 나타났는지 알 도리가 없다. 헷갈린다.

하지만 괴기하든 말든 당장은 큰 보탬이 되는 노인이긴 했다.

노인은 욱자가 누르는 걸 보며 뭐라고 계속 중얼거리더니 드디어는, 허허, 그러다 않느니 죽겠군, 으이크 죽다가 끝나겠어, 정말로 못말려 못말려, 차라리 내가 죽지. 하더니 최윤보의 발바닥을 왼손으로 꽉 쥐고는 오른손에 들고 있던 지팡이로 족심을 냅다 찔러 눌렀다. 그 사품에 최윤보의 가슴이 툭 올라가더니 휴 하고는 눈을 반짝 떴다. 노인의 응급 처방은 직효가 있었다.

"정신이 드셨군요!"

욱자는 너무 좋아, 형님, 하려다가 옆에 포졸이 눈을 부라리고 있는 게 퍼뜩 생각나 정신이 드셨군요, 하고만 발음하였다.

"최 형 괜찮소?"

욱자 옆에서 포졸도 반가운 목소리로 물었다. 최윤보는 눈을 천천히 굴리며 사람들을 둘러보더니 포졸에게 먼저 입을 뗐다.

"김 형 어떻게 오셨소? 정말 잘 와 주셨소. 날 좀 살려주오."

"왜 이런 지경이 되셨소? 최 형은 당마루 쪽으로 갔지 않았소? 어떻게 여기까지 왔소. 같이 간 송 형은 어떻게 되었고?"

"갑자기 적한테 당하였소. 송피도 당하였구."

"새우젓패 놈들한테 당하였소?"

"그런가 보오."

"나랑 같이 갑시다. 내가 업고 가리다. 저 아래쪽에 가면 함지박귀 형님과 연락할 수 있을 것이요. 바로 아까 전에 천라지망을 다시 편성하였소. 독랄한손 이 형이 자객한테 당하여 지금 중태요."

"그래에?"

"허참, 송피에다 최 형까지 당하고 이게 무슨 날벼락일까. 한데 이 젊은 이는 누구요?"

그 말에 최윤보는 욱자를 바라보며 말하였다.

"나를 도와준 아이요. 이 동네 사는 머슴앤가 본데 나무하러 왔다가 내 목숨을 살려준 거야. 쓰러진 나를 업고 예까지 왔으니까."

욱자는 윤보 형님이 둘러대는 게 우스웠지만 노인네에게 감사해야 할 것 같아서,

"포교님, 저보다는 이분 할아버지께서 경혈지압술로 나아주셨는 걸이요. 할아버지한테 감사드려야 합니다."

하고 말하였다.

"아 그랬어. 몰랐네. 할아버지, 고맙습니다!"

최윤보는 뒤늦게 약초할배한테 인사하였다.

"무얼. 이 젊은이가 포교님께서 혹 어떻게 될까 봐 하도 애를 태우고 있길래 내 신경을 좀 썼지."

"여하튼 감사합니다."

최윤보는 다시 한 번 감사하고는 욱자에게도 고개를 끄덕여주었다. 노인은 그런 두 사람의 행동을 수상한 눈으로 슬금히 바라본다. 개개비눈이 부엉이눈으로 바뀌며 묘하게 웃었다. 그러나 김 형이란 포졸은 그런 요상한 눈치는 하나도 못 채고,

"최 형은 어디서 당하였소?"

우직하게 물었다. 할배와 욱자의 묘한 표정을 대번 알아챈 최윤보는 시

침을 뚝 떼고,

"저쪽 산 너머인데 지금은 어디가 어딘지 방향을 분간할 수 없네."

"그럼 갑시다. 언놈인지 모르지만 우선 치료부터 해야니까."

욱자는 김 형이라 불리운 포졸이 윤보 형님을 업는 걸 도와주었다. 길에 떨어진 환도는 주워서 최윤보의 허리춤 칼집에 넣어주었다.

최윤보가 그런 욱자에게 말하였다.

"젊은이 고마웁네. 와요현 옆 둔지산 가는 길 쪽에 산다고 하였던가?"

욱자는 그 말이 무슨 뜻인지 몰라 뜨아한 표정을 짓다가 최윤보의 눈을 보고는 엉겁결에,

"네."

하고 대답하였다.

"나중 지나가는 길 있으면 자네한테 감사하겠네."

"네, 안녕히 가세요. 몸조리 잘 하세요."

뒤늦게 눈치가 붙은 욱자는 마지막 인사를 삽삽하게 했다.

최윤보를 업은 포졸은 서둘러 고갯길을 내려갔다. 욱자는 윤보 형님이 사라지자 갑자기 서운한 맘이 들었다. 하지만 포졸이 데려갔으므로 목숨은 걱정이 없으리라는 생각에 크게 위안도 되었다.

할배가 묘한 미소를 지으며 아직도 서 있었으므로 욱자는 가까이 가서 굽신 절을 했다.

"할아버지, 도와주셔서 고마웠습니다."

깍듯한 인사에 노인은 여전히 벙글대면서,

"허허, 자네는 이 동네 사람이 아닌데. 그치? 자네들 사이에 뭔가 묘한 사연이 있는가 보지?"

욱자는 속으로 뜨끔하였으나 적당히 얼버무렸다.

"네. 할아버지. 뭔가 사연이 있습니다. 허나 나쁜 사연은 아닙지요. 고마웠습니다. 좋은 약초 많이 캐세요!"

"자네 등짝이 온통 피범벅이네. 조심하게. 그 핏자국을 보면 포교들이 얼씨구나 하고 잡으러 덤빌 것 같애."

"아, 그래요. 조심하지요."

여하튼 할배는 도움이 되는 사람이었다. 욱자는 고개를 다시 한 번 꿈벅하고는 할배를 계속 쳐다보며 옆걸음으로 소로를 내려갔다. 동무들이 기다리고 있을 뿐더러 안전한 길을 윤보 형님이 알려줬으므로 빨리 가서 보욱이한테 보고해야 했다.

하긴 노인의 경혈지압술이 신묘해 배우고 싶은 마음도 있었다. 그럴 새가 없는 게 섭하였다.

〈5권 계속〉